LA GRANDE MÊLÉE

MICHEL TREMBLAY

La grande mêlée

roman intercalaire

www.quebecloisirs.com

UNE ÉDITION DU CLUB QUÉBEC LOISIRS INC
Avec l'autorisation de LEMÉAC Éditeur inc.
© Leméac Éditeur, 2011
© Actes Sud, 2011 pour la France, la Belgique et la Suisse

Dépôt Légal --- Bibliothèque et Archives nationales du Québec, 2012

ISBN Q.L. 978-2-89666-161-9
Publié précédemment sous ISBN 978-2-7609-3345-3 (Leméac Éditeur)
Publié précédemment sous ISBN 978-2-330-00454-5 (Actes Sud)

Imprimé au Canada

Ceci est une œuvre de fiction.

Le passé ne meurt jamais ;
il n'est même pas passé.

William Faulkner

À Hélène Stevens, Roland Laroche,
Robert Asselin et Norbert Boudreau

PROLOGUE

Elles mirent du temps à retrouver Josaphat.

On ne peut pas dire qu'elles étaient désespérées, ni même anxieuses, surtout au début, après tout rien ne pressait. Elles savaient – Florence le disait souvent à ses filles – que viendrait un moment, au détour d'une rue, à la sortie d'un magasin ou d'un cinéma, où il se présenterait à elles, son violon sous le bras ou non, peut-être un peu vieilli, mais aussi vif, aussi charmeur qu'auparavant avec ces yeux qui vous transperçaient, sa démarche souple, sa dégaine décontractée d'homme indépendant. Comment les accueillerait-il ? Les ignorerait-il ? Passerait-il devant elles comme s'il ne les voyait pas parce qu'il considérerait n'avoir plus besoin d'elles maintenant qu'il faisait sa vie dans une grande ville ? Ou, au contraire, se jetterait-il dans leurs bras en disant qu'il les attendait depuis si longtemps qu'il avait fini par désespérer de jamais les revoir ? Et, surtout, qu'il s'était ennuyé à mourir ? De la conversation autour d'une beurrée de mélasse, des tricots de pattes de bébés, de la musique, surtout ça, la musique qui avait empli et bercé tant d'après-midi qui autrement, sans elles, sans le piano, sans le violon, auraient été désespérantes d'ennui. Et qu'il espérait tout recommencer, ici, à Montréal, maintenant qu'ils s'étaient retrouvés.

Elles savaient qu'il était là, cependant, qu'il n'avait pas disparu, avalé, digéré ou détruit par cet environnement hostile qui lui avait été imposé, loin de la douceur des Laurentides, et qu'il était toujours vigilant, parce que chaque mois, bon an mal an, la lune se levait, pleine et blanche et royale, sans aucune tache de sang sur sa surface plissée de rides. Pas de traces non plus des chevaux foudroyés par la douleur. Le ciel lui devait des nuits de grand calme et, les soirs de pleine lune, quand le temps se mettait à l'orage ou que menaçait une tempête de neige, les désordres de la nature étaient les uniques responsables. Il n'avait pas oublié son devoir une seule fois depuis la naissance de son fils, signe qu'il prenait sa tâche au sérieux et qu'il acceptait toujours cette grande responsabilité qui lui avait incombé. Où qu'il soit et quoi qu'il soit en train de faire, il sortait son violon de son étui et lançait dans la nuit glacée ou poisseuse sa gigue ou sa romance. Pour sauver la lune.

Rose, Violette, Mauve et leur mère, Florence, sillonnaient donc les rues de la métropole à la recherche du leveur de lune qu'elles avaient donné au monde et qui leur avait échappé en suivant sa sœur en ville.

Elles avaient d'abord été décontenancées par le tumulte de Montréal. Réfugiées depuis si long-temps aux abords d'un petit village éloigné aux confins de la Gatineau, elles avaient fini par oublier le fracas et le désordre des grands centres, et l'incessant bourdonnement des voitures. L'odeur de l'essence, aussi, elles qui n'avaient connu jusque-là que les effluves piquants du crottin de cheval, les avait perturbées. Mais elles avaient fini par apprécier ce grand brassage d'humanité toujours en mouvement, excitées comme des petites filles par la variété des vêtements, des couleurs, des odeurs, par le va-et-vient qui ne cessait que la nuit venue, par les conversations colorées qu'elles surprenaient. Le langage montréalais les éton-nait avec ses relents de vieux français et cette constante présence de mots anglais traduits au son, véritables néologismes nés du fait que les hommes, qui travaillaient pour des compagnies anglaises, rapportaient des expressions anglaises à la maison

16

alors que les femmes voulaient continuer à parler français.

Elles avaient sillonné les rues du nord au sud, de l'est à l'ouest, pataugeant dans la gadoue au printemps et brassant la poussière en été, soulevant des tas de feuilles mortes à l'automne et faisant crisser la neige en hiver. Elles avaient longé les derniers vergers de la rue Laurier et traversé le décourageant quartier des affaires, visité les cabarets du boulevard Saint-Laurent et erré à travers les allées du parc La Fontaine. Elles avaient fini par connaître une bonne partie des boutiques et des grands magasins de la rue Sainte-Catherine, elles avaient même poussé jusqu'à Longue-Pointe, tout au bout de l'île de Montréal, à l'est, et s'étaient aventurées à Verdun, au sud-ouest.

Ainsi, les semaines devinrent des mois, les mois des années.

Si elles avaient été visibles, on aurait pu se demander qui étaient ces dames d'un autre âge, habillées comme au siècle dernier, engoncées dans d'imposantes tenues sanglées à la taille, gantées été comme hiver, coiffées de chapeaux sophistiqués et larges, alors que la mode, depuis quelque temps, était aux robes étroites, plutôt courtes, et aux chapeaux cloches. Mais elles déambulaient à travers la ville sans que personne ne les voie jamais. On passait à travers elles sans s'en rendre compte, sans ressentir leur présence ou déceler à leur passage quelque parfum que ce soit. De temps en temps, pourtant, quelqu'un tournait la tête ou interrompait une conversation : quelque chose, là, l'avait frôlé, une vague odeur de rose ou de violette avait passé ou une voix venue de nulle part avait prononcé un bout de phrase.

Lorsque cela se produisait, Florence disait à ses filles :

«Ça serait peut-être un candidat pour nous, ça...»
Ou bien :
«Si on avait le temps de s'en occuper...»

Elles passaient pourtant leur chemin, leur tâche étant de retrouver Josaphat et non pas de chercher de nouvelles recrues. Jusque-là leur protégé n'avait pas failli à sa tâche – qui sait ce qui peut arriver dans les grandes villes où les tentations sont nombreuses et les transgressions faciles? Surtout quand on a affaire à un lunatique comme Josaphat? Mais le temps n'était pas encore arrivé de lui chercher un remplaçant et elles continuaient l'exploration systématique de la ville.

Elles habitaient les maisons ou les appartements vides qu'elles trouvaient durant leurs déambulations. Elles avaient hanté pendant plus d'un an un immense six pièces du Château, rue Sherbrooke Ouest, jusqu'au moment où il avait été loué à un riche ingénieur de la voirie dont elles avaient tout de suite détesté l'arrogance et dont elles s'étaient éloignées sans se faire prier, puis de nombreux logis plus petits aux alentours de la rue Mont-Royal, qu'elles aimaient bien parce que les habitants leur rappelaient les gens de Duhamel qu'elles avaient si longtemps côtoyés. La plupart d'entre eux, déménagés en ville pour gagner leur pain, venaient des campagnes environnantes ou plus éloignées, ne se trouvaient pas très heureux à Montréal et gardaient leur esprit provincial, ce que Florence et ses filles appréciaient.

Elles investissaient un espace sans trop y penser : un logement se trouvait libre au détour d'une rue, elles n'avaient qu'à ouvrir la porte et toutes leurs possessions étaient là qui les attendaient. Elles s'installaient pour une période indéterminée sans se poser de questions, allumaient le poêle, l'électricité – invention étonnante mais précieuse – sans même prendre la peine de vérifier si des provisions les attendaient dans les armoires. Elles savaient que ce serait le cas et qu'elles ne manqueraient de rien. Peu leur importait d'ailleurs, leur quête était plus importante que leur bien-être personnel et elles se seraient contentées d'une simple chambre avec deux grands lits si par malheur la chose leur avait été imposée.

Partout où elles s'installaient, les femmes enceintes du quartier recevaient une paire de pattes de bébé (bleue ou rose) le lendemain de leur accouchement parce que les filles de Florence continuaient de tricoter – leur tâche principale depuis toujours –, quand elles revenaient de leurs errances. Les longues soirées, avec ou sans le gramophone – autre nouveauté fascinante pour elles –, étaient traversées par le cliquetis de leurs aiguilles et les propos anodins qu'elles échangeaient. Une théière tiédissait sous une enveloppe de cretonne, Florence pianotait ou bien le gramophone emplissait le salon d'une musique qui semblait provenir d'une autre planète tant le son était sourd, la soirée passait avec une lenteur qui, sans être tout à fait désagréable, laissait aux quatre femmes une sensation d'inachèvement.

Et elles repartaient chaque jour à la recherche de Josaphat – ou de Victoire qui, elles le savaient, les mènerait à lui –, indifférentes aux tempêtes de neige ou à la pluie, se faufilant entre les voitures des grandes artères, pressant le pas dans les rues mal famées, ralentissant l'allure quand un quartier piquait leur curiosité. Elles allaient jusqu'à paresser pendant de longues heures sur des bancs de parc. Au cas où. On ne savait jamais quand la chance allait surgir, Josaphat pouvait leur apparaître à n'importe quel moment, il ne fallait surtout pas le rater. Mais la chose tardait à se produire et Florence devait de plus en plus souvent parler à ses filles de patience, de confiance, alors qu'elle-même, après tout ce temps, commençait à douter de la pertinence de cette décision qu'elle avait prise de quitter le calme de Duhamel pour cette vie d'errance à travers une ville agitée à la recherche d'un musicien poète qui, s'il avait été jusque-là vigilant, pouvait à tout moment trahir sa promesse et déclencher une catastrophe. C'était leur rôle d'éviter cette catastrophe et de veiller à ce que Josaphat ne flanche pas, qu'il ne se laisse pas aller à sa paresse naturelle, à ses dangereuses rêveries, à condition cependant de le retrouver pour le protéger. Florence devait donc encourager ses filles à continuer cette aventure dont elle commençait elle-même à pressentir l'issue.

Un jour humide d'été, alors qu'elles déambulaient dans la rue Mont-Royal en écoutant les conversations des passantes, du moins des bribes, qui les amusaient, elles s'arrêtèrent devant une vitrine du grand magasin L. N. Messier, entre la rue Fabre et la rue Marquette, côté sud, où étaient proposées ces robes sacs, lâches, presque sans formes, qu'elles trouvaient d'une grande laideur et qu'elles n'auraient jamais accepté de porter.

Rose (ou Violette, ou Mauve) avait haussé les épaules.

«C'est ça qu'on va voir dans les rues à l'automne? Pauvres femmes!»

Florence avait tiré sur sa voilette qu'une légère brise venait de déplacer.

«C'est peut-être plus commode pour marcher dans les rues, mais c'est bien laid!

— Plus commode? Comment ça, plus commode?

— Au moins, ça traînera pas dans la boue... C'est moderne.

— Peut-être, maman, mais c'est pas nécessaire de montrer si long de jambes!

— On voit juste un peu de jambe en haut des souliers...

— C'est déjà trop!»

Florence avait caché son sourire derrière son gant.

«On a vu tellement de choses, on est là depuis tellement longtemps, on devrait pus s'étonner de rien, y me semble.

— J'trouve quand même qu'y vont trop loin!

— C'est ça que t'as dit quand les grands décolletés sont arrivés, y a longtemps...

— Pis j'avais raison!

— Y faut vivre avec son temps.

— On est pas obligé de tout accepter.

— Y a peut-être des chose pires qui s'en viennent...

— Ben, laissez-moi les critiquer quand ça va arriver!»

Florence avait posé une main sur l'épaule de Rose (ou de Violette, ou de Mauve).

«T'aimes pas que les choses changent, hein?»

Sa fille avait montré les robes dans la vitrine.

«Non. Mais je suppose que ça sert à rien. J'vas être obligée de m'habituer. Vous aussi. Surtout en ville où tout change si vite...»

Sa mère avait ri.

«Depuis le temps qu'on est arrivées... Si t'es pas encore habituée...»

Absorbées qu'elles étaient par l'étude de la coupe qu'elles trouvaient ridicule des robes exposées dans la vitrine – la taille un peu lâche, le corsage tombant, les manches informes qui pendaient n'importe comment –, elles n'entendirent pas tout de suite l'air de violon qui s'échappait par les portes ouvertes du grand magasin.

Ce fut Florence qui réagit la première.

Elle allait répondre à un commentaire d'une de ses filles lorsqu'une sensation familière, une impression de déjà vu, comme la répétition d'un état de grâce longtemps recherché et qu'on croyait perdu, la note parfaite d'un parfum aimé, lui fit redresser la tête. Elle mit un moment à comprendre ce qui se passait.

C'était une note étirée, mélancolique, une seule note de violon mais qui contenait toute la nostalgie du monde, une caresse à la hauteur du cœur qui, sans faire mal, brassait tout de même des relents d'inquiétude, de doute et de langueur dans lesquels on aurait pu se laisser noyer. Ça donnait envie de pleurer sans être vraiment triste. Et de connaître de grands malheurs.

Une dame qui sortait du magasin s'était retournée en l'entendant et avait hésité quelques secondes avant de poursuivre son chemin. Elle avait jeté un coup d'œil dans l'établissement en passant devant la deuxième porte sans toutefois se décider à rentrer pour voir qui jouait. Après avoir sorti un mouchoir de son sac, elle était entrée dans la boutique suivante, un magasin de chaussures.

Florence avait posé sa main sur la vitrine pendant qu'une deuxième note, tout aussi bouleversante, se substituait à la première. À la troisième, elle reconnut le début d'un air qu'elle avait souvent écouté en fermant les yeux, la tête renversée, les mains posées sur les appuie-coudes de son fauteuil. Une mélodie née de l'âme d'un grand musicien en herbe, d'un adolescent qui exprimait à travers son violon les choses qu'il ne pouvait pas partager avec le monde.

«Je pense qu'on a enfin trouvé ce qu'on cherchait.»

Elles s'étaient regardées toutes les quatre, étonnées avant que la joie et le soulagement ne s'emparent d'elles.

Après tant d'années. Toutes ces erranccs stériles, décourageantes, l'exploration vaine d'une ville trop grouillante, les espoirs trompés quand une bribe de musique sortait d'une taverne ou d'un restaurant, les avaient tout de même menées là, devant un étalage de robes trop modernes à leur goût, au moment où elles commençaient à désespérer. Si elles ne s'étaient pas arrêtées pour critiquer ce que la mode réservait aux femmes pour l'automne qui venait, elles seraient une fois de plus rentrées chez elles – un joli appartement devant le parc Fullum –, lasses et au bord du découragement. Est-ce que ça s'était déjà produit? Et combien de fois?

Elles étaient donc entrées chez L. N. Messier, l'espoir au cœur.

Il se tenait droit, jambes écartées et tête haute, au bout de l'allée centrale du grand magasin. Il avait fermé les yeux comme il le faisait si souvent quand il jouait un de ses morceaux favoris. Son corps se balançait en mouvements lents au rythme de la musique. Sa main gauche caressait les cordes sans sembler les toucher pendant que l'archet, tenu fermement par la droite, montait et descendait en produisant des sons prodigieux.

Des femmes s'étaient arrêtées pour écouter après avoir posé leurs paquets sur le plancher de bois ciré ou un comptoir voisin. Ce n'était pas une musique à laquelle elles étaient habituées, on était loin du folklore et des romances faciles, mais son emprise sur elles était évidente : elles écoutaient, cou tendu, le corps penché par en avant comme si elles avaient voulu se rapprocher du musicien et de son instrument, quelques-unes avaient porté une main à la hauteur de leur cœur et d'autres sorti leur mouchoir. Ça donnait envie de pleurer et, pourtant, de continuer à vivre malgré tout. C'était un baume sur des maux inavoués, une distraction bienvenue, une lueur d'espoir au milieu d'une après-midi trop ordinaire.

Une vieille dame qui semblait s'y connaître plus que les autres en musique s'était penchée sur sa voisine, sans doute sa fille, en murmurant :

« Que c'est qu'y fait à jouer du violon au fond d'un magasin, donc, lui, y serait plus à sa place dans une salle de concert! Pauvre homme! »

Florence et ses filles n'avaient pas osé trop s'approcher de peur qu'il ne sente leur présence et que ça ne le déconcentre. Elles occupaient le centre de l'allée principale sans que personne ne s'en aperçoive. Et une grande tristesse commençait déjà à altérer la joie qu'elles ressentaient de l'avoir retrouvé.

Il avait vieilli. À Duhamel, on aurait dit qu'il avait pris un coup de vieux. Son teint avait jauni, sa chevelure, si belle autrefois, était terne, grisonnait par endroits et se faisait plus rare, des rides barraient son front, un pli amer marquait sa bouche malgré la beauté de ce qu'il jouait. Tout ce qui importait pour lui, elles le comprirent, se résumait à cette ligne mélodique qui s'élevait en ce moment même dans ce magasin qui sentait la poussière, le tissu à la verge, le métal des appareils ménagers et le parfum bon marché qu'on offrait aux clientes. Dès qu'il rouvrirait les yeux à la fin de sa sérénade, le monde magique de la musique, sa raison de vivre, son refuge, s'évanouirait et il se retrouverait plongé dans la triste réalité de son existence actuelle : un grand talent gaspillé, un musicien d'exception condamné à gagner sa croûte au fond des grands magasins, un artiste humilié, un poète rejeté. Tout son corps, malgré la beauté de ce qu'il jouait, criait sa détresse. Et sa défaite.

Où étaient l'enthousiasme de ses jeunes années, son grand amour pour Victoire, sa passion pour son fils ? Avait-il tout perdu ? La grande ville l'avait-elle en fin de compte englouti, même si chaque mois il trouvait encore le courage de sortir son instrument pour aider la pleine lune à se lever ? Et même ça, est-ce que ça avait encore de l'importance pour lui ? Ne le faisait-il plus que par habitude ? À cause d'une vieille promesse ? Avaient-elles sous les yeux la coquille vide de ce qui avait été autrefois un réceptacle de pulsions, d'ardeurs et d'espoirs ?

À la fin de son morceau, il avait gardé les yeux fermés, comme s'il refusait de quitter le monde dans lequel il était plongé.

Quelques femmes avaient applaudi. Les vendeuses, habituées à l'entendre jouer et un peu excédées par la diversion que représentait chacune de ses prestations, l'une le matin, l'autre l'après-midi, s'étaient contentées de croiser les bras en attendant que les clientes reviennent se pencher sur les comptoirs ou leur demander conseil. La nouvelle courait parmi le personnel du magasin, sans qu'on en connaisse bien sûr la source, que ce violoneux portait malheur, et elles faisaient ce qu'elles pouvaient pour l'éviter. Son quart d'heure terminé, les clientes retournées aux rouleaux de tissu à la verge et aux accessoires de cuisine, il redescendait l'allée centrale du magasin dans l'indifférence générale et sortait sans saluer personne. Les patrons de l'établissement le gardaient parce que les clientes aimaient l'entendre jouer. Si les vendeuses avaient eu leur mot à dire, cependant, il n'aurait pas fait long feu. Même si certaines d'entre elles le trouvaient très attirant malgré son visage ravagé et son regard abattu d'homme perdu.

La vieille dame s'était approchée de lui, avait touché le bout de la manche de sa veste élimée.

«Vous jouez trop bien pour rester icitte…»

Un sourire triste s'était formé sur ses lèvres.

«J'joue pas toujours bien comme ça, vous savez…»

Puis il avait ouvert les yeux.

Il les avait tout de suite reconnues, mais il savait qu'il ne devait pas réagir parce qu'il était le seul à les voir. Il ne pouvait pas crier de joie, se jeter dans leurs bras, les embrasser en leur disant qu'il pensait à elles chaque jour dans son exil, qu'il avait des centaines de fois rêvé de prendre le train pour aller les rejoindre et se perdre dans leur univers où rien d'autre n'existait que l'amour de la musique et les beurrées de mélasse. Et la pleine lune, une fois par mois. Tout ce qu'il pouvait faire, c'était sourire.

Et ce sourire qu'il leur fit, si beau après la tristesse que contenait la réponse qu'il venait de lui faire, la vieille dame l'avait pris pour elle.

«Vous avez dû être ben beau dans votre jeunesse…»

Il lui avait répondu sans la regarder.

«Chus encore jeune, madame. C'est la vie que je mène qui est vieille…»

Elle s'était éloignée, avait frôlé Florence sans s'en rendre compte et était sortie de chez L. N. Messier en fredonnant le si bel air qu'elle venait d'entendre et qui allait hanter le reste de sa journée. Et de sa nuit. Elle projetait déjà de revenir l'écouter dès le lendemain matin.

C'était d'ailleurs là l'une des principales raisons pour lesquelles l'administration du magasin tenait à le garder.

Il était passé au milieu de ses amies en leur disant tout bas de le suivre. Il avait même touché la manche de la robe de Florence pour se convaincre qu'il ne se trompait pas, qu'elles étaient bien là.

Une vendeuse, qui l'avait entendu, lui avait lancé :

«Vous êtes pas gêné! J'vous suivrai pas pantoute! Nulle part! J'vas me plaindre, pis vous allez être obligé d'aller faire vos simagrées ailleurs, c'est moé qui vous le dis! Effronté!»

Aussitôt sorti sur le trottoir, il s'était appuyé contre une des vitrines.

«C'est comme ça tou'es jours. Tou'es jours.»

Il avait serré son étui contre lui.

«Si les passants m'entendent vous parler, y vont penser que chus fou. Quoique ça changera pas grand-chose. Y le pensent déjà.»

Florence s'était approchée, avait passé sa main sur son front.

«Chus contente de t'avoir retrouvé, Josaphat.»

Il s'était plié en deux, au risque d'échapper son violon sur le trottoir.

«Faites-moi pas pleurer. Faites-moi pas pleurer tu-suite! Suivez-moé, on va trouver une place pour parler.»

La dame qui était entrée plus tôt dans le magasin de chaussures était sortie sur le trottoir en le voyant passer.

«C'est vous qui jouait du violon, t'à l'heure? J'vous ai vu vous préparer, mais je savais pas que vous étiez bon de même! J'avais pas le temps de rester, mais… J'vas retourner vous écouter!»

Il lui avait répondu un hâtif merci sans s'arrêter.

«Êtes-vous là tou'es jours?»

Cette fois il s'était retourné. Et lui avait parlé en reculant.

«Deux fois par jour, madame. De dix heures à dix heures et quart, pis de trois heures à trois heures et quart.»

Elle lui avait fait un signe de la main.

«J'vas t'être là! Pis vous me jouerez la même affaire qu'à matin! J'veux l'entendre au complet, c'te fois-là! Pis… je sais pas, mais y me semble que je vous connais…»

Une voix était parvenue du fond de la boutique :

«Y a des clients qui vous attendent, mademoiselle Desrosiers…»

Josaphat avait tourné vers le sud dans la rue Fabre.

«On va aller au parc La Fontaine. Y a pas grand monde à c't'heure-citte…»

Comme il l'avait prévu, le parc La Fontaine était presque vide. Ceux qui le traversaient à cette heure se rendaient pour la plupart au chantier de l'hôpital Notre-Dame, un des plus importants de Montréal, ou en revenaient. Josaphat s'était installé sur un des premiers bancs, près de la rue Rachel.

«Y a juste des policiers, à c't'heure-là. Si y en passe un, j'vas arrêter de vous parler, pis je recommencerai quand y sera parti… J'espère juste qu'y me posera pas trop de questions… Des fois, y me prennent pour un robineux pis j'ai de la misère à leur prouver que c'est pas vrai.»

Il les avait regardées un long moment en serrant son étui à violon contre lui.

Elles portaient les mêmes vêtements que lorsqu'il allait se réfugier chez elles pour jouer de la musique avec Florence pendant que ses trois filles tricotaient en silence ou en jasant à voix basse. Elles n'avaient pas vieilli d'un seul jour alors que lui, il en était conscient, s'était détérioré au fil des années à cause des abus qu'il avait infligés à son corps – la boisson, d'innombrables nuits sur la corde à linge, les femmes faciles, le laudanum et même un peu d'absinthe, le poison des poètes, en fait tout ce que la grande ville peut offrir à un homme qui souffre et qui veut oublier. Il était un jeune vieillard alors qu'elles resteraient toujours sans âge, insensibles aux ravages du temps, éternelles consolatrices de ceux qu'elles choisissaient d'aider ou qui leur étaient envoyés. Les quatre visages, si bons, le regardaient avec la même mansuétude, l'affection qu'il y lisait, comme autrefois, lui faisait oublier les problèmes, les embarras, les tourments. Leur seule présence annihilait tout ce que sa vie contenait de négatif et de douloureux.

«Vous dites rien. Attendez-vous que je parle le premier?»

Florence s'était assise à côté de lui pendant que Rose, Violette et Mauve, qu'il n'aurait toujours pas su différencier, s'installaient à ses pieds sur la terre battue de l'allée en étalant leurs robes autour d'elles comme des corolles. Il avait pensé, encore comme autrefois, à leurs noms de couleurs et de fleurs, et les larmes lui étaient enfin montées aux yeux.

«Eh, que ça fait du bien. De pleurer. Ça fait tellement longtemps que j'y arrive pus...»

Florence avait relevé sa voilette.

«Nous autres, ça fait des années qu'on te cherche.

— Des années? Ça fait des années que vous êtes à Montréal?»

Elle lui avait alors raconté en raccourci les efforts qu'elles avaient faits, elle et ses filles, pour le retrouver. Il avait pleuré de plus belle en disant qu'elles n'auraient pas dû, qu'il n'en valait pas la peine, qu'il ne méritait pas tant d'attention, mais un peu d'agressivité avait bientôt teinté ses propos.

«J'vous ai fait une promesse quand j'étais tout jeune, pis jamais, vous m'entendez, jamais j'aurais osé pas la respecter! Même saoul mort, même malade, pis je l'ai été, croyez-moé. Si vous m'avez cherché pour me guetter, si vous êtes venues jusqu'ici pour m'espionner, laissez-moé vous dire que vous auriez pu laisser faire pis rester dans votre beau château transparent sur le bord du lac Long! J'ai pas besoin de vous autres pour savoir ce que j'ai à faire!»

Florence avait posé une main sur son genou.

«C'est pas de l'espionnage, Josaphat, c'est pas non plus un manque de confiance.

— C'est quoi, d'abord?

— On vient de se retrouver après des années, Josaphat, c'est pas le temps de se chicaner, y me semble… Y a deux minutes, tu pleurais de joie, pis tout d'un coup…»

Il s'était calmé, leur avait demandé pardon.

«J'vous en ai voulu de m'avoir laissé partir sans me suivre. Ensuite j'ai été content de ma liberté. Mais j'ai fini par être désespéré parce que j'étais trop tu-seul. Chus tellement tu-seul, si vous saviez! J'ai laissé Victoire faire sa vie, j'avais pas le droit de me mêler de ses affaires, c'est elle qui avait choisi de marier Télesphore pour que Gabriel ait un père officiel, pis je savais ben qu'a l' avait raison… Déjà qu'est-tait chanceuse d'avoir trouvé un gars qui acceptait de la marier avec un p'tit… Télesphore pouvait pas avoir d'enfants, y paraît, pis y était prêt à adopter Gabriel… Mais moé, je pouvais pas rester à Duhamel, loin d'eux autres! Y étaient tout ce que j'avais dans le monde! Ma sœur pis notre enfant! J'aimais mieux être malheureux près d'eux autres que malheureux loin d'eux autres! J'ai commencé par jouer le mononcle comique avec Gabriel, j'voulais prendre mon nouveau rôle au sérieux pour m'habituer, j'me disais qu'à la longue je finirais par accepter tout ça… Lui, mon enfant que j'aimais tant, y comprenait pas trop ce qui se passait, au commencement, mais comme Télesphore était ben fin avec lui, y a fini par s'attacher à lui. Y le voyait tous les jours, pis moé y me voyait juste de temps en temps… J'pense qu'y se rappelle pus que chus son père! J'pense qu'y s'en rappelle pus!»

Il avait sorti un grand mouchoir à carreaux, s'était essuyé les yeux avant de se moucher dedans.

«Pis quand j'ai appris… Quand j'ai appris que Victoire était enceinte quand on est partis de Duhamel, qu'on était pour avoir un deuxième enfant… J'ai… j'ai décidé de pus les revoir, personne, j'ai fait une scène terrible à Victoire, pis j'ai passé une période épouvantable à boire pis à vivre dans la rue comme un guénillou. J'essayais même pus de gagner ma vie avec mon violon, j'mangeais n'importe quoi n'importe quand. Y a juste ma promesse que je

vous avais faite, y a juste elle que j'ai jamais oubliée!
Pas une fois! J'pouvais être dans une taverne, saoul
comme une botte, ou dans un club à regarder une
belle femme qui voulait rien savoir de moé, j'avais
beau avoir un mal de crâne ou être malade comme
un chien, sentir la bête puante ou ben le vomi dans
le fond d'un trou, j'ai jamais oublié ma promesse,
pas une seule fois. Pas une seule fois. Y m'arrivait
de maudire la lune, oui, c'est vrai, j'y en ai voulu de
dépendre de moé, comme ça, j'me sentais comme…
comme son esclave ou son serviteur, mais jamais je
me serais permis de l'abandonner. C'est tout ce qui
me restait de mon ancienne vie! Si j'avais disparu,
si j'm'étais jeté dans le fleuve comme je l'ai souvent
pensé, qui c'est qui aurait pris soin d'elle? Qui? J'ai
fait ça pour l'amour de vous. Parce que vous m'avez
donné le cadeau de la musique. Parce que vous
m'avez sauvé. Même si vous m'avez condamné à
répéter le même geste chaque mois, le reste de ma
vie, pour éviter un grand malheur.»

Il s'était levé, s'était éloigné de quelques pas.
Il avait continué à parler en leur tournant le dos,
comme s'il était arrivé au point crucial de son
propos et qu'il en avait un peu honte.

«Albertine. A' s'appelle Albertine. Notre deuxième
enfant. Pis est tout le contraire de son frère. Autant
Gabriel était un enfant doux pis tranquille, autant…
Je sais pas… Victoire dit que ça vient du côté
de notre mère, pis c'est vrai que c'était du drôle
de monde. Du monde dur, bête, pis méchant. Je
sais pas… C'est peut-être parce que je la vois pas
souvent, mais… J'ai à peu près jamais vu c't'enfant-là
sourire, j'pense. Est toujours cachée dans que'qu'
coin, à faire la baboune, a' nous regarde toujours
comme si a' nous en voulait, a' se chicane tout le
temps avec sa mère. On dirait… C'est juste une
enfant, mais on dirait qu'a'l' aime déjà pas la vie.
J'ai peur pour elle. J'essaye de l'imaginer dans dix
ans, dans vingt ans, pis j'ai peur de la façon qu'a'
va prendre tout ce qu'a' va avoir à vivre…»

Il s'était retourné vers Florence et ses filles.

«Excusez-moé si je vous parle de ça. Mais chus tu-seul, pis j'parle jamais à parsonne. J'suppose que j'dois en parler dans le fond des tavernes quand chus paqueté ou ben donc étendu dans un lit de bordel, mais j'm'en rappelle pus, après, pis ça me fait pas de bien...»

Il avait toussé dans son poing, était revenu s'asseoir.

«Que c'est qu'on fait, à c't'heure qu'on s'est retrouvés?»

Florence avait rebaissé sa voilette et s'était levée.

«On est justement là pour que tu nous parles de ces affaires-là, Josaphat. On pouvait pus te protéger parce qu'on était trop loin, mais quand tu vas ressentir le besoin de dire des choses comme ça ou que tu vas avoir envie de faire une bêtise, tu peux faire comme avant à partir de maintenant, viens nous voir, on est là pour ça...

— Vous vous en allez? On vient juste de se retrouver...

— Non, on s'en va pas. J'voudrais que tu nous montres où tu restes. On va essayer de s'installer pas loin.

— J'reste sur la rue Amherst au coin de De Montigny. C'est au-dessus d'un passage qui mène en arrière de la maison, ce qui fait que c'est pas chauffable en hiver, mais c'est pas cher. Pis, comme par hasard, y a une maison vide juste à côté...

— C'est pas un hasard, Josaphat...»

Avant de se lever, il les avait dévisagées les unes après les autres en fronçant les sourcils.

«Vous êtes vraiment là, hein? Vous existez pour vrai! C'est pas juste parce que chus fou? Rassurez-moé. Rassurez-moé, j'viens que je le sais pus...»

Ce matin-là, les quelques personnes qui avaient croisé un violoneux dans le parc La Fontaine n'avaient pas vu les quatre femmes qui le suivaient en souriant.

Et à partir de ce jour-là, des lumières ont lui chaque soir dans l'appartement vide voisin de celui de Josaphat-le-Violon ; on prétendit même avoir entendu de la musique, du piano et du violon, certaines nuits de pleine lune...

PREMIÈRE PARTIE

Une invitation irrésistible

Montréal, mai 1922

Rhéauna

Il faudrait qu'elle aille réveiller les filles. Mais, ce matin, elle va leur faire le cadeau de quelques minutes de sommeil de plus. Elles n'auront qu'à déjeuner plus vite. Ou prendre moins de temps pour se pomponner. Surtout Alice qui, à seize ans, est un peu trop consciente qu'elle est en train de se transformer en une magnifique créature et passe des heures à se contempler dans le miroir en essayant de nouvelles coiffures et d'invraisemblables couleurs de fards à joues et à lèvres. Béa, elle, toujours un peu trop grasse – c'est son problème depuis l'enfance –, a de la difficulté à se débarrasser de son indolence naturelle et resterait volontiers étendue sur un canapé toute la journée à manger des chocolats en lisant des magazines de mode. Elle ne peut pas suivre la mode, rien ne lui va, ou à peu près, dans cette nouvelle façon de s'habiller qui a tendance à montrer ce qu'autrefois on cachait, mais elle dévore tout ce qui s'imprime au sujet des nouveaux goûts vestimentaires et encourage sa sœur dans ses illusions de grandeur, ses désirs de tenues extravagantes et d'aventures romanesques. Elle vit à travers Alice les rêves qu'elle ne veut pas se permettre, ce qui énerve Rhéauna qui la trouve belle malgré et peut-être même à cause de son embonpoint et qui est convaincue qu'elle pourrait se trouver un bon parti si elle s'en donnait la peine. Si elle a vu quelques garçons tourner autour de Béa, elle a surtout senti cette dernière se raidir devant leurs avances, comme si elle ne pouvait pas croire qu'on veuille s'occuper d'elle ou la trouver attirante.

Béa dit souvent à ses sœurs que ces garçons la trouvent «ragoûtante», alors qu'elle voudrait un homme qui l'aimerait pour autre chose que ses formes replètes, pour son intelligence, par exemple, son sens de l'humour, sa conversation. Rhéauna sait bien que c'est faux, que Béa rêve que les hommes la regardent comme ils regardent Alice, qu'ils la trouvent plus que ragoûtante, qu'ils se pâment sur la taille fine qu'elle ne possède pas et cette légèreté dans le geste qu'elle n'arrivera jamais à imiter, et ça l'enrage. Elle voudrait que sa sœur accepte son physique; elle sent malgré tout Béa s'enliser dans une espèce de dégoût de soi qui la choque.

Bon. Le moment est venu d'aller les secouer dans leurs lits. Une autre séance de grognements, de protestations, de jurons, aussi, de la part d'Alice qui emprunte depuis qu'elle est entrée dans une manufacture – elle est *shakeuse* de tabac chez McDonald Tobacco – un langage à faire dresser les cheveux sur la tête.

Elle approche son visage du miroir, enlève une peau sèche sur son nez, étale un peu de rouge sur ses joues. Elle se trouve moins moche, ce matin. Elle a passé une bonne nuit alors qu'elle s'était attendue à faire des cauchemars à cause de la journée énervante qui s'annonce – l'achat d'une robe de mariée ne doit pas être une chose facile –, se trouve l'air reposé malgré la tension qui l'oppresse et, c'est nouveau, pense à la journée du 3 juin avec une certaine excitation au lieu de l'angoisse habituelle.

Le 3 juin prochain, elle va épouser Gabriel à l'église Saint-Pierre-Apôtre, rue Dorchester, à deux minutes de l'appartement de la rue Montcalm, et pour la première fois depuis la grande demande – qu'elle attendait, bien sûr, et qui avait tardé à venir à cause de la grande timidité de son cavalier –, elle ne retrouve pas cette espèce d'ombre de doute qui jusque-là lui brouillait le cœur. Non pas qu'elle remette en question son amour pour Gabriel, non, de ça elle est convaincue et veut passer le reste de sa vie avec lui, elle le sait depuis qu'elle a commencé à le fréquenter ; c'est autre chose qui la trouble, une impression d'incertitude devant ce choix définitif, la perte sans appel de ses rêves d'enfance, peut-être, ou l'avenue qu'elle est sur le point d'emprunter et qui va changer sa vie à tout jamais. Elle va continuer à travailler au début de leur mariage, mais aussitôt qu'elle tombera en famille, elle n'aura pas d'autre choix que de faire comme toutes les femmes et de s'enfermer pour élever sa progéniture.

Elle ne rêve plus depuis longtemps de devenir le plus grand écrivain du Canada, c'était puéril, elle le sait, et elle sourit quand elle y pense. Ce grand saut qu'elle va faire, cependant, cette plongée dans la vraie société, celle où, au contraire de ce que sa mère qu'elle admire tant vit depuis si longtemps, la femme reste à la maison pendant que le mari, le chef, le pourvoyeur, gagne leur pitance, lui donne le vertige parce qu'elle ne sait pas si elle pourra l'endurer longtemps. Pour son mari, pour leurs enfants, oui – elle en veut plusieurs et elle va les aimer comme peu d'enfants l'ont été –, mais elle, au fond, tout au fond d'elle-même, acceptera-t-elle jamais cette perte d'indépendance, ce sacrifice si grand ? Elle comprend qu'elle ne pourra pas faire autrement, que le monde est ainsi fait, qu'elle n'y peut rien, mais… C'est étrange, toutefois, ce matin-là, installée devant sa vanité, ça ne lui fait plus rien. Et, au lieu de se sentir soulagée, elle s'en inquiète.

Elle se lève, enfile sa robe neuve que ses sœurs lui envient et qui lui a coûté une bonne partie de son salaire hebdomadaire. Elle n'ira pas travailler aujourd'hui, elle a rendez-vous au Salon de la Mariée de Dupuis Frères avec sa mère et ses deux tantes, Tititte et Teena. Elle aurait bien voulu choisir sa robe de mariée en toute quiétude, peut-être en compagnie de sa mère qui l'aurait de toute façon laissée faire son choix toute seule, mais Maria a insisté pour que Tititte, au moins, la grande spécialiste de la mode dans la famille, toujours tirée à quatre épingles et d'une grande élégance malgré son budget plus que limité, soit présente. Tititte avait le goût sûr, prétendait-elle, même si elle avait aussi un peu trop tendance à l'imposer à tout le monde. Puis Maria avait ajouté que si la tante Teena apprenait qu'elles étaient sorties sans elle pour un achat aussi important, elle ferait une crise qui pourrait durer des semaines. Alors Teena avait été invitée à se joindre au groupe.

En enfilant ses chaussures, Rhéauna se demande pourquoi elle s'est préparée si tôt : le rendez-vous n'est que pour l'après-midi, elle aurait pu profiter de la matinée pour se reposer en robe de chambre, lire des magazines ou le reste du roman de Colette, *Chéri*, qu'elle a commencé quelques jours plus tôt et qui l'intéresse d'autant plus qu'il est à l'Index, en tout cas attendre la dernière minute pour s'arranger. Elle va sans doute se voir dans l'obligation de tout recommencer avant de partir. Elle se trouve ridicule lorsqu'elle sort de sa chambre. Elle n'a plus quatorze ans, elle devrait pouvoir user de patience, mieux se maîtriser.

Elle est attirée par un bruit qui provient du fond de l'appartement. Et, chose étrange, ça sent le café alors que c'est elle qui le prépare chaque matin.

Elle trouve sa mère et son petit frère installés à la table de la cuisine. Théo mange un bol de gruau. Rhéauna ne se souvient pas d'avoir jamais vu sa mère préparer le repas du matin pour ses enfants et essaie de cacher son étonnement en envoyant un baiser à son frère. Théo, comme le lui a montré Béa des années plus tôt, a jeté un énorme tas de cassonade sur son gruau et versé du lait sur le tout. Le lait s'est infiltré sous les céréales, les a soulevées, d'où le nom d'«île flottante» que porte ce plat, du moins selon Béa qui prétend l'avoir inventé et qui s'en vante volontiers.

Maria scrute sa fille des pieds à la tête.

«Oùsque tu t'en vas, habillée de même de bonne heure comme ça?»

Rhéauna se verse une tasse de café, s'assoit à côté de Théo, lui ébouriffe les cheveux. Il éloigne la tête en grognant. Il a neuf ans, il n'est plus un bébé, il déteste que ses sœurs le caressent. Se faire gâter, recevoir des cadeaux ou dévorer ce qu'on lui prépare, soit, mais les cajoleries et les enfantillages l'énervent. Il est désormais indépendant et il veut que ça se sache.

«Je le sais que chus niaiseuse, moman, mais je pouvais pas attendre pour m'habiller pour le rendez-vous d'après-midi...

— Pauvre toi, tu vas être obligée de tout recommencer. Tu sais ben que tu peux pas rester tout ce temps-là sans te salir, tu sais comment c'que t'es...

— C'est exactement ce que je me disais en sortant de ma chambre. Ben 'coudonc, je recommencerai. J'ai d'autres robes...

— Mais celle-là, c'est la neuve.

— Ben oui...

— T'as pas envie de mettre une vieille robe pour aller t'acheter une robe de mariée! Ça a pas de bon sens! Y faut que tu montres que t'as du goût, sinon la vendeuse va essayer de te vendre n'importe quoi!

— J'la connais pas, mais quand a' va apprendre que je travaille chez Dupuis Frères, que chus une collègue à elle, a'l' essayera pas de me vendre n'importe quoi. De toute façon, ma tante Titite va être là, y a pas de danger...

— Tant qu'à ça...»

Maria se lève pour poser deux tranches de pain sur le vieux poêle à bois.

«Va donc remettre ta jaquette pendant que je prépare tes toasts.»

Rhéauna plonge son index dans le gruau tiède de Théo qui lance un cri de protestation.

«Lâche ma soupane, toi!»

Maria se tourne vers ses enfants, les mains sur les hanches.

«Ça va faire, à matin, là! Pis toi, Nana, j't'ai dit d'aller te changer! J'ai pas envie que tu me fasses honte devant ta tante Tititte!»

Rhéauna, qui n'a pas l'intention de retourner à sa chambre remettre sa robe de nuit, essaie de faire diversion en changeant le sujet de conversation.

«Les filles sont pas levées? J'vas aller les brasser, un peu...»

Elle pose un baiser dans le cou de sa mère avant de quitter la cuisine.

«Pis vous, qu'est-ce que vous faites levée si de bonne heure? J'vous ai entendue rentrer vers une heure du matin, comme d'habitude... Vous allez être fatiquée pour aller travailler, à soir...»

Maria retourne les tranches de pain sur le rond du poêle.

«Tes toasts sont presque prêtes pis t'es pas encore sortie de la cuisine!

— Vous répondez pas à ma question, moman...»

Maria sort le beurre de la glacière.

«J'vas les manger moi-même, ces toasts-là, 'coudonc...»

Rhéauna s'appuie contre le chambranle de la porte.

«Moman... j'vous ai posé une question...»

Maria dépose les toasts sur une assiette avec un geste brusque et revient s'asseoir en face de Théo.

«J'ai le droit d'avoir des rendez-vous le matin, non?»

Rhéauna hausse les épaules.

«Ben sûr. Avec monsieur Rambert?»

Maria étend trop de beurre sur son pain, essaie d'en gratter le surplus.

«Ben non.

— Pis vous voulez pas me dire avec qui?

— Non, j'veux pas te dire avec qui. C'tu clair? Envoye, va réveiller tes sœurs...»

En poussant la porte de leur chambre, Rhéauna trouve Béa et Alice déjà levées. Leurs vêtements de travail sont étalés sur les lits, des souliers jonchent le sol, ça sent le parfum bon marché et les deux jeunes filles s'agitent parce qu'elles ont peur d'être en retard.

«Pourquoi tu nous as pas réveillées?

— Le sais-tu que j'ai une heure de petit char à faire avant d'arriver à' shop?

— On sait ben, mademoiselle se sacre de nous autres, mademoiselle s'en va s'acheter une robe de mariée!»

Rhéauna se contente de sourire.

«Vous êtes pas pantoute en retard. Ni l'une, ni l'autre. Pis toi, Alice, t'as juste une demi-heure de tramway à faire, exagère pas! Même si j'étais venue vous réveiller, vous vous seriez pas levées plus de bonne heure, je vous connais! Chus obligée de vous menacer tous les matins pour que vous finissiez par vous bouger un orteil! Vous vous êtes levées à la même heure que d'habitude, en retard, comme d'habitude, mais c'est plus facile pour vous autres de me mettre ça sur le dos!»

Béa a déjà chaud et s'essuie le visage avant d'enfiler sa robe, une vieille chose bleu paon toute décatie qu'elle porte en dernier ressort, quand elle n'a plus rien de propre à se mettre sur le dos.

«J'ai jamais compris pourquoi c'te biscuiterie-là ouvre une heure avant les autres magasins, moi!»

Alice, qui se maquille trop vite pour que ce soit réussi, hausse les épaules en faisant une grimace.

«C'est pour que les gourmandes comme toi commencent à trop manger plus de bonne heure que les autres! Y a-tu déjà une ligne de grosses madames qui attendent à la porte de la biscuiterie quand t'arrives, le matin?»

Béa lui donne une claque derrière la tête.

«Eh que t'es drôle! Au lieu de faire la comique, tu devrais surveiller tes bas! Y a une belle grosse maille dans le gauche!»

Alice lance un juron, se lève en jetant son fard à lèvres sur la vanité, se retourne devant le miroir pendu derrière la porte.

«C'est même pas vrai!

— J't'ai fait peur, hein?

— Aimerais-tu ça aller vendre des biscuits à la livre avec un œil au beurre noir, Béa? T'as juste à le dire, hein…»

Rhéauna se souvient de leur arrivée à Montréal, six ans plus tôt. De la panique de ses sœurs face à l'agitation de Montréal, elles qui n'avaient rien connu d'autre que Sainte-Maria-de-Saskatchewan, de leur réticence, qui avait duré assez longtemps, à sortir ne serait-ce que sur le trottoir de bois de la rue Montcalm. De leur consternation à la vue des tramways et du nombre de voitures qui sillonnaient la rue Sainte-Catherine. De leur étonnement, aussi, devant la grosseur de leur nouvelle école et de la peur que leur avaient d'abord inspirée les religieuses trop sévères qui exigeaient d'elles une discipline dont elles n'avaient jusque-là même pas soupçonné l'existence.

Tout ça a bien changé. Elles sont vite devenues de véritables citadines, des jeunes filles délurées, surtout Alice, qui n'ont pas froid aux yeux et qui apprennent chaque jour un peu plus à vivre au rythme d'une grande ville. L'école n'avait pas duré longtemps, le goût d'indépendance, le besoin de se procurer par elles-mêmes les choses essentielles à la vie urbaine, l'avaient emporté sur l'éducation et, au grand dam de Rhéauna qui, elle, déplorait d'avoir dû quitter l'école trop tôt, elles s'étaient trouvé des emplois. Quant à leur mère, qui de toute façon avait toujours détesté l'école, elle avait plutôt vu d'un bon œil l'argent – si peu que ce soit – que ramèneraient chaque semaine ses deux plus jeunes filles. Elle avait donc vite accepté de les laisser se lancer sur le marché du travail.

Alice sent le tabac quand elle revient de la manufacture, en fin d'après-midi, Béa la vanille et le gingembre. Elles mangent ce que leur a cuisiné Rhéauna pendant que leur mère se prépare à aller au Paradise et, durant la semaine, elles se couchent

42

tôt parce qu'elles sont épuisées. Elles ne se plaignent jamais, cependant, elles préfèrent cent fois cette vie, aussi dure soit-elle, à l'étude ennuyante des règles de grammaire et des lois sévères de la religion qui, croient-elles, ne leur serviront à rien une fois mariées.

Rhéauna, elle, ne travaille que les après-midi, à la comptabilité du grand magasin Dupuis Frères, là où elle va justement acheter sa robe de mariée en profitant des dix pour cent de rabais octroyés aux employés de la maison.

«Préparez-vous à une surprise : moman est déjà levée. Pis elle a préparé de la soupane pour Théo.»

Les deux jeunes filles figent sur place.

«Est déjà levée?

— A'l' a préparé le déjeuner?

— Est-tu malade?

— Y a-tu quequ'chose de pas correct?»

Rhéauna ouvre la porte qu'elle avait refermée derrière elle.

«Je le sais pas. A' dit qu'elle a un rendez-vous.

— Un rendez vous! Le matin! Y a quequ'chose qui va pas, certain!»

Alice regarde Rhéauna de la tête aux pieds avant de quitter la pièce.

«Que c'est que tu fais déguisée de même à c't'heure-là, donc, toi? C'est pas juste après-midi que vous allez chez Dupuis Frères?»

Maria est en train de déposer les assiettes sales au fond de l'évier quand ses trois filles débouchent du couloir dans la cuisine.

«Nana m'avait souvent dit que vous vous leviez à la dernière minute, mais là, vraiment, vous exagérez…»

Alice pique une orange dans le bol de fruits posé sur la table avant de se diriger vers la porte.

Maria la retient par le bras.

«C'est moins grave pour Béa parce qu'a' travaille pas ben loin, mais toi, Alice…

— J's'rai pas en retard, moman, inquiétez-vous pas…

— Non, mais tu vas avoir l'estomac vide, par exemple… Une orange, c'est pas assez…

— J'mangerai plus à midi.

— C'est pas une réponse, ça…

— Moman, s'il vous plaît, c'est vous qui allez me mettre en retard, là…

— C'est ça, ça va être de ma faute…»

Elle lui glisse une banane dans la main.

«Mange ça dans le petit char, au moins, ça va te nourrir… J'dépense une fortune pour vous acheter des fruits frais, profitez-en! Pis que j'voie pas madame Desbaillets venir me dire qu'a' t'a vue la jeter dans la poubelle… C'est nourrissant, une banane, pis t'as besoin de te mettre un peu de chair sur les os! T'as l'air d'un esquelette ambulant! Pis prends ton imperméable, on gèle!

— Mon Dieu, moman, qu'est-ce qui vous prend de jouer les mères poules comme ça, à matin! Avez-vous queuqu'chose à vous faire pardonner?»

Elle fourre la banane dans la poche de son imperméable, sort de la maison en courant.

«Qu'est-ce qu'on mange pour souper, à soir, Nana?»

Et elle dévale les marches de l'escalier de bois sans attendre la réponse.

Maria hausse les épaules.

«J'sais pas pourquoi a' sort toujours par en arrière, y faut qu'a' fasse le tour de la maison… Y en a un, un escalier, en avant!»

Béa est déjà installée devant une île flottante de gruau fumant.

«Vous parlez à madame Desbaillets, moman? Y me semblait que vous étiez encore en chicane…

— On est encore en chicane, aussi! Maudite chipie! Mais j'ai dit ça juste pour faire peur à Alice.»

Rhéauna verse trois tasses de café, les pose sur la table.

«Si vous pensez que c'est ça qui va l'empêcher de jeter la banane dans la première poubelle qu'a' va rencontrer…»

Béa avale une bouchée avant d'ajouter :

«De toute façon, a'l' aime pas ça, les bananes...»

Cette simple réponse fait sursauter Maria, qui rougit.

Ses filles la regardent.

«Quoi? Qu'est-ce que vous avez à me regarder comme ça?»

Béa prend une gorgée de café.

«Vous saviez pas qu'Alice aime pas les bananes?»

Sa mère se tire une chaise, s'assoit, se penche vers elle.

«Tu penses que chus pas une bonne mère, c'est ça?

— J'ai pas dit ça...

— Mais tu le penses...

— Ben non...

— J't'entends penser, Béa! J'lis sur ta face comme dans un livre ouvert avec des illustrations en couleur! Une bonne mère, c'est pas quelqu'un qui sait que sa fille aime pas les bananes, tu sauras, une bonne mère ça se sacre que sa fille aime les bananes ou non, c'est quelqu'un de responsable qui sait ce qui est bon pour sa fille pis qui l'oblige à manger une banane quand a' part pour travailler sans manger le matin, même si par hasard a'l' aime pas ça! C'est ça, une bonne mère, c'est pas d'autre chose!»

Consciente du ridicule de ce qu'elle vient de dire et ne trouvant rien à ajouter, elle se lève de table, enlève le tablier qu'elle s'était noué autour de la taille, le jette sur le comptoir et quitte la cuisine.

Rhéauna donne une claque derrière la tête à sa sœur en se relevant.

«T'aurais pu laisser faire, franchement!

— Quoi? Qu'est-ce que j'ai fait encore? J'tais surprise que moman sache pas qu'Alice aime pas les bananes pis je l'ai dit, c'est toute!

— Comment tu penses qu'a' s'est sentie?

— Ben, c't'à elle à se lever en même temps que nous autres, a' les saurait, ces affaires-là!

— A' rentre après minuit tou'es soirs, Béa!

— A'l' a juste à changer de job, c'est toute.

— A' rentre après minuit tou'es soirs pour que t'ayes du gruau à manger le matin, Béa! Pis si a' changeait de job, si est-tait obligée de prendre une job qui paye pas, comme la tienne, par exemple, si a'l' allait vendre des biscuits à la livre sur la rue Ontario, peut-être que t'en aurais pas, du gruau, à manger, le matin! Ni de fruits frais! On est peut-être la seule famille de la rue à manger des fruits frais parce que ça coûte cher! Moman sait peut-être pas si on aime ou non les bananes, mais au moins est capable de nous en acheter! A'l' a une job payante, Béa, remercie le ciel!»

Béa quitte sa place, se bute à Théo en sortant de la cuisine.

Quelques secondes plus tard, Rhéauna entend claquer la porte d'entrée.

Théo fronce les sourcils. Il déteste les engueulades entre ses sœurs.

«Que c'est qu'a'l' a, Béa? Y as-tu encore dit qu'a' mange trop?

— Ben non, c'est pas de ça qu'on parlait... Veux-tu des toasts?

— Non, j'ai pas faim. J'viens de manger.»

Il l'embrasse sur la joue, part en courant après s'être emparé d'une orange.

«Pour plus tard. Au cas où j'aurais faim pendant la récréation!»

Rhéauna se lève, se dirige vers l'évier.

«Chus quand même pas pour faire la vaisselle habillée de même! Bon, me v'là que j'me parle à voix haute, à c't'heure! Eh, qu'a' commence mal, c'te p'tite journée-là!»

Maria

La débarbouillette d'eau froide qu'elle a posée sur son front lui fait du bien. Elle respire mieux, le bouillonnement de colère qui a failli lui faire perdre le contrôle se résorbe peu à peu, la migraine qu'elle a d'abord crue inévitable ne semble pas se déclencher. Elle prend de longues respirations, essaie de se calmer en se vidant la tête de toute pensée négative, n'y arrive pas. La colère va passer, mais elle ne pourra pas s'empêcher d'en chercher les causes et de s'en désoler.

Elle se demande si cette envie qu'elle a eue de frapper Alice parce qu'elle osait lui tenir tête n'était pas une façon détournée qu'elle avait trouvée pour réagir – à l'avance – à la redoutable journée qui se préparait. Surtout aux deux rendez-vous qu'elle a pris pour cet avant-midi et qui, chacun à sa façon, la terrorisent. A-t-elle failli exprimer, avant même que les raisons n'en soient légitimes, la frustration qu'elle prévoit inévitable parce qu'aucun de ces deux rendez-vous ne peut bien se passer? Au détriment de sa fille Alice en qui elle se retrouve un peu trop depuis quelque temps et qui lui tombe sur les nerfs, sans doute autant qu'elle était tombée sur les nerfs de ses parents quand elle avait son âge, alors qu'ils lui semblaient si ridicules, si bornés, et qu'elle le montrait avec une cruauté d'enfant gâtée? A-t-elle voulu se punir elle-même à travers Alice d'avoir demandé à rencontrer ces deux personnes qu'elle n'avait pas envie de voir?

Elle sent avec inquiétude venir le moment où elle entendra sortir de la bouche de sa fille les arguments qu'elle avait servis à ses parents vingt-deux ans plus tôt. Les reproches, les récriminations, les accusations. Ce n'est pas d'un petit village de la Saskatchewan que veut sortir Alice, elle en est déjà très loin et elle n'a pas eu à le demander. Non, comme la plupart des filles de son âge, c'est de l'emprise de la famille, de ce qu'elle croit être le joug de sa mère et de sa sœur aînée qu'elle veut se libérer. Pour voler de ses propres ailes. Pour prouver qu'elle peut arriver à quelque chose par elle-même. Si jeune. Si fragile. Si peu intelligente… Parce qu'elle quitte chaque matin la maison et va brasser des feuilles de tabac dans une manufacture surchauffée pour un salaire dérisoire, elle se croit forte et prête à l'indépendance, alors que ce n'est encore qu'une enfant qui a besoin qu'on lui dise quoi faire.

Devrait-elle réagir comme ses parents l'avaient fait à l'époque? En est-elle déjà arrivée, si tôt, mon Dieu, si tôt, à conseiller à un de ses enfants d'éviter de faire les mêmes bêtises qu'elle? Parler d'erreurs, d'expérience, de sagesse, de prudence, alors qu'Alice a juste envie de ruer dans les brancards? Comme elle? Comme lorsque la perspective de s'enterrer au fond des plaines avec un mari buveur de bière et des enfants qui arriveraient en série la rendait folle? Se verra-t-elle bientôt dans le rôle de celle qui conseille à sa fille d'accepter les choses qu'elle a elle-même voulu éviter?

Et l'autre, là, la vendeuse de biscuits, la pâte molle sans personnalité qu'elle désespère de pouvoir caser un jour… Elle se voit déjà pousser l'une à réagir pendant qu'elle essaie de retenir l'autre… Et Rhéauna, son bras droit depuis si longtemps, qui s'en va faire sa vie avec un jeune homme bien, mais à moitié sourd et pas trop dégourdi, que va-t-elle devenir… Qu'est-ce que la maisonnée va devenir sans elle? Sans compter le plus jeune qui ne peut pas faire un pas sans l'aide de sa grande sœur tout en prétendant le contraire?

Elle retire la débarbouillette, la place avec soin à côté de son verre d'eau sur sa table de chevet. Un geste tout à fait ordinaire, le bras qui se déplie, la main qui s'ouvre en s'approchant du bois verni couvert de poussière, mais qu'elle suit avec attention, comme si c'était la chose la plus importante du monde, peut-être pour éviter, bien sûr en vain, de penser au sort de ses quatre enfants et, surtout, aux deux corvées, plus imminentes donc plus dangereuses, qu'elle s'est imposées et qu'elle devra exécuter d'ici quelques heures.

L'une tout près de chez elle, rue Sainte-Catherine, l'autre dans la vieille ville, au fond d'un endroit perdu qui s'appelle la ruelle des Fortifications et dont elle n'a jamais entendu parler.

Même la chronologie de ces rendez-vous la contrarie. Elle aurait d'abord dû se rendre rue Sainte-Catherine, tout près, et ensuite traverser la ville. Mais non, elle doit d'abord courir à l'autre bout du monde pour se faire humilier une première fois avant de revenir, sans doute déjà découragée, jouer les quêteuses devant un homme qui rira peut-être d'elle.

On frappe à la porte.

«C'est toi, Nana?

— Oui. C'est-tu correct? Vous avez besoin de rien?

— Non, c'est correct. Chus t'en train de m'habiller. Faut que je parte tu-suite.

— Vous voulez pas parler de votre rendez-vous?

— Certainement pas avec une porte fermée entre nous deux! Mais non, c'est correct, j't'en parlerai après. Peut-être.

— Comment ça, peut-être?»

Maria se lève, traverse la chambre, ouvre la porte.

«Écoute, Nana… T'en as des secrets, toi? Ben, moi aussi! C'est simple, c'est pas compliqué: j'ai deux rendez-vous, à matin, pas un, deux! Y me tentent pas, c'est vrai, mais je veux pas t'en parler pour le moment pis je voudrai peut-être jamais t'en parler! C'est clair? Ça fait que va te changer parce que j'ai ben des affaires à m'occuper avant qu'on se rende au Salon de la Mariée chez Dupuis Frères pis que t'as en masse le temps de te salir!»

Elle se retourne et va ouvrir la porte de la penderie.

«À c't'heure, laisse-moi m'habiller!»

Avant de se retirer, Rhéauna s'appuie contre le chambranle.

«Ces deux rendez-vous-là ont-tu un rapport avec mon mariage, moman?»

Maria se tourne vers elle, les bras déjà chargés de vêtements.

«Toute tourne pas autour de toi, Nana. Toute tourne pas autour de ton maudit mariage!»

Alice

Ça ne sent pas bon dans le tramway. Encore heureux que les fenêtres sont grandes ouvertes. Ça sent le manque de soins corporels, les vêtements pas souvent lavés, la cigarette bon marché à *la rouleuse* – qu'on fabrique soi-même avec du tabac qui ne coûte pas cher –, en fait, ça pue la pauvreté. Et c'est de cette odeur-là qu'Alice voudrait se débarrasser. Elle est convaincue – même si elle sait, au fond, que c'est faux – que la pauvreté sent, qu'on sait qu'une personne est pauvre parce qu'en plus de son habillement et de la honte qu'on peut lire dans ses yeux une légère puanteur se dégage de sa peau. On a beau essayer de la cacher sous une couche de parfum, elle est toujours là, elle vous suit partout, elle vous trahit, elle vous annonce.

Elle baisse la tête, hume le col de son imperméable.

C'est sans aucun doute moins perceptible chez elle parce qu'elle use de toutes sortes de stratagèmes pour la dissimuler – quoiqu'elle n'a pas eu le temps de se laver, ce matin, ce qui lui fait tenir les coudes près du corps, au cas où –, des parfums un peu trop chers pour ses moyens, de longs bains où flottent des huiles aux noms exotiques, des sels odorants qui prennent du temps à fondre et qui fleurent la rose, le jasmin ou le gardénia. C'est du moins ce qu'on prétend sur les flacons ou les emballages en carton, même si ce n'est pas toujours évident. Mais elle craint que le relent fondamental de la pauvreté soit indélébile et elle y pense dix fois par jour, surtout à la manufacture quand il fait très chaud et que la sueur lui coule sur le front et le dos.

Elle se souvient de sa grand-mère Joséphine, en Saskatchewan, qui disait toujours : «On est pauvres mais on est propres!» Elle les a habituées, ses sœurs et elle, à ne jamais se négliger, à ne jamais se présenter où que ce soit sans s'être assurées que tout ce qu'elles portaient était propre et qu'aucune odeur corporelle ne se dégageait d'elles. Elle leur a montré à se laver paroisse par paroisse chaque matin avec une débarbouillette mouillée, sans négliger aucun endroit stratégique. Le bain obligatoire était hebdomadaire, mais les ablutions à l'eau et au savon quotidiennes. Et si elles souffraient souvent des remugles qui s'élevaient dans la classe unique de la petite école, en particulier l'hiver, elles savaient au moins qu'elles n'en étaient pas responsables.

Un homme assez vieux est venu s'asseoir à côté d'elle sur le banc de paille tressée. Il grignote un bout de pain, ce qui rappelle à Alice qu'elle a faim et qu'elle a toujours une banane au fond de sa poche d'imperméable. Elle la sort, l'épluche et commence à manger. C'est bon. Et c'est vrai que c'est nourrissant. Elle aurait eu de la difficulté à attendre jusqu'à midi… Elle n'aurait jamais avoué à sa mère qu'elle avait raison, cependant. Le vieillard, un rictus au bord des lèvres et l'œil un peu fou, se penche sur elle, juste un peu, juste pour que leurs épaules se touchent.

«Vous aimez ça manger des bananes, mademoiselle?»

Elle fait semblant de ne pas comprendre l'allusion et se contente de répondre sans se tourner vers lui.

«C'que j'aime surtout, c'est de puncher les vieux cochons qui m'abordent dans le petit char…»

Quelques rires s'élèvent autour d'eux.

Le vieux monsieur semble plus amusé que choqué par sa réponse.

«Parlez-moé de ça, une femme qui est capable de répondre!»

De ça aussi elle voudrait se débarrasser à tout jamais. Le regard des pauvres, des hommes qui n'ont rien d'autre que des jobs de pouilleux et qui la dévisagent chaque matin parce qu'elle est toujours la plus belle fille dans le tramway Papineau. Sans attendre le prince charmant, Alice espère tout de même qu'un jour une race différente d'homme, quelqu'un qui porte autre chose que des *overalls* et une casquette d'ouvrier, issu d'ailleurs, de là où les appartements ont l'eau chaude à l'année et où le chauffage ne sent pas le charbon, pas une beauté, non – quoique ça ne serait pas dédaignable –, mais quelqu'un de toujours propre, avec un travail qui paye et les moyens de la gâter, un vrai monsieur, quoi, un vrai monsieur, s'intéressera à elle.

Est-ce trop demander?

Le vieux cochon continue à lui parler, mais elle ne l'écoute pas. Elle connaît le genre. Il ne se laissera pas décourager facilement, il va insister, continuer ses sous-entendus graveleux, essayer de la faire rougir en étant de plus en plus précis dans ses insinuations.

Elle soupire, ferme les yeux.

Tout ce qu'elle voit, c'est sa mère qui l'engueule encore une fois parce qu'elle est rentrée tard ou qu'elle porte trop de maquillage. Elle la traite d'enfant, la chose qu'Alice déteste le plus au monde, lui ordonne de rentrer plus tôt et tend la main pour prendre les cinq dollars de pension que ses trois filles lui payent depuis qu'elles ont commencé à travailler.

S'éloigner de tout ça, mon Dieu, partir, aller n'importe où, mais loin d'ici! En vraie Desrosiers.

Une puissante odeur lui monte au nez, elle ignore si elle est réelle ou si c'est elle qui l'imagine, mais c'est fort, ça lui pique les yeux, ça lui donne envie de vomir. Elle se rend compte que ça vient de la pelure de banane. Elle la jette par la fenêtre en hurlant de toutes ses forces:

«Ça pue, ici-dedans, ça pue, ça pue!»

Le vieil homme, croyant qu'elle parle de lui, se tait tout d'un coup au milieu d'une phrase pendant que les autres passagers du tramway rient de plus belle.

Ottawa, mai 1922

Ti-Lou

L'adresse se lit comme suit :
Mademoiselle Louise Wilson
Château Laurier
Ottawa, Ont.
Canada
Ti-Lou déchire l'enveloppe après avoir vérifié la provenance de l'invitation. Le timbre a été oblitéré à Montréal. Elle connaît peu de gens à Montréal, qu'elle n'a d'ailleurs visitée qu'à de rares occasions et toujours en compagnie de personnages plus ou moins importants d'Ottawa qui voulaient se faire voir avec une belle femme à leur bras, des «vieux garçons» désirant cacher leur vraie sexualité ou des hommes d'affaires en goguette souhaitant oublier leurs soucis – et leur famille – pendant un week-end.

Elle a été charmée par la vie nocturne de la métropole canadienne qui a la réputation, méritée, d'être une ville un peu folle et très ouverte d'esprit, si on fait abstraction du joug de la religion catholique sur la population francophone : les clubs de jazz, ouverts toute la nuit, fréquentés par les meilleurs musiciens noirs américains, les restaurants chics, les fameux *blind pigs* où l'argent a si peu d'importance que certains joueurs allument leurs cigares avec des billets de dix dollars – quitte à le regretter si la chance ne leur sourit pas –, mais, en vraie touriste, elle n'en connaît pas la vie quotidienne. Elle aurait aimé s'échapper quelques heures des bras des hommes qui payaient ses voyages et se montraient parfois trop exigeants et souvent veules et méprisables, quitter l'hôtel chic pour parcourir en pleine après-midi la rue Sainte-Catherine, l'avenue commerciale la plus célèbre du pays, à la recherche de toilettes qu'on ne trouve pas à Ottawa parce que les femmes de ministres ou d'employés du gouvernement s'habillent de façon plutôt conservatrice, grimper jusqu'au sommet du mont Royal dont on dit que c'est un des plus beaux parcs du monde, visiter ses cousins Desrosiers, surtout Maria dont elle n'a pas de nouvelles depuis longtemps et qui s'était montrée si fragile lors de sa dernière visite, six ans plus tôt...

Six ans.

Elle regarde aussitôt ses mains. C'est une hantise chez elle depuis quelques mois. Malgré son relatif jeune âge, elle n'a pas encore cinquante ans, des tavelures ont fait leur apparition au cours de l'hiver – les taches de mort, comme les appellent depuis toujours les courtisanes qui les tiennent pour un signe avant-coureur du début de la fin de leur règne. Elle a tout fait pour les dissimuler, elle a utilisé des crèmes au prix exorbitant qui se sont montrées inefficaces même si elles promettaient une peau soyeuse et sans taches, elle a tenté en vain de lancer une mode chez les prostituées d'Ottawa – des gants qu'on porte toute la journée, même en mangeant, même en faisant l'amour –, elle a essayé de ne montrer à ses clients que les paumes de ses mains, mais des mains posées sur le dos, c'est ridicule et ça ne lui attirait que des questions gênantes.

« Avez-vous quelque chose à cacher, Ti-Lou ? »

Que répondre ? Qu'on a des tavelures ? Qu'on est une prostituée vieillissante ? Qu'il serait peut-être temps de prendre sa retraite ?

Elle pige un chocolat dans l'énorme boîte que le sénateur Dumont lui a apportée la veille. Ses favoris, les Cherry Delights vendus, une exclusivité, semble-t-il, dans la boutique de souvenirs du hall de l'hôtel. La gérante, une dame Carlyle, en fait venir quelques boîtes chaque mois en sachant qu'elle va les écouler. C'est pour les soupirants de mademoiselle Wilson. Ti-Lou pour les intimes. La louve d'Ottawa. *The She-Wolf of Ottawa*. La honte du Château Laurier. Madame Carlyle ne salue jamais Ti-Lou quand par hasard elle la croise dans le hall, elle est toutefois bien contente de vendre ses Cherry Delights aux réguliers de la *she-wolf*.

Ti-Lou crève l'enveloppe de chocolat avec la langue, laisse le jus de cerise couler dans sa bouche, mord dans le fruit confit qu'elle mâche longtemps avant de l'avaler.

Elle appelle ça sa «mortelle consolation»: c'est vrai que ça la console de tout, du moins le temps que les exquises saveurs du chocolat et de la cerise se mêlent sur sa langue – ça lui fait pendant un court moment oublier la laideur de certains de ses clients, leur vulgarité –, c'est aussi vrai que c'est dangereux pour elle. Mais elle a décidé de faire abstraction du danger et ferme les yeux après avoir glissé un deuxième Cherry Delight dans sa bouche.

Le docteur McKenny – qui est si souvent venu à son aide quand l'une ou l'autre des vilaines «maladies de femmes de mauvaise vie» la frappaient – lui a appris un an plus tôt qu'elle était atteinte de diabète et qu'il fallait qu'elle coupe tout sucre et le plus de gras possible. Elle a ri en lui passant la main dans les cheveux. Elle a ensuite ajouté que sans ses Cherry Delights l'existence serait insupportable. Et qu'elle abandonnerait son métier avant de les couper de sa vie. Ainsi que tous les autres desserts qu'elle engloutissait, les babas au rhum, les millefeuilles, les tartes au sucre, qui l'engourdissaient en lui rendant plus endurables les séances humiliantes et parfois grotesques qu'annonçaient les plantureux repas pris au restaurant ou dans sa suite du Château Laurier.

Et lorsqu'il avait ajouté sur un ton grondeur que c'était sérieux, que ça pouvait la tuer, à la longue, si elle refusait de faire attention, qu'elle risquait de perdre la vue, que ses artères finiraient par se bloquer, que la gangrène la menaçait, elle s'était contentée de répliquer en se levant pour quitter son cabinet :

«La dame aux camélias était consomption, moi chuis diabétique. Est morte en toussant, j'vas mourir en mangeant du chocolat. J'aime mieux ma condition que la sienne. Voulez-vous que je vous paye en nature ou si vous allez m'envoyer votre compte à l'hôtel?»

N'empêche que l'apparition des tavelures, en plus du maudit diabète qui finira bien, tôt ou tard, même si elle a décidé de l'ignorer, par lui bloquer les artères, s'attaquer à sa vue ou lui noircir le bout des orteils, est venue mettre un grand doute dans sa vision de l'avenir. Une courtisane diabétique, peut-être même obèse – parce qu'elle a aussi pris du poids –, et couverte de taches de vieillesse? Non.

Non.

Mieux vaut s'échapper pendant qu'il en est encore temps. Fuir Ottawa et son hypocrisie, se réfugier là où personne ne la connaît, peut-être à Montréal, tiens, oui, se retirer – elle en a les moyens si elle fait un peu attention à ses dépenses –, dans une ville qu'elle pourra aimer, vivre ses dernières années sans hommes, se suicider par le sucre, en tout cas quitter son métier avant d'être trop vieille et de devenir la risée d'une ville où on la méprise déjà.

Et laisser planer – ça leur apprendra à tous – la menace de l'écriture de sa biographie, même si elle n'aurait jamais l'intention de la mettre à exécution. Sa vie complète. Sans censure. Méritant sans doute d'être mise à l'Index et terrorisant toute la ville. Avec les noms de tous les politiciens, de tous les professionnels, de tous les membres du clergé, catholique ou anglican, qu'elle a fréquentés et dont elle connaît les secrets les plus honteux. Et les mensurations.

Elle appuie la tête contre le dossier de son fauteuil, rit de ce beau rire gras qui fait encore frémir tant d'hommes.

La louve d'Ottawa de Louise Wilson. Ou bien *La vengeance de Ti-Lou*. En vente dans toute bonne librairie. Mais sous le comptoir,

Elle essuie les larmes qui lui coulent sur les joues. Bon. L'invitation maintenant.

Elle retire de l'enveloppe le carton de mauvaise qualité, chausse ses lunettes – autre preuve irréfutable du progrès de son diabète.

Madame Maria Rathier
a l'honneur de vous inviter
au mariage de sa fille Rhéauna avec monsieur...

La petite Rhéauna se marie! La fillette fébrile, craintive, aux yeux si intelligents, qui avait passé une nuit avec elle pendant son voyage entre la Saskatchewan et le Québec il y a quelques années, cette si belle enfant qui lui avait fendu le cœur avec le récit de ses hésitations entre l'envie de revoir sa mère à Montréal et le désir de rester avec ses sœurs et ses grands-parents dans le petit village au fond des plaines où elle avait grandi, est maintenant une femme prête à se ranger. Mais non, ce n'est pas possible que tant de temps se soit écoulé depuis son passage à Ottawa! Ça ferait donc... quoi, huit, neuf ans? Déjà! Oui, c'est vrai, Maria était aussi venue la voir quelques années plus tard, après être allée reconduire ses enfants en Saskatchewan... Elle confond peut-être les deux visites.

Elle regarde de nouveau ses mains. En plus des tavelures, de vilaines veines bleutées saillent sous la peau depuis peu. Toutes les prostituées savent qu'on peut tout déguiser sauf les mains. Les mains sont la condamnation des femmes dont le métier est de séduire et qui arrivent au seuil de la déchéance physique. Comment peut-on penser séduire avec de telles mains? Elle se lève, traverse la chambre à grandes enjambées, s'installe devant l'immense glace dans laquelle elle a vérifié tant de fois le tombé d'une robe ou l'effet d'une nouvelle coiffure. Elle se penche vers son reflet, se regarde droit dans les yeux. Encore beaux. Mais qui ne peuvent peut-être plus pallier le vieillissement des mains. En fait, tout le visage est encore beau. Et même plus. Resplendissant. Elle s'est si souvent fait dire qu'elle était resplendissante. Si elle essayait de se rappeler la dernière fois, cependant…

Elle ferme les yeux, appuie son front contre le miroir.

« Ben, ma vieille, le temps est venu, hein ? 'Coudonc. T'auras eu une belle carrière… »

Elle est étonnée de ne ressentir aucune sorte de regret. Aucune. Elle comprend tout à coup qu'elle pourrait aujourd'hui même quitter son grand train de vie, la suite au Château Laurier, les toilettes, les fêtes, le perpétuel étourdissement, sans tourner la tête et le cœur léger, alors que l'idée ne lui en était encore jamais venue. Un vrai coup de tête de Desrosiers venu du côté de sa mère, Gertrude, qui avait contrôlé toute sa vie les impulsions naturelles d'autonomie qui hantaient sa famille et qui était morte de chagrin et de frustration ?

Se retirer sans prévenir, disparaître d'Ottawa sans adieux à ses clients qui l'ont méprisée autant qu'elle les a méprisés. Une dernière flambée d'indépendance…

Parce que, à bien y penser, elle aussi a vécu sous le joug des hommes et ne serait pas malheureuse de s'en dégager. Elle n'a pas dépendu d'un seul homme, c'est vrai, elle ne s'est pas consacrée à un mari qui aurait eu tous les droits sur elle, mais ce qu'elle a pris pour de la liberté, cette vie d'éparpillement et de fausse facilité, était tout de même lié au désir que les hommes avaient d'elle et auquel elle s'était soumise. N'avait-elle pas malgré tout été une femme soumise elle aussi ?

Elle relève la tête.

Non. Tout de même.

Elle doit éviter d'emprunter cette avenue dangereuse. Elle s'est vantée toute sa vie d'être une femme libre, elle ne va pas commencer à douter…

Elle retourne à son fauteuil, reprend l'invitation.

C'est sans doute Maria qui l'a inscrite sur la liste des invités. Elle se demande ce que les autres membres de la famille Desrosiers, ses cousins, Ernest, Tititte, Teena, vont penser en la voyant débarquer au mariage de Rhéauna. La putain qui vient fêter la sainte union du mariage!

Elle sourit.

Pourquoi pas. Un petit voyage à Montréal, seule pour une fois, sans attaches, ne lui ferait pas de tort. Elle pourrait même commencer à prospecter, à visiter des appartements, à voir si le coût de la vie à Montréal est trop élevé pour elle.

Elle vérifie la date du mariage. Ça lui donne tout de même quelques semaines pour réfléchir à ses projets.

Le téléphone sonne un coup puis s'arrête. On l'avertit qu'un client monte, qu'il est peut-être déjà dans l'ascenseur.

Elle regarde sa montre.

Si tôt dans la journée.

Une autre grosse légume du gouvernement canadien qui vient soulager un inopiné coup de sang et qui ne veut surtout rien demander à sa femme.

Maria, Victoire

«Vous êtes ben fine d'avoir accepté de me rencontrer...

— Ça me fait plaisir. On s'était toujours rencontrées quand y avait ben du monde... Ça va nous permettre de mieux se connaître...»

Le regard de cette femme est d'une telle intensité que Maria a l'impression qu'elle voit au-delà de son visage, qu'elle peut lire ses pensées, qu'elle a peut-être déjà deviné ce qu'elle est venue lui dire. C'est un regard plus qu'inquisiteur, intimidant, dont on voudrait se soustraire parce qu'il est trop intense.

«J'ai eu un peu de misère à trouver votre rue...

— Vous pouvez le dire, madame Rathier, ça me dérange pas : c'est pas une rue, c'est une ruelle. Vous êtes pas la première à avoir de la misère à la trouver non plus. Pis comme en plus on vit dans la dernière maison du fond...»

Elle a gardé son accent de la campagne. Un accent moins définissable, moins marqué que celui de Charlevoix, par exemple, ou de la Gaspésie, mais Maria reconnaît les sons si particuliers qu'elle avait entendus lors de sa visite à Duhamel quelques années plus tôt. Les r sont roulés – pas comme ceux des Montréalais, cependant –, les t sont plus beaux, aussi, ils sonnent moins comme des ts.

«Rhéauna me dit que vous venez de Duhamel...

— Oui. Pis a' m'a dit que vous avez passé une semaine là-bas, y a quequ' s'années...

— Oui, chez ma sœur qui a acheté une maison.

— Ça vous tente pas d'y retourner, des fois ?

— Ah oui, c'est tellement beau.

62

— Moé, j'y pense tout l'temps…

— Pis la maison est tellement ben située…

— Ah oui? Notre maison aussi était ben située… En dehors du village.

— Celle-là aussi…»

De toute évidence, elles ignorent qu'elles parlent de la même.

«Excusez-moé de vous demander ça, mais pourquoi vous êtes venue vous installer en ville?

— J'me sus mariée.

— C'est vrai que c'est une bonne raison… Vous êtes venue avec votre mari?

— Non, mon mari est d'ici, de Montréal. Chus venue le rejoindre après qu'y m'a demandée en mariage.»

Une sorte de gêne s'installe entre elles. Son hôtesse a détourné le regard. Maria est convaincue qu'elle cache quelque chose, que son choix de partir de Duhamel a été difficile, qu'elle a même peut-être été forcée de quitter la Gatineau. Un mariage de convenances? Ou de dépit à cause d'une peine d'amour?

Victoire quitte sa chaise, tout à coup, et parle encore en courant presque vers la porte du salon.

«Mon Dieu que chus une mauvaise hôtesse! J'vous ai même pas demandé si vous vouliez quequ'chose à boire. J'ai du thé, du café…»

Pendant qu'elle est partie préparer le thé, Maria en profite pour jeter un coup d'œil autour d'elle.

Tout est d'une pauvreté navrante, des vieux meubles sans doute ramassés n'importe comment dans des encans ou des soldes de grands magasins au tapis élimé qui couvre mal le plancher de bois et aux rideaux ravaudés. L'appartement étant situé en demi-sous-sol, les fenêtres sont petites, placées haut, ce qui explique que même à dix heures du matin, les lampes sont allumées. Une propreté méticuleuse règne cependant dans la pièce.

Ça sent plus que la pauvreté, ça sent le malheur. Et c'est là-dedans que Gabriel, le fiancé de Nana, a été élevé.

Rhéauna lui a dit que le père de Gabriel est concierge de l'immeuble et que sa femme l'aide dans les tâches ingrates qui lui incombent. Elle lui a aussi confié que son fiancé a quitté la maison quelques mois plus tôt pour aller vivre en chambre près du carré Saint-Louis tout en continuant à payer sa pension à ses parents. Parce qu'il en avait assez de vivre dans un soubassement au fond d'une ruelle obscure, qu'il avait besoin de lumière, qu'il avait surtout envie de s'éloigner de son père qui, semble-t-il, est loin d'être un cadeau.

Maria a vu la soute à charbon juste à côté de la porte d'entrée de l'appartement et se demande comment il se fait que la poussière ne recouvre pas tout dans la maison. La mère de Gabriel, en plus de tout le reste du travail, doit sans doute lui livrer une incessante bataille.

Une fillette entre dans la pièce en toussant et Maria se dit que les poumons des occupants de cet appartement ne sont sans doute pas eux non plus à l'abri de la poussière de charbon. Et que Gabriel a eu raison de s'éloigner avant d'attraper une maladie. La fillette s'arrête en l'apercevant. Elle a les mêmes yeux perçants que sa mère. Elle aussi, on croirait qu'elle voit plus loin que ce que le visage de son interlocuteur veut laisser deviner. Autre chose se lit, aussi, dans ce regard noir, une sorte de questionnement, comme si la petite fille, tout en devinant ce que dissimule la personne avec qui elle parle, lui demandait en même temps si elle pouvait elle aussi lire ce que cache son âme. Ça ressemble à un appel au secours : Aidez-moi, je suis incapable d'exprimer mon malheur et ça me tue.

Sa mère arrive presque au même moment avec un plateau sur lequel sont posés la théière, les tasses et des biscuits.

«As-tu dit bonjour à madame Rathier, Albertine? C'est la mère de la belle Rhéauna. C'est la plus vieille de mes deux filles, madame Rathier. Est pas allée à l'école, à matin, parce qu'a' toussait. Mon autre fille, Madeleine, a neuf ans. Est en quatrième année. Pis j'ai un autre garçon, Édouard, qui a dix ans. Mais Gabriel a déjà dû tout vous dire ça. Ou ben je vous l'ai peut-être dit moi-même la première fois qu'on s'est rencontrées…»

Elle passe la main dans les cheveux d'Albertine qui se dégage de sa caresse en faisant la moue.

«Albertine, elle, est en sixième… Mais a'l' aime pas beaucoup ça… Dis bonjour à madame Rathier, Bartine…»

Au lieu de répondre, Albertine tourne le dos et sort de la pièce en courant.

Sa mère dépose le plateau sur la petite table d'appoint un peu bancale placée entre le canapé et le fauteuil.

«C'est sauvage à c't'âge-là. À franchement parler, on pourrait dire que Bartine est toujours sauvage… En tout cas, elle a son petit caractère, laissez-moi vous le dire. Du lait dans votre thé?»

Maria se demande comment elle va aborder le sujet dont elle veut s'entretenir avec la mère de Gabriel. Y aller franchement serait plus logique, mais elle ne sait pas par où commencer.

Son hôtesse pose sa tasse, tousse dans son poing.

«Vous voulez me parler de quequ'chose en parti-culier, hein? Je le sens depuis que vous êtes arrivée. Allez-y franchement, ayez pas peur. Pis peut-être que ça serait plus facile si on arrêtait de s'appeler madame. J'm'appelle Victoire.»

Soulagée, Maria lui tend la main puis se rend compte du ridicule de son geste.

«Moi, c'est Maria.»

Et elle se jette sans plus tarder dans le petit discours qu'elle a préparé depuis la veille.

«Chus venue vous demander pardon.

— Me demander pardon? Pour que c'est faire! On se connaît pas…

— J'veux vous demander pardon parce que je pourrai probablement pas payer à ma fille pis à votre garçon le mariage qu'y mériteraient, pis j'ai ben honte… Je savais pas à quel point ça coûtait cher, un mariage. Moi, quand j'me sus mariée, j'étais loin de chez nous pis c'est les parents de mon mari qui s'en sont occupés… D'habitude, c'est le père de la mariée qui paye pour toute, mais Rhéauna en a pas, de père, pis moi, ben, même si je gagne bien ma vie, chus tu-seule, j'ai personne pour m'aider, pis j'gagne quand même ben moins d'argent qu'un homme qui a un bon métier… J'ai quatre enfants à faire vivre, une maison à faire fonctionner… Vous allez voir, quand va venir le temps de marier Albertine… L'église, les fleurs, le linge neuf pour tout le monde, pis la Pâtisserie parisienne, dans notre cas, qui va préparer le lunch pour cinquante personnes… C'est ben beau de vouloir des petites sandwiches de fantaisie en couleur, mais faut pouvoir les payer! J'pense que j'ai vu trop grand. J'ai invité des Desrosiers, mon côté de la famille, de jusqu'à l'autre bout du Canada, je savais pas si y viendraient, mais si y viennent, qu'est-ce que j'vas faire avec eux autres? Va-tu falloir que je les loge par-dessus le marché? Les Rathier, ça fait trop longtemps que j'ai pus de contacts avec eux autres pour les inviter… J'voulais faire une grande rencontre familiale autour du mariage de ma fille, moi qui ai toujours haï la famille, parce que je sais que c'est important pour Nana. J'voulais qu'y aye de la visite du Manitoba pis de la Saskatchewan, un peu de son enfance, j'voulais que Nana s'en rappelle toute sa vie, mais j'ai ben peur que si a' s'en rappelle toute sa vie, ça va être parce que ça va avoir été une journée manquée… J'ai fait des calculs… Ça peut coûter jusqu'à des cinq cents piasses, un mariage comme celui-là, pis les cinq cents piasses, je les ai pas, ça fait que j'ai commencé à faire des coupures. Les invitations sont envoyées, tout est commandé, pis je sais pas comment c'est que j'vas faire pour payer!»

Victoire la coupe en levant la main devant elle, comme en signe de protestation.

«J'espère que vous êtes pas venue me demander de contribuer au mariage, Maria…

— Oh non, c'est pas ça, c'est pas ça pantoute, ayez pas peur…

— … parce que de l'argent, chus pas mal sûre que j'en ai encore moins que vous, chère tite-fille…

— C'est pas ça, je vous dis… Mais j'avais personne à qui parler… J'pouvais pas en parler à mes sœurs, sont encore plus dramatiques que moi! J'me sus dit qu'on se comprendrait peut-être, entre mères… Pis, encore une fois, j'veux vous demander pardon. Parce que Gabriel aussi, y mérite une belle cérémonie de mariage pis un beau party. Le pire, c'est qu'y vont peut-être l'avoir sans savoir qu'y sera jamais payé, que je risque de finir en prison comme une voleuse parce que j'vas avoir voulu faire un beau mariage pour ma fille!

— Exagérez pas, là, Maria, vous exagérez, là…

— Peut-être pour la partie de la prison, mais pour le reste…

— Pis votre cavalier, monsieur Rambert, y peut pas vous aider? Y a l'air d'être un homme plutôt à l'aise…»

Maria finit sa dernière gorgée avant de répondre.

Si seulement les yeux de Victoire n'étaient pas aussi inquisiteurs. Qu'est-ce qu'elle sait, ou devine, de ses rapports avec monsieur Rambert qui la demande en mariage dix fois par année et qu'elle refuse d'épouser par pur orgueil, même s'il est le père de son dernier enfant? Elle ne veut pas dépendre de lui ou risquer de se perdre dans un deuxième mariage aussi misérable que le premier. Bien sûr qu'il accepterait de l'aider, mais elle ne veut pas que sa fille doive son mariage à un homme qui n'est même pas son beau-père officiel. Elle ne va quand même pas promettre à monsieur Rambert de l'épouser juste pour lui faire payer le mariage de Nana.

« J'veux rien y demander.

— Pourquoi ?

— C'est dur à expliquer… J'veux pas… j'veux rien y devoir… J'aurais l'impression de me livrer à lui… Je sais pas comment dire ça… J'veux pas dépendre de lui. Pour rien.

— C'est-tu le genre à ambitionner ?

— Non, mais moi chus le genre à me concentrer là-dessus pendant des années pis à me rendre malade à force de trop y penser. Chus comme… Chus comme prisonnière, pis je sais pas comment me sortir de ma situation. J'ai tellement honte ! »

Victoire s'appuie contre le dossier de son fauteuil. Elle laisse passer un long moment avant de parler.

« J'peux-tu vous poser une question, Maria ?

— Ben oui…

— Votre orgueil est-tu plus important pour vous que le bonheur de votre enfant ? »

Maria se lève, fait quelques pas dans la petite pièce. Victoire croit qu'elle est allée trop loin, que la visiteuse va quitter l'appartement et qu'elles ne se reverront que le jour du mariage. Non, Maria reprend sa place après avoir hésité devant le pas de la porte. Elle aussi laisse passer un moment avant de parler.

« Vous allez voir que non : en partant d'ici, j'ai rendez-vous dans une maison de finance qui vient d'ouvrir pas loin de chez nous. J'vas être obligée d'emprunter pour payer le mariage. De ça aussi, j'ai ben honte.

— Mais moins honte que d'emprunter à quelqu'un que vous connaissez ? Qui vous chargerait peut-être pas d'intérêts ? Qui pourrait même vous en faire le cadeau ?

— Vous avez raison quand vous dites que c'est une question d'orgueil. L'emprunt que je fais, y a juste vous qui allez être au courant. Même monsieur Rambert le saura pas. J'vas m'arranger pour qu'y le sache jamais. Si y me demande oùsque j'ai trouvé c't'argent-là, j'vas y dire que j'en avais mis de côté. »

Elle sort de son sac un mouchoir plié en quatre.

« J'vas payer pour le restant de mes jours, si y faut, mais personne saura jamais rien.

— Pourquoi vous êtes venue me le dire à moé? »

Maria se mouche bruyamment, s'excuse.

« J'vous l'ai dit tout à l'heure, parce que vous êtes la mère de l'homme que ma fille va marier! Parce que j'avais peur que vous vous rendiez compte que le mariage que j'vas être capable de payer à Nana pis à Gabriel est pas digne d'eux autres, pis que vous me trouviez proche de mes cennes! Chus pas proche de mes cennes, chus pauvre! J'vas être obligée de couper des affaires, pis j'ai peur que ça paraisse, comprenez-vous?

— Les autres invités aussi vont s'en rendre compte...

— Oui, mais vous, Victoire, vous pouvez me pardonner *avant*!

— J'ai rien à vous pardonner, Maria. Vous faites de votre mieux, je le sais. Quand Albertine va se marier, pis je suppose que ça arrive toujours plus vite qu'on pense, j'aurai même pas les moyens d'aller emprunter de l'argent parce que j'aurai pas les moyens de la remettre! Même en payant pour le restant de mes jours, comme vous dites que vous allez être obligée de faire... Le principal, c'est que nos enfants se marient, c'est pas les sandwiches en couleur de la Pâtisserie parisienne!

— Mais j'en veux des sandwiches en couleur de la Pâtisserie parisienne! Pis un vol-au-vent au poulet! Pis un gâteau de quatre étages! Pis des fleurs de chez Mademoiselle Gerney! J'vas peut-être être obligée de couper un étage du gâteau pis quequ' bouquets, mais ça va quand même être un gros gâteau pis ben des fleurs! J'veux que ma fille se rappelle de son mariage pour le restant de ses jours! J'y ai fait passer à travers tellement d'affaires, la pauvre enfant... »

Victoire se penche vers elle, pose une main sur son genou.

«Si vous avez des affaires graves à vous faire pardonner, c'est pas avec des sandwiches en couleur pis un gâteau à quatre ou à trois étages que vous allez y arriver… Parlez-y à elle, chère tite-fille, demandez-y pardon à elle, pas à moé…»

Maria se lève une deuxième fois, rajuste son chapeau, se dirige vers la porte du salon. Cette fois, elle va partir. Victoire la suit.

«Vous partez déjà? Vous venez quasiment d'arriver…

— Comme vous le savez, j'ai un autre rendez-vous, à matin. J'ai des papiers à signer qui vont m'égorger jusqu'à la fin de mes jours. Merci de m'avoir écoutée. Vous avez été ben fine. Ça m'a faite ben du bien… Après le mariage, j'espère qu'on va pouvoir se voir souvent… Pour jouer aux cartes, peut-être. Gabriel dit que vous aimez ben ça… Moi pis mes sœurs, on aimerait ça être quatre, des fois, pour pouvoir jouer au canasta ou aux cinq cents…»

Avant de sortir de l'appartement, elle se tourne vers Victoire.

«Y a des sujets importants que j's'rais pas capable d'aborder avec Nana. Chus faite comme ça. J'ai une grande yeule, la plupart du temps pour donner des ordres, mais quand vient le temps de parler de choses importantes… Nana pense que j'ai les moyens d'y payer un beau mariage pis je veux que ça reste comme ça.»

Elle jette un coup d'œil à la soute à charbon avant d'emprunter l'escalier qui mène au rez-de-chaussée.

Victoire rougit.

«Vous êtes pas tu-seule à avoir honte, vous savez.»

Puis elle referme la porte.

Arrivée dans le hall de l'immeuble, Maria s'appuie contre un mur en se demandant si sa deuxième visite sera aussi inutile que la première. Parce qu'elle ne ressent aucun soulagement. Et se doute que si jamais elle a en main l'argent pour payer les frais du mariage, elle ne se sentira pas mieux non plus.

Victoire

«Je le sais que t'aurais pu aller à l'école à matin, Bartine.

— J'toussais.

— Tu tousses tout le temps.

— J'toussais plus que d'habitude.

— Ben non, tu toussais pas plus que d'habitude. T'aimes pas ça aller à l'école pis tu fais toute pour rester icitte.

— Vous avez rien qu'à me retirer de là…

— J't'ai dit qu'y en était pas question avant que t'ayes au moins quinze ans! Tu peux pas aller travailler à l'âge que t'as, voyons donc! Que c'est que tu pourrais faire?

— J'pourrais vous aider icitte… Popa est quasiment jamais capable de faire sa job de concierge… C'est vous qui faites toute, tout le monde le sait! Avez-vous déjà vu ça, vous, une femme concierge? Ben, c'est ça que vous êtes!

— J't'ai déjà dit de pas juger ton père! Pis si y a de quoi, t'es t'aussi paresseuse que lui, ça fait que t'as rien à dire!

— Chus pas paresseuse!

— Ben, prouve-moé-lé pis retourne à l'école.

— C'est plate, l'école.

— Pis tu penses que c'est plus intéressant icitte? Chère tite-fille, si tu savais…

— J'apprends rien à l'école, de toute façon.

— Force-toé.

— J'me sus forcée. Ça donne rien.

— Force-toé encore!

— À quoi ça sert de me forcer à apprendre des affaires qui me serviront jamais! Y vous servent-tu,

71

vous, les affaires que vous avez appris à l'école,
quand vous lavez des planchers?

— Ben au moins je les sais! J'ai été obligée de
laisser l'école jeune pis je l'ai toujours regretté!

— Ben oui, ça fait mille fois que vous le dites.
J'ai pas envie d'en savoir, des affaires, moé, moman!
C'est pas grave!

— Bartine! Les enfants, ça va à l'école, c'est
toute! T'es un enfant? Ben, va à l'école comme
tout le monde, c'est pas à toé de décider! Jamais
je croirai que j'vas avoir élevé une ignorante en
plus du reste!»

Cette enfant-là va finir par la rendre folle.
Toujours les mêmes discussions, toujours les mêmes
arguments, toujours le même front buté, le même
air bête!

Victoire retire la bonde de l'évier, secoue ses
mains avant de les essuyer avec un torchon. L'eau
fait un bruit de succion en s'écoulant, elle doit y
replonger les doigts pour déboucher le tuyau.

«Ça fait cent fois que je dis qu'y faut mettre les
restants de toasts dans les vidanges avant de mettre
la vaisselle dans le lavier! Ben non, parsonne
m'écoute jamais, ici-dedans! On va finir par bloquer
le tuyau pis va falloir faire venir un plombier!
Comme si on avait les moyens!»

Albertine est écrasée sur une chaise de cuisine,
la tête renversée, les yeux au plafond.

«Ben, fais quequ'chose, Bartine! Viens m'aider!
Arrête de dire n'importe quoi, de parler de m'aider,
pis fais-lé, pour une fois!»

Albertine se lève en traînant les pieds, prend le
torchon que sa mère a utilisé pour se sécher les
mains, le passe sans grande conviction sur la nappe
cirée de la table.

«Arrêtez de crier de même, vous allez réveiller
popa…»

Victoire lui arrache le torchon des mains.

«J't'ai dit de pas juger ton père!

— J'le jugeais pas!

72

— Ben oui, tu le jugeais! Y avait un jugement dans ton ton!»

Albertine reprend sa place sur sa chaise.

«Moman! Popa est encore couché à dix heures du matin parce qu'y est rentré paqueté aux petites heures! Comment vous voulez qu'on le juge pas! On l'entend ronfler jusqu'icitte!

— Dis pas *on*! Toé, tu le juges, pas les autres!

— Voyons donc! Pensez-vous que chus la seule? Pensez-vous qu'on se parle pas, moé pis les autres? Pourquoi vous pensez que Gabriel est parti? Avant de se marier! Parce qu'y était pus capable de l'endurer!

— Bartine! Fais attention à ce que tu dis!

— Si on fait attention à ce qu'on dit, on va continuer à le laisser faire pis y va finir par toutes nous avoir! On va couler avec lui!»

Victoire porte les mains à sa bouche. Elle a failli le dire. Encore une fois – ce qui arrive de plus en plus souvent –, elle a failli prononcer les paroles qu'elle s'est juré de garder pour elle. Les paroles fatidiques qui donneraient raison à Albertine et à Gabriel. S'ils apprenaient la vérité.

«En attendant, va donc épousseter dans le salon.

— Y est propre.

— Fais-lé pareil.

— Y est propre! Pourquoi j'époussetterais dans un salon qui est déjà propre!

— Bartine, sors de la cuisine! Tu-suite! Va te recoucher, si tu veux, fais comme ton père, mais disparais!»

Albertine sait qu'elle doit obéir quand sa mère utilise ce ton de voix. Sinon la discussion va durer toute la journée et elle va presque regretter de n'être pas allée à l'école apprendre des choses inutiles.

«Correct, correct, mon Dieu, grimpez pas sur vos grands chevaux de même, pour l'amour!»

Elle pousse sa chaise sous la table.

«J'vous dis que j'ai hâte d'avoir l'âge de me marier, moé! M'as-tu partir d'icitte, rien qu'un peu!

— Si tu trouves quelqu'un d'assez bête pour te marier!»

Victoire regrette aussitôt ses paroles.

Albertine fait semblant de n'avoir rien entendu et sort de la pièce.

Sa mère serre les poings, s'assoit sur une chaise, pose le front sur la table de la cuisine.

Une fois de plus, son secret l'étouffe. Il finira par la tuer si elle ne se confie pas à quelqu'un, n'importe qui, même un inconnu croisé dans la rue et qu'elle ne reverra jamais. Qu'importe si on la trouve folle, si on la montre du doigt, il faut que ça sorte, il faut que les mots se forment dans sa bouche, qu'elle les laisse jaillir en éclaboussures répugnantes, qu'elle se vide le cœur, il faut qu'elle se vide le cœur! Quand on a le cœur vide, on ne souffre peut-être plus!

Elle s'est un jour confessée à un prêtre, et ce qu'il lui a répondu était d'une telle cruauté qu'elle en a été malade pendant des mois. Au lieu de l'aider, comme c'était son rôle, au lieu de la consoler, de lui accorder le pardon qu'elle attendait, il l'avait couverte d'injures, il l'avait condamnée en lui disant qu'elle était coupable, qu'elle avait séduit son propre frère, que tout était de sa faute, qu'il n'y avait pas d'absolution pour les femmes comme elle et qu'elle allait payer en enfer pour l'éternité ce qu'elle avait osé faire sur terre, parce qu'il n'y avait pas d'expiation pour ce péché immonde qui avait rougi le front de Dieu et de la Vierge Marie. Elle avait plaqué les deux mains sur la grille qui la séparait de lui et avait dit au prêtre qu'elle savait que, si Josaphat venait lui confesser le même péché, il lui accorderait tout de suite l'absolution, que la charité chrétienne n'existait que pour les hommes entre eux, qu'on ne pardonne aux femmes que des choses insignifiantes, et elle avait quitté le confessionnal en faisant claquer la porte.

Et n'était jamais retournée à l'église.

Elle lève la tête en direction de la fenêtre située près du plafond. Elle regarde pendant quelques minutes les jambes des passants. Des bords de pantalons et de jupes, c'est tout ce qu'elle voit de sa fenêtre depuis des années.

Elle prend une grande respiration, ferme les yeux.

Depuis quelque temps, pour se calmer après une engueulade avec Albertine ou une de ses colères contre Télesphore qui a encore bu en récitant des poèmes ou négligé ses tâches de concierge, elle étire le cou vers la fenêtre, ferme les yeux... et s'envole dans le ciel de Montréal. Un vautour. Elle devient un vautour. Pas un bel oiseau qui chante et qui fait des culbutes au grand ravissement de ceux qui le voient, un rapace qui plane au-dessus de la ruelle des Fortifications et qui, s'il le voulait, pourrait plonger vers la dernière maison avant le cul-de-sac et, pour s'empêcher de tout détruire, de déchirer avec son bec, avec ses serres, le visage d'Albertine ou de Télesphore, ou pour s'empêcher d'étouffer sous le poids de son terrible secret, se jetterait contre la fenêtre du sous-sol. Pour en finir. Un rapace qui se tue pour éviter de tuer.

On le ramasserait sur le trottoir, on le mettrait à la poubelle et il irait expier son geste dans l'enfer des oiseaux. Pour ne pas avoir à affronter le front rougi de Dieu. Et de la Vierge Marie.

Des fois, le rapace le fait. Des fois, non.

Aujourd'hui, cependant, ça ne fonctionne pas. Elle reste assise à sa place, aucune aile ne lui pousse, aucune serre, elle ne voit pas le trottoir de la ruelle des Fortifications s'éloigner, la maison rapetisser, le clocher de l'église Notre-Dame se profiler, tout à côté, elle ne plane pas au-dessus de son malheur avant de plonger dans la mort, elle reste assise dans sa cuisine, impuissante et accablée.

Elle n'arrive même plus à rêver.

Béa

Sa grande sœur lui a déjà expliqué qu'on finit toujours par oublier les odeurs. Quand un poulet rôtit dans le four, par exemple, ou un gros rosbif, on se pâme pendant quelques minutes, on crie que ça sent bon, qu'on a hâte de manger, puis – peut-être, encore selon Nana, parce que le nez cesse de fonctionner, ou quelque chose du genre – on se rend compte qu'il faut sortir dehors ou bien aller se réfugier quelques minutes dans une pièce fermée et en revenir si on veut apprécier à nouveau les parfums qui flottent autour de la cuisine. En tout cas, c'est vrai de la dinde : on en parle pendant un mois, et si on a hâte que la journée de Noël arrive, ce n'est pas juste à cause des cadeaux mais aussi de cette excitation qui va nous secouer quand les premières senteurs de chair qui rôtit vont sortir de la cuisine pour envahir la maison. Tout le monde va hurler de joie, Béa va dire que les larmes lui montent aux yeux tellement ça sent bon. C'est vrai pourtant qu'au bout d'une demi-heure on va moins en parler et qu'après une heure on va les avoir presque oubliées. Maria va se plaindre que les enfants sortent trop souvent «pour aller se laver le nez», que ça refroidit la maison quand on ouvre la porte, qu'il suffit d'aller se réfugier dans la salle de bains pendant deux minutes pour ressentir le même effet. Et Béa, pour désamorcer ce qui pourrait devenir une chicane en pleine après-midi de Noël, va faire rire tout le monde en disant qu'elle va aller se coucher dans le four à côté de la dinde pour que son nez ne s'endorme pas.

Alice, pour sa part, ne rate aucune occasion de déclarer qu'elle n'arriverait jamais à oublier ce que ça sent dans la salle de bains, le matin, quand tout le monde a fini sa toilette, et sa mère répond chaque fois qu'on ne parle pas de ces choses-là.

Si Béa pense à tout ça derrière sa caisse enregistreuse, c'est qu'un phénomène bizarre se produit chez elle depuis qu'elle travaille à la Biscuiterie Ontario : jamais, au grand jamais, elle n'arrive à oublier qu'elle est entourée de biscuits. Et pas juste parce qu'elle les voit. La théorie de Nana ne s'applique donc pas à tout. Il y a des choses qui sentent toujours. Ou des nez qui ne s'habituent pas à certaines odeurs. En tout cas, le sien est sans cesse titillé par les arômes de vanille, de chocolat, de coconut, de gingembre et de cannelle qui émanent des dizaines de casiers de bois au couvercle de verre qui longent trois des quatre murs de la biscuiterie. Si les premières journées elle a cru que c'était l'excitation d'avoir trouvé un travail moins difficile que celui d'Alice, qui brasse à longueur de journée des feuilles de tabac dans une pièce surchauffée – elle dit, et tout le monde la croit, à la maison, qu'elle ne sent pas l'odeur qu'elle transporte avec elle quand elle revient du travail –, Béa a fini par se rendre compte que ce mélange d'effluves si excitants ne la quittait jamais, que ça sentait autant à quatre heures de l'après-midi qu'à neuf heures du matin. Que, surtout, c'était aussi tentant à quatre heures de l'après-midi qu'à neuf heures du matin.

C'est d'ailleurs là le cœur du problème : la tentation.

Lorsqu'elle avait aperçu l'annonce dans la vitrine : *vendeuse expérimentée demandée*, elle n'avait pas hésité une seconde. Elle avait poussé la porte, sorti son plus beau sourire et convaincu en moins de dix minutes la propriétaire, madame Guillemette, une maîtresse femme corsetée jusqu'au cou et maquillée comme une danseuse du burlesque, que même sans expérience elle était capable de vendre ses biscuits mieux que personne d'autre. Et en plus grande quantité.

«R'gardez-moi, madame Guillemette, c'est évident que j'aime ça, les biscuits! Installez-moi derrière le comptoir, laissez-moi vanter la qualité de votre marchandise à vos clients, donnez-moi la permission de goûter aux biscuits qui m'intéressent, pis je vous jure que vous le regretterez pas! Chus convaincante quand je veux, pis laissez-moi vous dire que les clients vont repartir d'ici avec plus de biscuits qu'y avaient l'intention d'en acheter en entrant!»

Et elle avait raison. Depuis un peu plus d'un an qu'elle a pris Béa comme vendeuse, madame Guillemette n'a pas regretté de l'avoir engagée, même si elle se doute que la jeune fille pige dans les boîtes de biscuits plus libéralement qu'elle ne le lui permet. C'est une employée consciencieuse, honnête, propre et toujours de bonne humeur quand il le faut. C'est-à-dire devant la clientèle. La propriétaire de la biscuiterie a cependant remarqué des poussées de tristesse – le visage qui se rembrunit, les sourcils qui se froncent – quand Béa se retrouve seule derrière son comptoir et qu'elle croit que personne ne peut la voir. Elle se doute qu'une tache sombre se cache sous les sourires et les gentillesses de Béa, mais n'a jamais osé lui en parler. Son embonpoint, sans doute.

C'est donc ainsi que Béa se retrouve chaque jour, et pendant plusieurs heures, plongée dans la tentation. Madame Guillemette lui a dit qu'elle pouvait goûter aux nouveautés – elle sert en quelque sorte de testeuse –, Béa goûte à tout. Et quand la propriétaire s'absente pour aller à la banque ou faire des courses, elle se prépare ce qu'elle appelle «une assiette de douceurs» et mâche pendant de longues minutes, les yeux grand ouverts, concentrée et heureuse, des gâteux royaux, des *lemon squares*, des plottes de sœurs au coconut. Elle essaie de ne pas trop exagérer, n'y arrive pas toujours et ressent souvent un léger mal de cœur lorsque madame Guillemette revient en lui demandant s'il s'est présenté beaucoup de clients.

Elle est justement devant une de ces assiettes de douceurs. Il ne reste qu'un gâteau royal, son biscuit favori – des gaufrettes rectangulaires entrelardées de crème au beurre et recouvertes de chocolat au lait –, et se demande si elle ne devrait pas attendre la pause de cette après-midi pour le manger. Madame Guillemette est partie depuis une bonne demi-heure, il ne faudrait pas qu'elle la surprenne devant une assiette vide où gisent encore des miettes de biscuits.

La clochette de la porte d'entrée tinte. Béa lève la tête en sursautant. Les clients aiment bien la voir manger. Ils lui disent souvent que ça les rassure de voir qu'elle aime ce qu'elle vend. Béa, toutefois, a peur qu'ils en parlent à madame Guillemette, en fait qu'ils la dénoncent, sans le savoir, d'avoir exagéré.

Mais l'homme qui vient d'entrer ne risque pas de s'échapper devant madame Guillemette. Parce qu'il profite deux ou trois fois par semaine de la générosité de Béa. Elle lui donne des biscuits qui commencent à sécher au fond d'une boîte ou des nouveautés qui ne se vendent pas et, pour la remercier, il lui joue un morceau de violon, n'importe quoi, ce qui lui passe par la tête. Et c'est toujours magnifique.

Il habite tout près, à l'angle de De Montigny et Amherst. Il joue du violon tous les jours dans un grand magasin de la rue Mont-Royal, c'est du moins ce qu'il prétend, et s'arrête à la biscuiterie plusieurs fois par semaine non pas pour demander la charité, il est beaucoup trop orgueilleux, mais, dit-il, pour débarrasser Béa – et par le fait même madame Guillemette – de ce qu'il appelle les «invendus», en soulignant l'expression d'un clin d'œil et d'un sourire narquois. Béa l'adore et attend son arrivée chaque jour avec impatience. S'il ne s'arrête pas, s'il passe tout droit devant l'établissement sans la saluer, sans même relever la tête, elle sait qu'il est dans un de ses mauvais jours et met deux ou trois biscuits de côté pour le lendemain.

«Monsieur Josaphat! Vous avez fini votre job pour à matin? Y me semble que ça fait un bout de temps que je vous ai pas vu! Vous aimez pus mes biscuits? Vous en avez trouvé des meilleurs ailleurs?

— Y en a pas de meilleurs ailleurs! Tu le sais ben!

— Vous me dites ça pour me faire plaisir.

— Certain que je te dis ça pour te faire plaisir!»

Le vieil homme – dans la cinquantaine, il en paraît cependant au moins dix de plus – pose son étui à violon sur le comptoir.

«Chère tite-fille, je suppose que j'avais d'autres choses à faire que de venir manger des biscuits avec toé!»

Il se retourne et regarde derrière lui, comme s'il pensait que quelqu'un se tenait près de la porte et l'écoutait.

«Disons que j'ai retrouvé du monde que j'avais pas vu depuis longtemps pis que ça m'a pas mal occupé…

— Du monde de votre famille?

— J'suppose qu'on peut dire ça, oui. Du monde de ma famille. En fait, non. Mais c'est tout comme…»

Il se retourne de nouveau.

Béa étire le cou.

«Attendez-vous quelqu'un? C'est-tu eux autres que vous attendez? Vous leur avez donné rendez-vous ici?

— Non, non, j'attends parsonne.

— Pourquoi vous regardez toujours derrière vous, d'abord?

— Une vieille habitude.

— J'l'ai jamais remarquée avant aujourd'hui.

— Y a ben des affaires que tu sais pas à mon sujet, chère tite-fille…»

Béa prend le gâteau royal qu'elle n'a pas encore mangé, pige quelques biscuits dans le présentoir sous le comptoir, surtout des Social Tea que monsieur Josaphat adore, met le tout dans un sac de papier.

«T'nez, prenez ça. Pas de musique pour aujourd'hui. Madame Guillemette va revenir d'une minute à l'autre...»

Josaphat esquisse un petit geste de protestation, ouvre son étui à violon.

«Ça me dérange pas. J'ai le droit de jouer pour ma vendeuse favorite, non? A'le sait pas que j'achète jamais rien! Pis si a' pense que j'te fais la cour, a' le pensera, c'est toute!»

Il se tourne un peu vers la vitrine pour jouer.

«On dirait que vous jouez pas juste pour moi, à matin, monsieur Josaphat!»

Et ce qu'il interprète ce matin-là est d'une telle beauté que Béa a envie de courir à la porte, de l'ouvrir pour que les passants puissent profiter de ce qui jaillit du violon, de les inviter à entrer dans la biscuiterie. On ne sait jamais, ça pourrait peut-être augmenter les ventes...

Gabriel

C'est un gros monsieur jovial qui pue le cigare. Il a mis ses mains de chaque côté du téléphone qu'il a posé juste devant lui, en plein milieu de son bureau, comme s'il s'attendait à tout moment à recevoir un appel important.

Gabriel, relégué à une chaise droite de l'autre côté du bureau massif, du côté des employés, des quantités négligeables, se demande à quoi monsieur Asselin pouvait bien passer ses journées avant qu'il ne fasse installer le téléphone. On jurerait que s'il pouvait le brancher sur sa personne, il le transporterait partout avec lui. A-t-il toujours tant de choses essentielles à dire qu'il ne veuille pas quitter l'appareil téléphonique des yeux? Est-ce son nouveau jouet, son nouveau dieu? Le téléphone n'est pourtant pas une invention si récente. De plus en plus de Montréalais en ont un. Lui-même peut désormais joindre sa mère – le téléphone est fourni à la conciergerie –, pourtant Victoire se montre méfiante devant cette invention moderne… De toute façon, elle prétend qu'elle n'a personne à qui parler, sauf quand les locataires ont des plaintes à formuler, que tout ça est une perte de temps.

Mais tout le temps qu'ils discutent, le téléphone ne sonne pas une seule fois et ce n'est que vers la fin de l'entrevue que Gabriel va comprendre la raison de sa constante présence devant monsieur Asselin.

En attendant, ce dernier détache ses yeux de l'appareil téléphonique quelques secondes pour regarder Gabriel.

«T'es venu jusqu'icitte pour rien, mon garçon. Tu devais ben te douter avant d'entrer icitte que j'pouvais pas t'employer..,

— Non. J'm'en doutais pas. Pis je comprends toujours pas.»

Monsieur Asselin prend une bouffée de cigare et renvoie la fumée en direction de la fenêtre ouverte qui donne sur la rue Sainte-Catherine où un tramway passe en brinquebalant. Un cheval, apeuré, hennit. Monsieur Asselin hausse les épaules.

«Qu'y se débarrassent des uns ou ben qu'y se débarrassent des autres, mais y peuvent pus laisser les p'tits chars pis les jouaux en même temps dans la rue comme ça! Ça a pas de bon sens! N'importe quel imbécile est capable de se rendre compte de ça, y me semble!»

Il ramène son regard sur le téléphone muet.

«Pour en revenir à nos moutons, c'est un institut pour les sourds et muets, icitte, on engage juste des sourds et muets, pis toi t'es même pas complète-ment sourd... C'est tenu par des religieux, tu comprends, pis y faut que je marche avec leurs règlements... T'as l'air d'un candidat intéressant, c'est vrai, t'as l'air de connaître ton métier, ta lettre de recommandation dit que t'es t'un ben bon pressier, mais que c'est que tu veux, j'ai les mains liées!

— Vous êtes pas sourd ni muet, vous!

— Chus le patron, moé, c'est pas pareil! J'ai affaire avec du monde de l'extérieur, y faut que je parle avec toutes sortes de représentants pis de vendeurs... Y savent pas toutes le langage des signes pis je peux quand même pas leur demander de l'apprendre... C'est à l'intérieur de l'institut qu'y a des règles... Ça s'appelle l'Institut des sourds et muets, si tu te rappelles ben...

— Moi, je le sais...

— Tu sais quoi?

— Le langage des signes. Je l'ai appris aussitôt que j'ai su que j'allais perdre l'oreille droite. Pis peut-être l'autre, avec le temps, à cause des infections que les docteurs arrivent pas à contrôler...»

Le patron pose son cigare dans le cendrier, jette un nouveau coup d'œil sur le téléphone.

«Tu connais le langage des signes, toé.

— Sur le bout des doigts.»

Gabriel rit de son bon mot que monsieur Asselin ne semble pas apprécier. Ou qu'il n'a pas vu passer.

«Vous avez besoin de quelqu'un de responsable sur le plancher, monsieur Asselin, quelqu'un avec qui vous pouvez parler autrement qu'avec les mains...

— C'est dans les règlements de l'établissement!

— Mais si ça peut vous épargner des problèmes! Si ça peut éviter des accidents!

— Essaye pas de m'enfirouaper, là, j't'ai dit que je pouvais rien pour toé...

— Si j'essaye de vous enfirouaper, c'est pour vous convaincre que vous avez besoin de moi, monsieur Asselin! Chus convaincu de ça! J'travaille sur les presses depuis l'âge de douze ans, j'ai probablement plus d'expérience que tous vos employés mis ensemble...

— Charrie pas...

— C'est-tu plus important pour vous d'employer un sourd et muet que quelqu'un qui connaît son affaire?

— Y connaissent leur affaire!

— J'ai vu les choses que vous imprimez, monsieur Asselin, pis laissez-moi vous dire que non, y connaissent pas toutes leur affaire! C'est correct, ce que vous imprimez ici, mais ça pourrait être cent fois mieux! J'ai acheté votre nouveau livre, là, *Conjugaison à l'usage des jeunes sourds et muets*, pis... L'école des sourds et muets de Saint-Hyacinthe est pas spécialisée dans l'imprimerie, les candidats qu'y vous envoient connaissent quasiment rien à l'imprimerie, pis moi j'peux aider ceux qui vont venir travailler ici tout en faisant mon travail!

— La demande de candidatures parlait pas d'un superviseur...

84

— J'demande pas à être un superviseur! J'veux juste vous aider! Dans cinq ans, dans dix ans, j'vas être aussi sourd qu'eux autres, mais j'vas pouvoir parler! Ça peut être commode, non?»

Pour la première fois, monsieur Asselin ne trouve rien à répondre.

Gabriel en profite pour se glisser dans la brèche qu'il vient d'ouvrir.

«J'me marie le 3 juin, monsieur Asselin, avec une fille que j'adore pis à qui je donnerais la lune si j'en étais capable… J'veux qu'a' cuisine avec du beurre, pas avec de la panne! Pis quand les enfants vont arriver, j'veux qu'y mangent comme du monde pis qu'y soyent ben habillés. J'veux un rosbif sur la table tou'es samedis soir pis pouvoir me payer une bière à la taverne tou'es après-midi après le travail. Une bonne job, pour des nouveaux mariés, c'est comme la lune. J'en ai déjà une, c'est vrai, mais mon patron, quand y a vu votre annonce dans le journal, parce que c'est lui qui m'a parlé de c'te job-là, m'a tu-suite dit que c'était pour moi pis y m'a offert de m'écrire une lettre de recommandation sans m'obliger à donner ma démission! C'est pas rien, ça! Appelez-lé, y va vous le dire lui-même! Lui, y a raison d'avoir peur que je devienne sourd pis inutile dans son *plant*, ou même dangereux, pas vous!

— Je doute de rien de tout ça, mais…

— Au moins, dites-moi que vous allez y penser…

— J'peux pas faire ça…

— Ben, dites pas à parsonne que je parle, c'est toute! J'vas attendre qu'on soit tu-seuls pour vous parler. De toute façon, j'aurais pas besoin de parler avec les autres employés. Chus peut-être ce qui pourrait arriver de mieux à l'imprimerie de l'Institut des sourds et muets! Parce que je peux vous faire une réputation! Vous allez avoir d'autre chose que des calendriers religieux pis des pamphlets d'église à imprimer, j'vous le promets!»

Monsieur Asselin écrase son cigare dans le cendrier.

«Laisse-moé y penser…

— Non! Dites-moi oui ou non, mais tu-suite!»

Le patron s'appuie sur le dossier de son fauteuil, croise les mains derrière sa tête.

«J'peux pas dire que c'est pas tentant…»

Au même moment, une petite lumière rouge s'allume sur la base de l'appareil téléphonique.

«Quelqu'un a besoin de moé sur le plancher. Y veut me parler… C'est une nouvelle invention du Bell Téléphone, t'as juste à signaler mon numéro, pis y a une petite lumière rouge qui s'allume. C'est pour les sourds. C'est pas encore sur le marché, c'est à l'essai… C'est sûr que moé, j'en ai pas besoin, je l'entendrais sonner, mais j'voulais en avoir un comme tout le monde, juste pour voir… Mais chus pas encore habitué pis j'ai tendance à toujours surveiller le téléphone au cas où quelqu'un m'appellerait. C'est ben fatiquant. Mais je suppose que j'vas finir par m'habituer… pis les autres aussi… Faudrait quand même pas que ça nous empêche de travailler, hein! Moé, en tout cas, j'ose pas encore les appeler, j'ai peur qu'y perdent leur temps, comme moé, à trop le surveiller…»

Il se lève, tend la main à Gabriel.

«J'vas y penser. Sérieusement.»

Gabriel fait un signe en direction du téléphone.

«Si vous m'engagez, vous aurez pus besoin de ça… J'vas pouvoir venir vous parler en personne…»

Avant de quitter la pièce, monsieur Asselin se tourne vers Gabriel.

«Ta future femme, a' le sait-tu que tu vas devenir sourd?

— Ben sûr. C'est même comme ça qu'on s'est rencontrés. Est-tait aide-garde-malade pis a'l'a pris soin de moi quand mon accident est arrivé.

— Pis… ça la dérange pas?

— Ben sûr que ça la dérange. Enfin… ça y fait ben de la peine. Mais a' dit qu'est capable d'endurer ça. Par amour pour moi. C'est quequ'chose, hein?»

Une lueur dans le regard de monsieur Asselin suggère à Gabriel qu'il vient de gagner la partie.

«J'vas appeler ton boss quand j'vas avoir pris ma décision. Mais rêve pas trop fort. Annonce rien à ta future!»

En sortant de l'Institut des sourds et muets, Gabriel descend la rue Saint-Denis en direction du carré Saint-Louis où il a loué une petite chambre. Il enlève sa veste, la passe sur son épaule. Il faisait frais quand il s'est levé, presque froid, et voilà qu'une belle douceur descend sur Montréal, une chaleur de fin de printemps alors qu'il reste plus d'un mois avant l'arrivée de l'été. Les bourgeons ont enfin éclaté et le ciel est taché de grandes plaques vert tendre. Demain, déjà, les feuilles auront grandi et, du trottoir, on pourra en reconnaître la forme. Tout excité par la conversation qu'il vient d'avoir, il décide de ne pas rentrer travailler. Il va se promener, manger sur le pouce dans une taverne de la rue Sainte-Catherine et, dans l'après-midi, il pourrait bien se payer un film, *Pay Day*, au Locw's, par exemple, une comédie de Charlie Chaplin, l'homme qui le fait le plus rire au monde.

La veille, il a encore demandé à Rhéauna, c'était peut-être la centième fois, si elle était sûre de vouloir passer le reste de sa vie avec un homme qui risquait de perdre graduellement l'ouïe et elle lui a fait la plus belle réponse du monde :

«Si ça me permet de te dire plus fort que je t'aime, ça me dérange pas. Pis, si ça m'oblige à le répéter, tant mieux!»

Il sait bien que c'est faux, que ça l'inquiète, qu'elle a dit ça pour le rassurer, mais c'est cette preuve d'amour qui l'a décidé à se rendre ce matin à l'Institut des sourds et muets avec la lettre de recommandation de son patron au *Devoir* où il travaille depuis huit ans, presque depuis la fondation de ce journal. Monsieur Saint-Germain a eu l'honnêteté de lui dire, quand il a appris qu'il allait se marier, qu'il n'aurait pas d'augmentation de salaire importante à lui offrir avant longtemps parce que *Le Devoir* n'est pas un journal riche et que s'il voulait commencer une famille, il lui faudrait un travail plus payant.

Une femme aimante, un patron honnête, la perspective d'un nouvel emploi, plus payant, c'est vrai, mais sans doute plus excitant aussi, que demander de plus à la vie?

Dans un mois, il va être marié.

Avec des responsabilités d'homme marié, même si Rhéauna a insisté pour continuer à travailler au début de leur mariage. Ils ont trouvé un appartement rue Papineau, un petit quatre pièces qui ne paie pas de mine mais dont ils devront se contenter au début, enfin jusqu'à ce que s'annonce le deuxième bébé, parce qu'il y a tout de même assez d'espace pour un premier. Il sourit. Dans un an, s'il n'est pas encore père, Rhéauna sera sans doute enceinte. Elle va être la plus belle femme enceinte de toute l'histoire de l'humanité.

Puis, sans trop savoir pourquoi, il pense aux biscuits que vend Béa, la sœur de Rhéauna, quelque part rue Ontario près d'Amherst.

Victoire

Il est affalé sur le dos, bras en croix, bouche ouverte. Il ronfle. Une écœurante odeur d'alcool mal digéré flotte dans la pièce. Elle ne l'avait pas remarquée à son réveil parce qu'elle l'avait respirée une bonne partie de la nuit.

Elle l'a brassé deux ou trois fois. Il a grogné, s'est retourné dans le lit avant de revenir sur le dos. Il a murmuré quelques mots qu'elle n'a pas compris — sans doute une vague promesse de se lever bientôt —, lui a fait un signe de la main pour lui indiquer de sortir de la pièce. Il déteste qu'elle attende qu'il se réveille avant de sortir de la chambre ; non pas qu'il appréhende les reproches de sa femme, ce sont toujours les mêmes et il a fini par s'y habituer, mais c'est son regard froid, le mépris qu'elle n'arrive plus à déguiser qu'il désire éviter. Il ne veut pas qu'elle le surprenne dans cette position de faiblesse, les cheveux hirsutes, le teint gris, le dos courbé, les mains sur les tempes pour essayer de masser le mal de bloc qui le plie en deux et lui donne envie de vomir. Autant il lui arrive de vouloir la séduire avec des poèmes — toujours les mêmes — de Lamartine ou de Hugo quand il rentre aux petites heures, joyeux et bavard, le verbe haut et le geste large : «Lorsque avec ses enfants vêtus de peaux de bêtes, / Échevelé, livide au milieu des tempêtes, / Caïn se fut enfui de devant Jéhova…» — comme si l'œil de Dieu qui vous suit partout, jusque dans la tombe, pouvait séduire une femme ! —, autant il voudrait se cacher six pieds sous terre quand elle vient le réveiller le lendemain matin pour lui dire que la poignée de la porte de l'appartement 8 est brisée ou que les marches de l'escalier de l'entrée ont besoin d'être lavées. Le temps de la poésie est terminé, la nuit – cette grande consolatrice, cet ultime refuge où l'alcool sert d'assommoir – est finie, le jour s'est levé, la terrible réalité lui tombe dessus. Chaque matin.

Elle reste assise au pied du lit, cependant. Elle sait que si elle sort avant qu'il mette le pied en dehors du lit, il va se rendormir et que la matinée va passer sans qu'elle le revoie. Dans quelques minutes, il va se redresser, bâiller, tousser dans son poing, se gratter la tête, les aisselles. Il va peut-être s'essayer à une mauvaise plaisanterie pour alléger l'atmosphère, va se rendre compte que c'est une tâche impossible et finir par courber le dos devant la trop pesante journée qui s'annonce.

Elle va lui demander s'il veut manger, il va répondre qu'il n'a pas faim, elle va ajouter qu'elle lui a tout de même préparé un café. Noir. Fort.

Et comme chaque matin elle reste figée, assise au pied du lit dans la même position. Parfois, certains jours où elle essaie de le comprendre un peu mieux, elle caresse le mollet de cet homme, son mari, qu'elle a si souvent envie de tuer mais dont elle a quand même pitié. Pas ce matin. Est-ce parce que son échappatoire n'a pas fonctionné, que le rapace n'a pas sillonné le ciel de la ruelle des Fortifications et qu'elle n'est pas arrivée un seul instant à oublier ses frustrations? Elle a juste envie de le battre. Comme un enfant égoïste et gâté. Lui donner la fessée de sa vie. Frapper jusqu'à ce que ses mains deviennent douloureuses. Elle voudrait l'entendre pleurer, implorer sa pitié. Elle voudrait qu'il lui demande pardon – à jeun, pas paqueté comme chaque nuit – alors qu'elle lui doit tant. La respectabilité. Après les souillures d'un grand amour. Qui n'était pas lui.

Il l'avait demandée en mariage, même si elle était une «fille-mère», une femme tombée, parce qu'il se croyait stérile et qu'il rêvait d'avoir une progéniture. Il avait entendu parler d'elle – et de son malheur – pendant des vacances passées à Duhamel chez son oncle, alors curé du village. Il l'avait abordée un jour au magasin général – après tout, elle n'était pas mariée –, et dès leur première conversation il avait laissé entendre à Victoire qu'il connaissait sa situation et que si elle voulait… Et il avait renouvelé sa demande chaque été, pendant des années. Il savait qu'elle ne l'aimait pas, qu'elle ne l'aimerait jamais. Il savait aussi qu'elle était désespérée, que l'amour défendu qu'elle vivait la tuait à petit feu et il pensait la sauver en l'emmenant à Montréal, loin de Josaphat. Son frère.

Ils étaient convenus qu'on prétendrait devant sa parenté à lui qu'elle était veuve, sans famille, sans attaches, qu'elle arrivait de loin, ce qui était vrai, et qu'il acceptait d'adopter Gabriel, son fils de dix ans. La venue inopinée d'Albertine – Victoire lui avait avoué qu'elle était enceinte lorsqu'elle l'avait épousé – ne l'avait pas trop fait rechigner : après tout, ce deuxième enfant pouvait être de lui, à condition qu'on prétende qu'il était né prématurément.

Mais Victoire lui avait caché que Josaphat lui aussi se trouvait à Montréal, qu'elle lui avait défendu d'entrer en contact avec eux et qu'il errait sans doute à travers la ville à la recherche de travail. Que pouvait faire un violoneux de campagne dans une grande ville ? Elle tremblait pour lui quand elle y pensait.

Télesphore avait été si gentil au début. Si prévenant. Si plein de gratitude.

Il avait reçu la venue d'Albertine avec une grande joie, même s'il aurait préféré que ce soit un garçon. Il disait en riant qu'elle avait son sourire alors qu'elle ne souriait jamais. Il l'appelait sa petite princesse et la portait fièrement dans ses bras à l'église, le dimanche.

À son arrivée à Montréal, il avait raconté à Gabriel, qui s'ennuyait de la campagne et de

Josaphat, que sa mère et lui, Gabriel, avaient passé quelques années à Duhamel, chez son oncle, parce que Victoire était malade et qu'elle avait besoin d'air pur. Qu'ils étaient revenus quand elle avait été guérie. Que s'il ne se souvenait pas de lui, son père, c'était parce qu'il était trop jeune quand ils l'avaient quitté. Et que sa vie, désormais, allait se dérouler ici, dans la grande ville, beaucoup plus intéressante qu'un coin perdu de la Gatineau et, surtout, pleine d'opportunités pour un garçon intelligent comme lui.

Gabriel avait résisté à tout : à la grande ville, à son nouveau père, et même à sa mère à qui il reprochait de l'avoir laissé appeler Josaphat papa alors qu'il n'était que son oncle. À Télesphore, il disait souvent :

«Si vous êtes mon père, pourquoi on vous a jamais vu à Duhamel? Nous aviez-vous oubliés?»

Ce à quoi ni Télesphore ni Victoire n'avaient trouvé de réponse acceptable : le travail n'expliquait pas tout.

Gabriel refusait d'appeler Télesphore papa, se contentant d'utiliser le mot «monsieur» avec une évidente dose de mépris.

Et à douze ans, il s'était trouvé du travail comme apprenti dans une imprimerie avec l'espoir de quitter le plus tôt possible cette maisonnée où il était si malheureux. Le peu d'argent qu'il ramenait à la maison leur étant fort utile – Télesphore était traducteur et correcteur d'épreuves pour une maison d'édition, ce qui payait très peu –, ses parents l'avaient laissé faire. Après tout, l'imprimerie était un excellent métier.

Entre-temps, et à sa plus grande surprise, Télesphore avait fait deux enfants coup sur coup à Victoire : Édouard, puis Madeleine, née un an à peine après son frère. Il avait d'abord été fou de joie, sans toutefois négliger Gabriel et Albertine qu'il continuait à considérer comme ses propres enfants tout en ayant déjà tendance – il croyait que c'était tout à fait légitime – à privilégier les deux autres. Les siens. Il avait comblé Victoire de cadeaux, des babioles sans grande valeur parce qu'il n'était pas riche, loin de là, mais qui disaient sa reconnaissance. Il prétendait qu'elle avait fait des miracles, qu'il était l'homme le plus heureux du monde, qu'elle lui avait prouvé que les docteurs avaient eu tort : il avait attrapé la scarlatine à dix-sept ans et les médecins – s'étaient-ils seulement donné la peine de vérifier de façon sérieuse – avaient décrété que la maladie l'avait rendu stérile. Malgré les réticences de Gabriel à son endroit et le caractère difficile d'Albertine qui, à peine née, gigotait et pleurait presque sans arrêt comme pour se plaindre d'être vivante, la vie avait été plutôt agréable pendant un certain temps. En tout cas jusqu'à ce que Télesphore apprenne par hasard – un propos de taverne, du genre : tu m'avais pas dit, Télesphore, que t'avais un beau-frère qui jouait du violon – que le maudit Josaphat était à Montréal depuis leur mariage, que Victoire le lui avait caché et qu'une jalousie malsaine, destructrice, ne commence à le ronger.

Pour la première fois, il avait douté de l'honnêteté de Victoire et, fou de rage, il l'avait confrontée pour lui faire avouer que ses deux derniers enfants étaient du même père que les deux premiers.

Victoire avait eu beau protester, lui jurer qu'elle n'avait jamais revu son frère, qu'elle ignorait où il se trouvait, s'il était à Montréal ou reparti à Duhamel, le doute était resté ancré en lui, le rongeant comme un acide puissant, autant, elle le sentait, quand il lui disait, en boisson, qu'il la croyait et lui demandait pardon en pleurant de lui rendre la vie impossible.

Il buvait déjà beaucoup, comme la plupart des hommes de sa famille, comme la plupart des hommes qu'avait connus Victoire, en fait, mais cette hantise d'avoir peut-être été trompé par la femme qu'il avait sauvée de l'opprobre – c'étaient ses propres mots – avait piqué son orgueil et jeté Télesphore dans des excès dont il n'avait plus jamais été capable de se sortir. Il aurait pu la répudier, il en aurait sans doute eu le droit, mais comment avouer ces horreurs à son entourage, à ses parents sans faire rire de lui? Un cocu de roman!

Et cocu de roman il était resté. En se laissant couler dans le seul réconfort qu'avaient depuis toujours fréquenté les hommes de sa race. Et sans jamais penser à passer un second test qui aurait peut-être tout réglé s'il s'était avéré qu'il n'était pas stérile en fin de compte. Quand Victoire osait lui en parler, il sortait de la pièce en claquant la porte et sa femme en était arrivée à la conclusion qu'il préférait rester dans le doute plutôt que de se faire dire une deuxième fois qu'il était stérile. C'était sans issue et Victoire n'avait pas eu d'autre choix que de l'accepter.

À force de boire et de manquer des journées de travail, il avait perdu son emploi, n'avait pas eu le courage, toujours l'alcool, de se chercher un travail décent dans son domaine et avait abouti ici, ruelle des Fortifications, concierge d'un bloc qui se déglinguait à vue d'œil, victime des caprices des locataires, le parfait porteur d'eau, lui qui avait côtoyé toute sa vie la poésie, les grands textes, et produit des traductions précises, pertinentes et fidèles appréciées de ses patrons et de leurs clients.

Ça aussi, la conciergerie, il avait fini par la négliger et c'était désormais Victoire qui s'occupait de certaines tâches. Mais pas des plus dures qui demandent la force d'un homme.

«J'te l'ai dit hier matin, j'te le répète à matin, Télesphore. Y faut que t'ailles chez madame Coutu, au troisième. A' dit que sa glacière coule… Pis c'est pas moé certain qui vas aller me sacrer à genoux sur son prélart de cuisine sale pour voir oùsqu'est le problème!»

Il se lève sur un coude.

«Correct, correct. J'y vas.»

Lorsque Victoire retourne à la cuisine, Albertine est attablée devant une beurrée dégoulinante de mélasse.

«Tu sais pas quoi faire, ça fait que tu manges?»

Sa fille ne se donne pas la peine de relever la tête pour lui répondre.

«C'est plate, icitte. Comme à l'école. Y a rien à faire.

— D'abord, je te dirai que c'est peut-être vrai que c'est plate, mais que c'est pas vrai pantoute qu'y a rien à faire! T'as juste à me regarder les mains pour t'en rendre compte. Pis, ensuite, je te dirai encore une fois que si tu te donnais la peine d'écouter un peu ce que les sœurs ont à dire, à l'école, si t'essayais de comprendre juste un petit peu c'qu'y essayent de te rentrer dans ta tête de cochon, peut-être que tu trouverais ça moins plate. Pis répète-moi pas que ce que t'apprends là te servira jamais, tu vas juste me donner envie de te fesser! Une fois de plus. Quand on choisit d'être ignorante, ma petite fille, faut pas s'attendre à grand-chose de la vie!

— J'attends pas grand-chose non plus, j'veux juste qu'on me sacre la paix.

— Ben, si tu veux qu'on te sacre la paix, va manger ta beurrée de mélasse dans le salon ou ben dans ta chambre. Quand on veut la paix, on se condamne à rester tu-seule dans son coin!

— J'avais justement fini... Enfin, presque...

— Ton père se lève, pis si y te trouve icitte...

— J'vous l'ai dit, tout à l'heure, je l'ai entendu rentrer aux petites heures...

— Comment ça se fait que tu dormais pas?

— J'ai pus le droit d'aller pisser?

— Aïe, continue à me parler sur ce ton-là, toé, pis tu vas *vraiment* regretter de pas être allée à l'école...»

Albertine se lève, va porter son assiette et son verre de lait vide dans l'évier.

«Y avait l'air plutôt de bonne humeur...

— Y est toujours de bonne humeur quand y rentre dans c't'état-là.

— C'est pour ça que j'aime mieux quand y est paqueté que quand y est à jeun... Y est plus endurable.»

Victoire regarde sa fille sortir de la pièce.

Elle aussi ? Est-ce le cas pour tout le monde dans la maison ?

Quand il n'a pas bu, Télesphore, surtout ces derniers temps, surtout depuis que Gabriel a quitté la maison en claquant la porte, est irascible, grognon, il a l'insulte facile et menace sans cesse – heureusement qu'il ne met jamais ses menaces à exécution – de prendre quelqu'un par le gras du cou, n'importe qui, le premier ou la première qui lui tombera sous la main, et de frapper jusqu'à ce que ça lui fasse mal, jusqu'à ce que sa propre main enfle comme un pain de boxeur après un match. Ses intimidations – des ultimatums de non-violent qui exagère pour cacher sa vulnérabilité – sont souvent ridicules, mais le seul fait qu'elles lui viennent à l'esprit terrorise Victoire qui voit avec appréhension venir le jour où il pourrait perdre le contrôle, où il s'en prendra à lui-même au lieu de s'en prendre à sa famille.

Quand il a bu, au contraire, quand il rentre au milieu de la nuit en chantant ou en récitant ses maudits poèmes, quand il oblige Victoire à se lever pour aller contempler la pleine lune ou danser avec lui une valse au beau milieu du salon, toutes ses indécisions disparaissent, toutes ses peurs, son désespoir d'être trahi et son désir de vengeance. Il n'est plus jaloux, il est charmant, doux, il demande pardon à Victoire, il braille pendant des heures en lui jurant qu'il l'adore, qu'il ne pourrait pas survivre sans elle, qu'elle est la femme la plus merveilleuse du monde, qu'il sait que leurs deux plus jeunes enfants sont de lui, qu'il aime encore Gabriel et Albertine comme ses propres enfants, qu'il va changer, qu'il va guérir, qu'il va consulter un spécialiste : un mois, qu'elle lui donne un mois, ou à peine deux, et elle pourra voir la transformation… Il fait des serments, il y croit, il rit, il la soulève dans ses bras, la fait tourner.

La boisson ne le rend pas agressif, elle le fait doux comme un agneau, bruyant, c'est vrai, et braillard, et souvent trop colleux, mais en fin de compte plus endurable que lorsqu'il terrorise la maisonnée parce qu'à jeun il est trop frustré.

Combien de femmes peuvent dire qu'elles préfèrent leur mari paqueté plutôt qu'à jeun?

Et voilà que sa propre fille vient de lui en faire la remarque. Même les enfants s'en sont rendu compte.

Télesphore sort de la chambre, hirsute, les bretelles sur les reins.

Victoire le regarde prendre sa place au bout de la table de la cuisine.

«Sais-tu une chose, Télesphore? J'aimerais ça que tu commences à boire en te levant, le matin...»

La tante Alice

Elle n'a pas besoin de comprendre le français pour savoir ce que contient l'invitation.

La fille de sa belle-sœur Maria va se marier. C'était encore une adolescente la dernière fois qu'elle l'a vue, elle ne se souvient pas très bien d'elle. Elle voit un beau visage animé avec les joues pleines d'une enfant de la campagne et le sourire ironique hérité de sa mère, c'est à peu près tout. Elle se rappelle tout de même que c'était la seule personne de la famille, à part son mari, bien sûr, qui acceptait de lui parler en anglais. Elle disait que ça la faisait pratiquer, qu'elle avait peur de perdre le peu d'anglais qu'elle avait appris à l'école, en Saskatchewan. La voilà une adulte. Le temps passe... Avec une lenteur parfois exaspérante, mais il passe.

Elle glisse le carton dans l'enveloppe qu'elle dépose ensuite sur la table d'appoint à côté de son fauteuil favori. Va-t-elle seulement montrer l'invitation à Ernest? Ne devrait-elle pas plutôt la jeter à la poubelle, faire comme si elle n'existait pas? Ernest n'apprendrait peut-être jamais le mariage de Rhéauna. Quelle différence ça ferait dans sa vie, de toute façon, de savoir ça? Parce qu'il est évident qu'il ne voudra pas plus qu'elle se rende à ce mariage, qu'il va sans aucun doute lui-même jeter le carton si elle ne le fait pas. Se donnera-t-il seulement la peine de le lire?

Elle se demande pourquoi Maria les invite aux noces, son mari et elle. Une tentative de réconciliation? Autour d'un mariage? Ça ne lui ressemble pas beaucoup. Par simple politesse ? Parce qu'elle sait qu'ils n'iront pas et qu'elle ne pourra jamais se reprocher de ne pas avoir invité toute la parenté ? Je vous ai invités, vous êtes pas venus, plaignez-vous pas ? Ça, ça lui ressemble un peu plus…

Le froid entre Ernest et ses trois sœurs persiste, ils ne se sont pas vus depuis des années. Depuis cette horrible soirée, en fait, où son mari avait dit ses quatre vérités à Maria. C'était il y a combien d'années ? Cinq ? Six ?

En tout cas, on ne peut pas dire qu'elle l'a regretté : ses belles-sœurs ont toujours été odieuses avec elle – son mari prétendait que tout ça était dans sa tête, que ses sœurs ne la détestaient pas, qu'elle imaginait des choses qui n'existaient pas –, elles étaient méprisantes à son égard, impolies, critiqueuses de ce qu'elle leur servait à manger quand elles venaient souper à la maison, moqueuses, surtout ça, moqueuses à cause de…

Elle appuie la tête contre le *doily* de dentelle blanche qui faisait partie de son trousseau de mariage et qu'elle avait crocheté, il y a si longtemps, avant de se marier, avant de quitter Regina, avant de voir tout espoir d'être heureuse s'effondrer. Dans l'exil.

Elle regarde l'heure. Trop tôt. Une longue demi-heure encore…

Elle attend midi. Midi, et son premier verre. Elle ne pense même pas au mot gin, elle se contente d'imaginer le verre dans sa main qui tremble un peu, l'odeur piquante qui s'en dégage, la première gorgée qui va l'apaiser. Et quand elle va commencer à voir le fond du drink, ce moment magique, cette seconde trop courte, où elle va sentir basculer la réalité, non, avant, un peu avant que la réalité bascule, cette chaleur au niveau du cou, la gorge qui se détend, le tout premier petit frisson, un tremblement dans son cerveau, l'avertissement, parce que c'en est un, que le grand apaisement et le si beau silence, momentanés, oui, et toujours trop courts, s'en viennent. Et cet étourdissement, cette légèreté qui ne va durer que quelques minutes avant que l'ivresse, la grosse ivresse si désagréable, pleine de trous et d'idées folles, ne lui tombe dessus. C'est ce petit quart d'heure, entre midi et quart et midi et demi, qu'elle attend chaque jour. Cette impression de pur bien-être. Un nœud dans le tissu du temps. Un flottement indescriptible et irremplaçable. Après, la mollesse dans les jambes, la tête qui tourne, les gestes désarticulés, les siestes habitées de cauchemars, l'après-midi sans fin, le verre trop souvent rempli et les crises de rage, et les crises de découragement, chaque jour, chaque jour, c'est le prix à payer pour ces minutes magiques.

Elle regarde en direction du buffet en bois foncé. Pour une fois, juste aujourd'hui, elle pourrait commencer un peu plus tôt.

Non. Tout de même.

Pour s'occuper, elle reprend l'invitation, la lit à quelques reprises.

Puis, n'y tenant plus, elle se lève et se dirige vers la liberté tant méritée.

Gabriel

Un rassemblement s'est formé en face de la Biscuiterie Ontario.

Gabriel jette sa Turret sur le trottoir de ciment tout neuf, l'écrase.

Des femmes ont collé leur front contre la vitrine, d'autres se tiennent dans la porte restée ouverte. Des enfants les tirent par la jupe en rechignant, elles les éloignent du revers de la main. Il n'est pas question qu'elles ratent ce qui se passe dans l'établissement. Elles ont si peu l'occasion d'entendre de la vraie musique, elles veulent en profiter. Et les airs de violon qui s'enchaînent dans la biscuiterie depuis plus d'une demi-heure – parfois gais, la plupart du temps tristes – les ravissent. Elles ont envie de chanter, de danser, de pleurer. Tout en même temps. C'est plus que beau, ça donne le goût de vivre. Malgré tout ce qui va mal.

Gabriel reconnaît tout de suite le timbre du violon et s'approche de la biscuiterie en souriant.

Un seul violoneux au monde est capable de produire de tels sons avec un instrument aussi fatigué dont il prend si peu soin : son oncle Josaphat.

Il s'étire sur le bout des pieds derrière le groupe de femmes.

Josaphat se tient au milieu de la grande pièce, les yeux fermés, comme il le fait quand il est inspiré. On dirait qu'il ne joue pas pour ceux qui l'écoutent, mais pour lui-même, pour se donner à lui-même l'envie de chanter, de danser, de pleurer. Et de continuer à vivre malgré tout.

Madame Guillemette trône derrière sa caisse enregistreuse, Béa s'est assise sur un petit banc, une main sur le cœur, la tête appuyée sur le comptoir. Gabriel, qui la connaît bien pour être un de ses meilleurs clients, pense que la propriétaire doit sans doute saliver à la perspective des ventes qu'elle fera quand le concert sera terminé. Toutes ces femmes qui vont vouloir entrer pour saluer et remercier le musicien… Concentrée comme elle l'est, cependant, avec le sourire aux lèvres, chose rare chez elle, il se dit qu'elle ne semble pas du tout se préoccuper de ce qui va se passer quand Josaphat-le-Violon aura mis fin à ses gigues et à ses sérénades. Pour une fois, elle ne semble pas penser à l'argent et se laisse aller à un moment de vraie émotion. Sans calcul.

Quand Josaphat termine sa dernière note, longue, lancinante, presque un sanglot, il se fait un court silence dans la biscuiterie et sur le trottoir. Puis toutes les spectatrices se mettent à applaudir en même temps. Madame Guillemette rouvre les yeux – brusque retour à la réalité –, se dresse derrière sa caisse et se met à chercher dans l'assistance des clientes potentielles. Son moment de faiblesse a été court, la femme d'affaires reprend vite le dessus.

«Mesdames, mesdames, en l'honneur de monsieur Josaphat qui nous a fait passer un si beau moment, je mets les biscuits secs en vente!»

Elle se penche vers Béa qui, à l'évidence, ne veut pas sortir de sa torpeur.

«Béa, va chercher les vieilles boîtes de Social Tea, je savais justement pas quoi faire avec!»

Gabriel s'est frayé un chemin à travers la foule d'admiratrices et s'est approché de son oncle.

«Vous jouez dans les biscuiteries, à'c't'heure, vieux snoreau? Vous vous contentez pus des grands magasins?»

Josaphat ouvre les bras, le violon dans une main, l'archet dans l'autre. On dirait qu'il veut les lancer vers le plafond.

«Gabriel! Comment ça va, mon garçon? Ça fait longtemps que je t'ai vu, j'te pensais mort!»

Béa, qui se dirigeait vers l'arrière-boutique, s'arrête et se tourne vers eux.

«C'est ton père, Gabriel?»

Josaphat rougit, recule de quelques pas, tousse dans son poing.

Gabriel éclate de rire.

«Non, c'est le frère de ma mère! L'artiste de la famille!»

Josaphat les regarde.

«Vous vous connaissez, toé pis Béa?»

Madame Guillemette tape sur l'épaule de cette dernière.

«Béa! C'est pour aujourd'hui, c'est pas pour demain! Vite, avant qu'y s'en aillent sans rien acheter!»

Béa répond à Josaphat en ouvrant la porte de l'arrière-boutique.

«C'est mon futur beau-frère! Y va marier ma sœur Nana! Dites-moi pas que vous le saviez pas? Vous êtes son oncle pis vous saviez pas ça?

Je savais qu'y se mariait, mais je savais pas que t'étais la sœur de sa future!»

Et elle disparaît sous le regard menaçant de sa patronne.

Quelques femmes sont sorties, d'autres furètent dans la boutique en attendant l'arrivée des denrées en solde que madame Guillemette vient d'annoncer. Quelques-unes se laissent tenter par des petits bonshommes de gingembre ou des biscuits en forme de feuille d'érable dont leurs enfants raffolent.

Gabriel sort son paquet de cigarettes, en offre une à son oncle qui la refuse en secouant la tête.

Josaphat dépose son violon dans son étui, prend la rouleuse qu'il avait glissée derrière son oreille.

«Vous voulez pas une bonne Turret, mon oncle?

— La darnière fois que tu m'en as offert une, la gorge m'a brûlé pendant trois jours! Comment tu fais pour fumer ça?

— C'est des vraies cigarettes d'hommes!

— Si t'attends après ça pour te sentir homme, mon garçon, laisse-moé te dire que t'as des problèmes!»

Gabriel éclate de rire et allume leurs cigarettes avec une grosse allumette Eddy qui sent bon le soufre et le bois brûlé.

«J'pensais pas vous trouver ici... Le monde est petit, hein, mon oncle?»

Josaphat lance sa première bouffée de fumée vers le plafond.

«Ouan. Pis y rapetisse de jour en jour!»

Gabriel n'a jamais su pourquoi son oncle Josaphat n'était pas le bienvenu chez ses parents. Quand il avait commencé à poser des questions sérieuses, pendant son adolescence, sa mère lui avait dit que son père et son oncle ne s'entendaient pas, qu'ils ne s'étaient jamais entendus, qu'ils ne voyaient pas la vie de la même façon, que Josaphat, en fait, était trop bohème au goût de Télesphore. Elle avait été obligée d'expliquer à son fils ce que le mot «bohème» signifiait et il lui avait répondu qu'il ne voyait pas une grande différence entre le comportement de son père et celui de son oncle, excepté en ce qui concernait le violon. L'un était un vrai artiste, l'autre se contentait de rêver d'en être un en buvant et en récitant de la vieille poésie. Télesphore était aussi irresponsable que Josaphat, sans doute plus puisqu'il s'était marié et faisait souffrir toute une famille, tandis que Josaphat avait eu la délicatesse de rester vieux garçon... Victoire avait prétendu que c'était peut-être justement ces trop grandes ressemblances qui les éloignaient l'un de l'autre : son père n'aimait pas voir ses propres défauts chez son oncle et le tenait à distance pour ne pas avoir à se juger lui-même.

Et Gabriel avait fini par faire avouer à sa mère qu'elle considérait Josaphat comme un meilleur être humain que Télesphore.

Mais il n'avait jamais été satisfait de ces explications. Il avait questionné Josaphat – sa mère lui avait fait jurer de ne pas dévoiler à son père qu'elle lui permettait de voir son oncle – qui s'était montré encore plus évasif que Victoire. Gabriel lui avait demandé s'il s'était passé quelque chose pendant leur séjour à Duhamel, une chicane de famille, par exemple, et Josaphat, laconique, lui avait répondu que leur séjour à Duhamel avait été la plus belle partie de sa vie, ce qui n'a en rien aidé le pauvre garçon qui sortait de ces conversations confus et troublé.

« C'est ben le 3 juin que tu te maries ? »

Gabriel regarde autour de lui dans la biscuiterie. Les femmes qui s'affairent ou qui s'impatientent à la caisse parce que Béa met du temps à revenir de l'arrière-boutique, les enfants qui courent partout en criant.

« Oui, pis j'ai assez hâte !

— En tout cas, c'est une fille dépareillée ! T'es chanceux, mon garçon, profites-en !

— En plus, j'pense que j'ai trouvé une nouvelle job ! Plus payante ! Plus intéressante ! À l'imprimerie de l'Institut des sourds et muets. Oh, en parlant d'imprimerie, ça me fait penser… »

Il extirpe une enveloppe blanche de la poche intérieure de sa veste.

« T'nez, j'ai toujours des invitations sur moi… »

Josaphat prend l'enveloppe, l'ouvre.

« Pourquoi tu me donnes ça ?

— Pour vous inviter, c't'affaire !

— Penses-tu que j'vas me présenter là ? Ton père me tuerait !

— Laissez faire mon père. C'est moi qui vous invite.

— Pis que c'est que ta mère va dire ! A' va passer une journée épouvantable si a' me voit arriver là…

— Faites-vous discret, cachez-vous si vous voulez, arrangez-vous pour que personne vous voie, mais j'veux que vous soyez là !

— T'es ben sûr ?

— Chus ben sûr. T'nez, j'ai une idée, laissez-moi vous engager comme musicien, y pourront rien dire ! Vous faites toujours des mariages ?

— C't'affaire! C'est ce qui paye le plus!

— Vous voyez? Tout s'arrange!

— Décide-toé! T'à l'heure tu voulais que je me cache, là tu me demandes de jouer du violon! Tu veux qu'on me voye ou ben si tu veux pas!»

Josaphat essuie une larme du revers de sa chemise.

«Voyons donc, mon oncle, vous allez pas brailler!

— Si tu savais, mon garçon… Mais je te chargerai rien. Pour toé, m'as jouer gratuitement!»

Des exclamations s'élèvent dans la biscuiterie.

Béa, toute rouge, dépose les boîtes de Social Tea sur le comptoir.

«'Coutez donc, madame Guillemette, vous les aviez cachés, ces biscuits-là! Y étaient à côté des quarts à vidanges! J'ai cherché partout avant de regarder là… j'aurais jamais pensé…»

Sa patronne lui pince le gras du bras.

«Vas-tu te taire, niaiseuse! C'est des boîtes que j'étais sur le bord de jeter! J'ai l'occasion de les passer, de faire un peu d'argent avec, gâche-moi pas mon plaisir!»

Maria

Elle s'attendait à un commerce impressionnant qui aurait ressemblé à une succursale de banque, avec colonnes de marbre et dorures au plafond, elle s'est retrouvée dans une officine plutôt délabrée à l'étage d'une pharmacie. On l'a fait attendre quinze minutes sur une chaise droite qui, de toute évidence, n'avait pas connu de torchon depuis un bon bout de temps, puis une secrétaire, *la* secrétaire en fait, est venue lui dire que monsieur Laverdière l'attendait dans son bureau, une pièce minuscule, sombre, qui sentait le cigare froid et la sueur. Monsieur Laverdière était énorme, il parlait fort, il était de trop bonne humeur pour que ce soit sincère. Il arborait un sourire de prédateur et se montrait condescendant au point que Maria avait vite eu le goût de le frapper, et s'était sentie découragée en moins de cinq minutes.

Si elle discute encore avec lui, si elle l'écoute répéter les mêmes arguments, c'est qu'elle est désespérée et qu'elle a grand besoin de cet argent.

«Vous avez une bonne raison de venir nous voir, mais y faut que vous compreniez, madame Rathier, que c'est la première fois que je vois une femme vouloir emprunter une somme aussi importante.

— Y a une première fois à toute, monsieur Laverdière…

— Vous savez, c'est pas moi qui décide.

— C'est pas vrai, ça, que c'est pas vous qui décide… C'est vous qui me pose des questions, ça veut dire que c'est vous qui décide.

— C'est-à-dire que c'est moi qui décide si vous êtes une bonne candidate pis, après, comme je vous

107

l'ai déjà expliqué trois fois, je fais mon rapport à mon boss…

— Mais vous trouvez pas que chus une bonne candidate.

— C'est pas ça que j'ai dit. J'ai dit que j'avais jamais vu une femme venir emprunter un montant aussi important.

— Quelle différence que ça fait que je sois un homme ou une femme? Vous allez la revoir, votre argent!

— C'est vous qui le dites.

— Certain que je le dis! Chus capable de vous rembourser! Ça va peut-être me prendre dix ans, j'vas peut-être être obligée de venir vous donner deux piasses par semaine pour le reste de mes jours, mais j'vas vous rembourser!

— Mais dans dix ans, allez-vous toujours travailler au Paradise sur la rue Saint-Laurent?

— Quand un homme vient emprunter de l'argent, y demandez-vous où y va être dans dix ans?

— Les hommes qui viennent emprunter de l'argent ont la plupart du temps des jobs régulières…

— Moi aussi j'en ai une! Ça fait des années que je travaille au Paradise pis j'ai pas l'intention de partir!

— Écoutez, madame Rathier… Déjà que les femmes qui travaillent sont rares, en plus, vous, vous êtes waitress dans un club de nuit qui pourrait faire faillite demain matin…

— Les compagnies pour qui vos clients travaillent peuvent elles aussi faire faillite, non? Comme ça, si j'étais waiter, vous me diriez la même chose parce que j'aurais pas une job fiable?»

Il la regarde avec des yeux ronds, s'essuie avec un mouchoir à la propreté douteuse.

«Y a en effet des métiers plus fiables que d'autres.

— Pis y a un sexe plus fiable que l'autre.

— C'est pas ça que j'ai dit.»

Elle se penche par-dessus le bureau où traînent, en plus de la paperasse habituelle, des papiers gras qui ont dû contenir de la nourriture.

«Dites-moi-lé tu-suite que vous voulez pas me prêter de l'argent parce que chus une femme, pis ça va être réglé… J'vas sacrer mon camp pis vous me reverrez pus… Mais je veux que vous le disiez…»

Encore une fois, il s'éponge le front, le cou. Il sent plus fort. Maria recule, s'appuie au dossier de sa chaise. Mais monsieur Laverdière ne perd pas pied très longtemps, il a l'habitude de discuter, il reprend assez vite ses esprits.

«Écoutez… Les femmes qui viennent emprunter de l'argent, d'habitude, c'est en cachette de leur mari…

— J'en ai pas de mari, je vous ai dit que j'étais veuve!

— Arrêtez de me couper, écoutez-moi jusqu'au boute! Y viennent emprunter dix ou vingt piasses parce qu'y veulent acheter des affaires en cachette de leur mari, une robe, des souliers, un chapeau, je sais pas, des bebelles de femmes… Pis y ont toute la misère du monde à nous rembourser! Vous, vous arrivez ici pour emprunter trois cents piasses pour payer le mariage de votre fille…

— … parce qu'a l'a pas de père! Parce que c'est moi qu'y faut qui paye! C'est toujours le père qui paye pour le mariage, mais là, y en a pas de père!

— Je le sais! Ça fait vingt-cinq fois que vous me le dites! J'vous dis pas que je vous comprends pas, que je comprends pas votre situation…»

Il joue les compréhensifs, il a froncé les sourcils, des rides sont apparues sur son front. Maria le jetterait par la fenêtre si elle était ouverte…

«J'veux juste vous dire que les femmes qui viennent nous voir ont la plupart du temps de la misère à nous remettre vingt piasses, imaginez trois cents!

— Pis les hommes, eux autres, y en ont pas de la misère à vous remettre votre argent?

— C'est pas la même chose…»

Maria se lève, dépose son sac à main sur le bureau.

«Je le savais que vous diriez ça. Chus sûre que j'ai plus d'argent dans ma sacoche que la plupart des hommes qui viennent vous en emprunter en ont dans leurs poches! J'gagne bien ma vie, monsieur Laverdière, je la gagne *très* bien! Mon problème, c'est que j'en ai pas d'avance! Chus veuve, j'ai quatre z'enfants à faire vivre, j'ai pas les moyens de mettre de l'argent de côté, c'est pas dur à comprendre! Pis là, j'ai une fille qui se marie! Pis ça coûte cher! Pis je voudrais pouvoir devoir de l'argent à juste une place plutôt qu'un peu partout en ville! Ça serait plus commode, j'aurais pas besoin de courir comme une folle chaque semaine pour en remettre un boute! J'm'en vas acheter une robe de mariée à ma fille chez Dupuis Frères, après-midi, pis y faut que je commande le gâteau, pis y faut que je commande le repas, pis y faut que je paye l'église, pis y faut que je paye les musiciens…

— Je sais tout ça…

— Si vous savez tout ça, pourquoi vous voulez pas m'aider?

— J'ai pas dit que je voulais pas vous aider…

— Vous me reprochez d'être une femme!

— J'vous reproche rien! La loi, c'est la loi!

— Comment ça, la loi, c'est la loi? C'est écrit dans la loi qu'on prête pas d'argent aux femmes? Où ça? J'veux le voir! J'veux une preuve! Si j'étais un homme, le contrat serait déjà signé, pis je serais déjà en train de fêter ça à la taverne! Pis peut-être avec vous!

— Faites attention à ce que vous dites, madame Rathier…

— Pourquoi je ferais attention à ce que je dis? J'viens ici de bonne foi, j'ai vraiment l'intention de vous la remettre, votre maudite argent, même si chus obligée de me saigner à blanc pour le faire, pis vous refusez de m'en prêter parce que chus une femme! Vous êtes là pour faire de l'argent, non? Que je soye un homme ou ben que je soye une femme, vous allez faire de l'argent avec moi! Si ça

110

me prend dix ans pour vous rembourser, vous allez peut-être toucher le double de ce que je vous ai emprunté tellement vos intérêts sont élevés! Mon argent a pas de sexe, monsieur Laverdière, a' vaut la même chose que celle des hommes, pis le jour où vous allez comprendre ça, vous aurez faite un bon bout de chemin! Pis laissez-moi vous dire une affaire de femme avant de partir! Vous devriez faire aérer, ici-dedans, de temps en temps, ça sent le yable! Pis vous devriez vous laver, aussi! Si ce que vous sentez dérange pas les hommes qui viennent ici, ça doit certainement déranger les femmes!»

Elle se retourne et sort de la pièce en sacrant.

Comme un homme.

Alice

La chaleur est insupportable malgré les immenses fenêtres de la manufacture laissées ouvertes dans l'espoir qu'une quelconque brise, à un moment dans la journée, finisse par s'y engouffrer et venir rafraîchir les ouvrières qui s'échinent du matin au soir dans les vapeurs malsaines des feuilles de tabac qu'elles ont à traiter.

Les travailleuses dont fait partie Alice sont distribuées en trois groupes autour d'une immense table sur laquelle le tabac voyage à l'aide d'un convoyeur qui fait un vacarme assourdissant parce qu'il est mal entretenu. Les premières préparent le tabac. Elles le déballent – il arrive des États-Unis en énormes ballots –, le déplient et le placent à un bout de la grande table au-dessus de laquelle sont fixées des pommes de douches qui servent à lancer des jets de vapeur. Les deuxièmes, pour que les feuilles se décollent, humidifient le tabac en l'exposant à ces jets de vapeur. Enfin, les troisièmes, dont fait partie Alice, le sèchent en le brassant le plus rapidement possible sous une poussée d'air comprimé. On appelle ces dernières les *shakeuses* de tabac. C'est de loin le travail le plus épuisant parce qu'il demande beaucoup de force physique.

Lorsque ces trois tâches sont achevées, le tabac va aller se faire découper, taillader, réduire en une espèce de sciure avec laquelle on va fabriquer des cigarettes.

Mireille Surprenant, la comique du groupe des *shakeuses*, vient de crier par-dessus le vacarme des machines que si le taux d'humidité était à peine plus élevé, il pleuvrait dans la pièce, ce qui a bien fait rire celles de ses camarades qui l'ont entendue.

Une autre fille, Pauline Petit, qui voudrait être aussi drôle qu'elle mais qui y arrive rarement, lui a répondu :

«Attends au moins le mois d'août avant de te plaindre!»

Les filles lui en ont voulu. Elles ne veulent surtout pas penser au mois d'août, le pire de l'année, celui qu'on appelle l'hécatombe parce que c'est à ce moment-là qu'une bonne partie d'entre elles tombent malades, suffoquées par la chaleur et épuisées par le labeur.

À cause de la dureté de leur ouvrage, les *shakeuses* de tabac ont le droit de travailler dans des vêtements légers hiver comme été et leurs superviseurs, tous des hommes, en profitent bien sûr pour se rincer l'œil, faire des farces plates à longueur de semaine et, en tout cas dans le cas du gros Guy Gingras, le *foreman* le plus haï du plancher et qu'on appelle foie gras, se permettre plus que des remarques, des attouchements parfois furtifs, souvent plus insistants si la fille n'est pas farouche.

Et depuis quelques semaines, il a lancé son dévolu sur Alice Rathier, qu'il trouve à son goût et qu'il n'arrête pas d'achaler.

Ce matin-là, il avait commencé par faire une remarque sur ses cheveux qu'elle avait remontés au lieu de les garder sur les épaules comme elle le faisait d'habitude.

«T'aurais dû me montrer ça avant, c'te p'tit cou-là, Alice…»

Elle avait fait celle qui n'entend pas et continué à brasser ses feuilles de tabac. De l'eau lui coulait dans le cou, mais elle n'osait pas y passer la main de peur que monsieur Gingras prenne son geste pour une provocation. Ou, ce qui est pire, une invitation.

Il avait tout de même approché sa bouche de son oreille.

«Des beaux petits cous de même, y faut pas laisser passer ça, y faut s'en approcher, les sentir, les embrasser...»

Elle savait qu'il n'aurait pas osé l'embrasser dans le cou devant tout le monde, ses avances se produisant plutôt sous la surface de la table, une fesse pincée, une cuisse frôlée, une main qui s'attarde au bas du dos ; elle n'avait cependant pas pu réprimer un frisson de dégoût.

«Vous avez la mémoire courte! On passe toutes l'été avec les cheveux relevés parce qu'y fait chaud!

— C'est pas encore l'été.

— Non, mais y fait chaud en maudit, par exemple! Pis voulez-vous ben me laisser travailler, monsieur Gingras! Après ça, vous allez dire que j'vas pas assez vite pis que je fais pas mon travail!»

Juste assez fort pour que ses voisines l'entendent. Et comprennent qu'elle refusait de jouer le jeu, ce que certaines d'entre elles acceptaient parfois pour obtenir des faveurs. Une pause cigarette déguisée en envie de pipi, par exemple. Ou une heure de lunch un peu plus longue.

Il s'était redressé en souriant.

«T'es ben rétive, à matin, Alice Rathier!

— Chus toujours rétive...

— On s'en reparlera... J'aime ça les femmes rétives... J'aime ça les dompter, les mettre à ma main...»

Il s'était éloigné en sifflotant cette rengaine lancinante, *La java bleue,* que les filles chantaient souvent autour de la table, depuis des semaines, pour faire passer le temps.

Alice a eu la paix pendant une bonne heure. Monsieur Gingras ne s'est même pas représenté à leur table, pourtant une de ses favorites parce qu'il y a placé les plus jeunes et les plus jolies travailleuses de la manufacture.

Mais il est revenu. Il est là, derrière elle, elle peut sentir l'odeur de son eau de Cologne. En homme plutôt corpulent, il transpire encore plus que les ouvrières qu'il a sous ses ordres et s'asperge d'eau de Cologne pour masquer son odeur de transpiration. Lotus de Yardley. Quand les filles ne l'appellent pas foie gras, elles l'appellent la bête puante.

Il ne va pas recommencer…

Oui. Sa bouche est tout près de son oreille. Cette fois, c'est son haleine de grand fumeur qui lui chatouille les narines.

«Tu laisserais tes cheveux de même pendant tout l'hiver que je me plaindrais pas, Alice…»

Tout se passe très vite.

Sans prendre le temps de réfléchir, elle se lève, se retourne vers le contremaître, s'étire sur le bout des pieds et approche son visage du sien.

«Allez-vous me laisser tranquille? Hein? Allez-vous me laisser tranquille, une fois pour toutes! Sacrez-moi la paix! Pis sacrez la paix aux autres! On est ici pour travailler, pas pour se faire achaler par des fatiquants comme vous! Chus tannée de vos insinuations, pis de vos mains partout! On est toutes tannées! Toute la gang! Si les autres ont trop peur de vous le dire, j'vas vous le dire, moi: chus tannée, j'en ai plein mon casque, c'est-tu clair? On en peut pus personne! Notre travail est assez dur de même, on a pas besoin en plus de se faire tripoter par des malades comme vous! Si vous voulez des guidounes, allez vous en chercher sur le boulevard Saint-Laurent, y en a plein, pis laissez-nous travailler en paix!»

Monsieur Gingras a blêmi, mais ses trous d'acné, la grande honte de son existence, sont restés rosâtres et dessinent de grotesques arabesques sur son visage.

«Fais attention à ce que tu dis, toé… Tu sais pas dans quoi t'es t'en train de t'embarquer…

— J'ai pas peur de vos menaces!

— Ah non? Tu sais ce qui arrive aux têtes dures comme toé, hein?

— Ouan, pis des fois je les envie de pus travailler pour des fous comme vous autres!»

Cette fois il a rougi. Personne ne lui a jamais parlé sur ce ton. Il lui pose un index sur le front.

«Pour qui tu te prends, donc, toé?

— J'me prends juste pour quelqu'un qui veut travailler en paix! Qui veut gagner son argent, même si c'est pas gros, sans être obligée de vous endurer, vous pis les autres superviseurs!

— Pour qui tu te prends pour venir me faire la leçon!

— Lâchez-nous, pis on aura pas besoin de vous en faire, des leçons!»

Il s'essuie le visage avec un torchon qu'il tenait à la main.

«Si tu dis un mot de plus, tu prends tes affaires pis tu débarrasses le plancher, m'as-tu entendu?

— Que c'est que vous voulez que je fasse, là? Hein? Que je m'excuse? Que je vous demande pardon? Que je me rassise comme si rien s'était passé? Que je reprenne ma place, que je continue ma job sans rien dire? Que je continue surtout à endurer vos mains sur mon fessier pis les mots sales que vous me dites dans l'oreille? Ben, si les autres sont capables d'endurer ça, pas moi! C'est ben de valeur, mais c'est comme ça! Pis si ça me coûte ma job, j'irai m'en trouver une ailleurs! Y en a plein pis des ben moins pires qu'ici, laissez-moi vous dire!

— Certain que tu vas la perdre, ta job!

— Ben, tant pire! Au moins, je vous aurai dit ce que je pense! Pis ce que toutes les autres pensent! Sont peut-être trop chieuses pour le faire, mais chus sûre qu'y vont être ben contentes que quelqu'un l'aye faite à leur place! Ça a pas de bon sens d'endurer ça à longueur d'année comme on le fait! Vous avez pas le droit de faire ça! On est pas des esclaves, ben, traitez-nous pas en esclaves!»

Il lève la main pour la frapper. Cette fois, c'est elle qui lui pose son index sur le front.

«Essayez de me toucher, essayez, voir, pis c'est pas à moi que vous allez avoir affaire, c'est à ma mère! Pis si vous saviez qui c'est, ma mère, vous souririez pas comme ça! Ma mère est connectée sur la Saint-Laurent, a' connaît ben du monde, si vous voyez ce que je veux dire, pis je vous souhaite pas qu'a' les envoye vous rencontrer! Vous auriez peut-être pus de mains à nous passer sur les fesses, après ça, pis pus de langue pour nous dire des obscénités!»

Il s'est éloigné de quelques pas, de plus en plus rouge.

«Tu me fais des menaces! Toé, tu me fais des menaces! Penses-tu que tu me fais peur? Penses-tu que ta mére me fait peur?

— Moi, je comprends que vous ayez pas peur de moi. Mais elle...

— Qui c'est que c'est, ta mére, pour être connectée de même? Hein? La reine de la mafia de la Main?

— C'est peut-être la reine de rien, mais a' connaît les rois de ben des affaires...

— J'ai pas peur du monde qui connaissent du monde qui connaissent du monde...

— Vous devriez.

— Ouan, ben, on va laisser faire ta mére pour le moment pis on va revenir à toé...

— Faites-vous-en pas pour moi. J'vous laisserai pas le plaisir de me mettre à la porte. J'm'en vas. Gardez-la, votre job de cul, j'en veux pus! Pis ayez pas peur, je mettrai pas ma mère après vous, j'vas plutôt essayer de vous oublier le plus vite possible, vous pis votre senteur de bête puante! Salut!»

Elle part en courant, contourne la table où toute activité s'est arrêtée depuis le début de l'altercation.

«Salut, tout le monde! Vous êtes ben fines, toute la gang, mais vous êtes ben niaiseuses d'endurer ça! Y ont pas le droit de vous traiter de même pis vous avez pas le droit de les endurer!»

Elle dévale l'escalier, traverse le hall de la manufacture en courant et pousse la porte d'entrée. Elle débouche en plein soleil de mai. Quelle belle journée! Elle s'appuie contre le mur de ciment et se met à rire. De nervosité autant que de joie.

«J'tais pus capable, j'tais pus capable, j'tais pus capable.»

Ce qu'elle ignore, c'est qu'au moment même où elle engueulait son superviseur, ici, à la manufacture, sa mère engueulait quelqu'un qui refusait de lui prêter de l'argent, à l'autre bout de la ville.

Saint-Boniface, Manitoba

Bebette

«Saperlipopette!»

On peut l'entendre hurler jusqu'au bout de la rue. Des têtes se tournent. Elle fait un signe de la main à une dame de sa connaissance pour lui faire comprendre que tout va bien, que c'est un cri de joie qu'elle vient de lancer en ramassant son courrier sur le pas de sa porte.

Une invitation à un mariage! De Montréal!

Si c'était une carte de deuil, il y aurait une bordure noire; l'enveloppe est blanche, ce ne peut être qu'une invitation à un mariage... Et il est trop tard dans l'année scolaire pour une première communion.

Une seule de ses nièces, à Montréal, est en âge de se marier...

Dans sa nervosité, elle déchire l'enveloppe qu'elle laisse tomber sur le balcon.

C'est bien ce qu'elle pensait. Rhéauna va se marier.

La petite Rhéauna, toute fragile, qui avait passé une nuit ici il y a des années et à qui on avait offert un magnifique party d'anniversaire, est maintenant une femme. Bebette se demande de quoi elle peut avoir l'air aujourd'hui. C'est sûrement une belle femme, elle était si jolie, enfant. Elle lui souhaite tout de même de ne pas avoir le caractère de sa mère.

Elle entre dans le vestibule, referme la porte. Sa tasse de thé et son journal du matin l'attendent dans la cuisine.

Depuis la mort de son frère Méo, qui était venu de Saskatchewan habiter avec elle après la mort de sa femme, elle se retrouve toute seule dans cette grande maison qu'elle a fini par détester parce qu'elle la trouve morte alors que pendant si longtemps elle y avait été heureuse. En tout cas occupée. Son mari est mort, ses enfants sont partis faire leur vie, son frère lui aussi l'a abandonnée après quelques bonnes années de compagnonnage. Elle fait du bénévolat à la cathédrale de Saint-Boniface, s'y ennuie à mourir parce qu'elle n'a jamais été très religieuse et que décorer les autels n'est pas, à son avis, ce qu'il y a de plus excitant au monde. Elle passe quelques après-midi par semaine au cinéma – elle a vu trois fois *The Lotus Eater*, avec John Barrymore, depuis une semaine, et les grimaces de l'acteur commencent à lui tomber sur les nerfs, au point qu'elle le trouve beaucoup moins à son goût qu'auparavant. Le reste du temps, elle le passe chez elle à se morfondre. La lecture la passionne, mais il y a des limites à rester assise immobile dans un fauteuil pendant des heures et des heures... Elle a trop d'énergie à dépenser. Elle regarde toutes les dix minutes l'horloge grand-père, dont le tic-tac la rend folle. Les matinées sont sans fin. Les après-midi s'étirent. Pour s'occuper, elle se rend à la cuisine et se prépare des tasses de thé des Indiens qu'elle laisse refroidir sans y toucher. Elle téléphone à des amies qui s'ennuient comme elle et qu'elle énerve autant qu'elles l'énervent.

Elle a un peu d'argent de côté – vivre seule ne coûte pas cher et la pension de Rosaire lui suffit –, elle pourrait s'acheter une belle robe, un chapeau, des souliers, réserver une place dans le train, fermer la maison pour un temps indéterminé...

Montréal!

Elle en rêve depuis des années.

Elle relit le carton d'invitation.

La grande aventure que son mari et elle n'ont pas pu se payer parce qu'il était tombé malade... Traverser une partie du pays en train, se payer un bon hôtel, à Montréal, plutôt que de s'imposer chez quelqu'un de sa parenté, visiter ses nièces qu'elle n'a pas revues depuis des années, Maria, bien sûr, mais aussi Tititte et Teena, assister à un mariage dans une vraie grande ville, peut-être se permettre quelques coupes de vin ou un spectacle dans un des nombreux théâtres… Et, surtout, visiter de fond en comble cette fameuse métropole dont elle a entendu parler autant en bien qu'en mal!

Elle croit avoir encore droit à un rabais sur le prix des billets de train en tant que veuve d'un employé du CPR, elle pourrait peut-être voyager en première classe! Il faudra vérifier.

Une femme qui voyage seule, cependant, n'est-ce pas un peu suspect? Pour qui, ou pour quoi, la prendrait-on? Elle ne voudrait tout de même pas passer pour une créature de mauvaise vie…

Elle sourit. Prétentieuse! À ton âge!

Pourquoi pas? Une ancienne créature de mauvaise vie qui voyage pour son plaisir.

Elle est toujours passée inaperçue. Sauf pour ses tonitruants SAPERLIPOPETTE, bien sûr, qui l'ont rendue célèbre dans le quartier. Toute sa vie elle a présenté d'elle-même une image d'honnêteté et de discrétion – quoique la discrétion, avec la voix qu'elle a! –, il serait peut-être amusant de sentir les regards interrogateurs d'hommes qui se demanderaient qui est cette belle femme toute seule en première classe…

Elle lance un deuxième SAPERLIPOPETTE.

Après tout, elle n'aurait peut-être pas à voyager toute seule!

Elle court à la cuisine, fouille dans les papiers épars du premier tiroir sous le comptoir, trouve le cahier où elle a inscrit les quelques numéros de ses connaissances, peu nombreuses, qui possèdent un téléphone.

Elle s'empare de l'appareil, secoue la clenche en hurlant.

«Miss! Miss! I would like to call Regina, in Saskatchewan, please!»

Montréal

Théo

Chaque matin après l'école, à onze heures et demie, Théo fait un assez long détour pour se rendre à la Biscuiterie Ontario. En cachette de madame Guillemette, sa sœur Béa lui donne un petit sac en papier dans lequel elle a jeté des brisures de biscuits. La plupart du temps, ce sont de vraies brisures qu'elle a trouvées au fond des boîtes en faisant le ménage; il lui arrive cependant de casser quelques biscuits elle-même si la récolte s'est montrée décevante. Théo appelle ça son sac de surprises. Béa lui fait promettre de ne pas y toucher avant d'avoir fini son repas du midi tout en sachant qu'il va plonger la main dedans aussitôt la porte franchie.

Rhéauna, qui prépare le repas avant d'aller travailler, se demande souvent pourquoi Théo mange si peu le midi. Il joue dans son assiette, pousse les aliments du bout de la fourchette, quitte la table avant le dessert.

Théo, pas bête, s'essuie le bec avec la manche de sa chemise ou de son manteau avant d'entrer dans la maison et, jusqu'ici, il ne s'est pas encore fait prendre.

Ce matin-là, Béa lui trouve l'air triste. Il a pris le sac de surprises sans montrer son enthousiasme habituel, ne lui a pas demandé ce qu'il contenait et il se prépare à sortir de la biscuiterie sans la remercier.

«Que c'est que t'as, à matin, Théo, t'as ben l'air bête!

— J'ai pas l'air bête.

— Ben oui, t'as l'air bête! T'as l'air de moman quand a' se réveille de mauvaise humeur.

— C'est même pas vrai!

— Théo, arrête de faire la baboune comme ça, on dirait que tu vas pleurer! Y es-tu arrivé quelque chose à l'école?»

Il dépose son sac de biscuits sur le comptoir, à côté de la caisse enregistreuse.

«Cache ça dans ton sac d'école, d'un coup que madame Guillemette arrive! As-tu envie de me faire perdre ma job?»

Il s'exécute en faisant la grimace.

«Y a-tu quelqu'un qui t'a fait de la peine? Dis-le! Y faut pas les garder, ces affaires-là...»

Il passe le bout de son index et de son pouce sur l'arête de métal du présentoir sans répondre. Quelque chose qu'il n'arrive pas à exprimer le chicote.

«Tu sais que tu peux tout me dire, à moi, Théo...

— Ouan, pis tu vas aller tout répéter...

— Ben non... Qu'est-ce qu'y a? Si tu me le dis pas tu-suite, tu vas te mettre en retard pis Nana va t'être inquiète!»

Il relève la tête en entendant le nom de leur sœur aînée et ses yeux se remplissent de larmes.

«C'est-tu vrai qu'a' va s'en aller, Nana? Quand a' va se marier?»

Béa est prise de court. Il est évident que Rhéauna va partir de la maison après son mariage, c'est normal. Elle ne comprend pas où Théo veut en venir.

«Ben oui, c'est vrai. A' va avoir une maison à elle, avec Gabriel. Y vont rester ensemble, Théo, y vont être mariés!

— On la reverra pus?

— Ben oui, on va la revoir. A' va venir nous voir... Le plus souvent possible, je suppose...

— Mais on la verra pus tous les jours...

— Non, c'est sûr, on la verra pus tous les jours...»

Théo recule de quelques pas en serrant son sac d'école contre lui.

«Ben, je veux pas qu'a' se marie, d'abord!»

Et Béa comprend tout.

C'est Rhéauna qui prend soin de lui, c'est elle qui l'élève, il arrive même à Théo de se tromper et de l'appeler maman. C'est elle qui lui fait faire ses devoirs, réciter ses leçons, prendre son bain, une fois par semaine, et qui l'oblige à se débarbouiller chaque soir avant de se coucher. Elle lui lit une histoire avant qu'il s'endorme, même s'il en a passé l'âge, et se lève au milieu de la nuit quand il fait un cauchemar. Elle est sans doute la personne la plus importante de sa vie et il va la perdre. Il va rester avec une mère partie travailler quand on a besoin d'elle et deux sœurs qui ne savent à peu près rien faire dans une maison.

Elle n'avait pas pensé à ça : qui va les réveiller, à partir de maintenant, le matin ? Qui va leur préparer à déjeuner ? Qui va les engueuler pour qu'ils ne se mettent pas en retard ? Qui va faire à manger à Théo, le midi, et à tout le monde, le soir ?

« Que c'est qu'on va faire, Béa, quand a' sera pus là ? »

Elle contourne le comptoir, vient s'agenouiller devant son frère, le serre contre elle.

« On va s'arranger, Théo... On va en discuter avec moman, avec Alice... On va trouver des solutions... Inquiète-toi pas comme ça, voyons donc ! »

Il lui mouille le haut de sa robe ; elle le laisse faire.

Un étau vient de se serrer autour de son cœur, elle éprouve un léger vertige et, pour la première fois de sa vie, sent la main glacée de l'angoisse.

Saint-Boniface, Manitoba
Regina, Saskatchewan

Bebette, Régina-Cœli

«J'viens justement d'aller chercher ma malle sur mon balcon. J'ai rien reçu!

— Ah, ben, c'est parce que la Saskatchewan, c'est plus loin que le Manitoba. Tu vas la recevoir demain, tu vas voir…

— Peut-être qu'y m'ont pas invitée, aussi…

— Voyons donc, si y m'ont invitée, moi, pourquoi y t'inviteraient pas?

— As-tu pensé que c'était peut-être juste par politesse?

— Qu'est-ce que tu veux dire?

— Ben, y s'attendent certainement pas à ce que tu sautes dans un train à l'âge que t'as pour aller assister à un mariage à l'autre bout du monde! C'était peut-être juste une façon de te faire savoir que Rhéauna va se marier… Y ont peut-être pas pantoute envie de te voir arriver… Ni moi non plus.

— C'tait pas une lettre, Régina, c'tait une invitation! Une invitation! Sur un cartron blanc avec des lettres en or, une guirlande de fleurs pis deux tourterelles qui s'embrassent en tenant un ruban dans leurs becs! Tu dis ça parce que t'es jalouse.

— Pourquoi je serais jalouse?

— Parce que t'as pas reçu d'invitation, c't'affaire!

— Peut-être qu'y savaient que tu m'appellerais pis y se sont pas donné la peine de m'en envoyer une… C'tait plus simple pour eux autres de t'envoyer une invitation pour nous deux!

— Régina! Arrête avec tes peut-être! Ça fait deux minutes qu'on se parle, pis t'as dit peut-être vingt-cinq fois!

125

— Toi, t'es sûre que c'est une vraie invitation?

— Ben oui! Pis j'ai le goût de leur répondre que j'vas être là! Un voyage à Morial, ça te tente vraiment pas? J'pourrais t'attendre à ton train, à la gare de Winnipeg, on ferait le reste du voyage ensemble! On aurait deux jours au grand complet pour jaser, ça serait le fun, on se voit jamais…

— Si tu penses que c'est ça qui va me donner envie d'y aller… Non, non, chus ben, ici…

— Chus sûre que tu t'ennuies à Regina autant que je m'ennuie à Saint-Boniface…

— J'aime pas ça me déplacer, Bebette, tu le sais! J'ai jamais aimé ça. Ça m'a pris tout mon petit change pour me rendre à Saint-Boniface quand ton Rosaire est mort pis quand Méo est parti…

— J'arais ben voulu que tu viennes pas! Ton beau-frère pis ton propre frère! Ça aurait pris une saprée sans-cœur!

— Détourne pas la conversation… Si je reçois une invitation, je verrai… En attendant…

— Je le savais, t'es jalouse!

— J'veux juste pas arriver là si chus pas invitée! Leur vois-tu l'air si y nous voyent ressoudre pis qu'y nous attendent pas? Que c'est qu'y vont nous dire? Où c'est qu'y vont nous mettre? Que c'est qu'y vont faire avec nous autres? On va peut-être être dans leurs jambes plus qu'autre chose!

— Régina! On est pas des enfants, on est capables de s'occuper tu-seules! Y nous invitent! Sont à l'autre bout du monde, y pourraient juste pas nous le dire que Rhéauna se marie, on le saurait pas, c'est toute! Y sont pas obligés de nous mettre au courant, après toute! Mais si y se donnent la peine de nous inviter, c'est parce qu'y veulent qu'on y aille, non?

— Pas moi, en tout cas. J'ai rien reçu.

— Bon, bon, c'est correct. On tourne en rond, là. Si ça continue de même, on va répéter les mêmes affaires jusqu'à ce que tu reçoives ta malle, demain matin! Si tu reçois une invitation, demain, tu vas me rappeler?

— Si j'te rappelle pas, tu sauras jamais si j'en ai reçu une ou non.

— Arrête donc de dire des niaiseries… J'vas te rappeler, moi. Demain, à la même heure.

— Qui te dit que j'vas te dire la vérité? Que j'te dirai pas n'importe quoi pour me débarrasser de toi?

— Fais-moi pas dépenser de l'argent pour me dire n'importe quoi, Régina-Cœli Desrosiers! Ça coûte cher, un longue distance, tu le sais aussi ben que moi.

— Ben, gaspille pas ton argent pour rien! Pis arrête de m'achaler. Si j'ai pas envie d'aller à Morial, c'est de mes affaires!»

Régina raccroche.

Elle tient son invitation à la main. Bebette l'a bien décrite. Les tourterelles sont là, les rubans, les guirlandes de fleurs, les lettres en or. Et ce petit mot à la main, en bas, sans doute l'écriture de Rhéauna : «Vous pourriez peut-être jouer un petit quelque chose au piano. Vous jouez tellement bien. Ça me ferait grand plaisir.»

Elle l'a longuement regardée avant de l'ouvrir. Elle a tout de suite deviné ce que c'était.

Une invitation à se rendre à Montréal alors qu'elle est incapable de sortir de chez elle depuis des semaines, quelle ironie!… Encore heureux qu'elle ait le téléphone et qu'elle puisse se faire livrer le peu de nourriture qu'elle arrive à consommer…

Ça a commencé d'une drôle de façon.

Depuis des années, d'avril à septembre, elle joue à la fin de chaque après-midi quelques morceaux de piano pour ses voisins. Elle ouvre les fenêtres, la porte d'en avant, s'installe au piano, sort un cahier de musique et joue pendant une petite demi-heure ses morceaux favoris. Les spectateurs se rassemblent sur le trottoir et écoutent religieusement. Ces dernières années, certains d'entre eux apportent des chaises qu'ils posent sur la pelouse de son minuscule jardin. Comme aucun d'entre eux ne peut se permettre le prix d'un billet de concert, alors ils en profitent. Ça ne coûte rien et c'est d'une telle beauté! Quand elle a terminé, ils applaudissent. Ce sont des applaudissements discrets, courts et sincères. Parfois Régina-Cœli Desrosiers sort sur son balcon, esquisse un petit salut en rougissant ou fait un signe de la main. Le jardin et le trottoir se vident, la petite foule se disperse, Régina referme la porte de sa maison, heureuse d'avoir joué. Pour elle et pour eux.

Mais la première fois qu'elle a donné ce qu'elle appelle son «récital de fin d'après-midi», quelques semaines plus tôt – c'était une magnifique journée d'avril, il faisait chaud au point qu'on se serait cru fin mai –, elle s'est rendu compte, en voulant aller saluer, qu'elle était incapable de franchir le pas de sa porte. Elle avait quitté son piano, s'était dirigée comme d'habitude vers le balcon et, arrivée dans le vestibule, elle avait figé. Elle ne pouvait plus avancer. Tout, à l'extérieur, les gens qui souriaient, qui applaudissaient, les voitures qui passaient, lui semblait soudain hostile. Elle était convaincue qu'elle se mettrait en danger si elle sortait sur le balcon. Qu'un événement terrible se produirait. Croyant à un malaise passager, elle pensait : «Avance, avance, y veulent juste te remercier, c'est fou de penser qu'y t'en veulent, y t'en voulaient pas avant, pourquoi y t'en voudraient aujourd'hui?» Ses deux pieds, trop pesants, restaient rivés au plancher et, paniquée, elle avait brusquement refermé la porte. Sans saluer. Sans faire son petit signe de la main copié – elle l'avait vu au cinéma – sur celui de la reine Marie d'Angleterre.

Elle s'était dit qu'elle saluerait le lendemain, qu'elle s'excuserait auprès d'eux d'avoir été impolie, de leur avoir fermé la porte au nez et avait soupé sans trop s'en faire. Une petite pointe d'inquiétude la rongeait, cependant, une impression de malaise qu'elle ne pouvait pas s'expliquer et qui lui faisait battre le cœur un peu vite. Il devait bien y avoir une raison à ce qui venait de lui arriver, ces choses-là ne se produisent pas du jour au lendemain, ça se prépare, ça vient peut-être de loin. Et si c'était le début d'une maladie grave.

Et la vraie panique, celle qui ramollit les jambes, qui donne le sentiment de couler, de sombrer, qui produit une désagréable impression de légèreté à la hauteur du ventre et vous fait vous accrocher à n'importe quoi pour ne pas tomber, s'était jetée sur elle quand elle avait ouvert la porte, après le souper, pour aller se bercer sur le balcon, et elle s'était retrouvée dans la même situation que quelques heures plus tôt. Les pieds de plomb. L'hostilité de tout ce qui était extérieur à sa maison. La conviction qu'un danger guette. La peur irrépressible de voir quelqu'un ou quelque chose ouvrir la porte du jardin, grimper les marches du balcon en courant et se précipiter sur elle avec violence... C'était ça! Un cauchemar de petite fille! Un monstre dans le placard! Une terreur enfantine incontrôlable, totale! Elle essayait de soulever un pied pour faire un pas. Rien. Le monde lui en voulait. Pour une raison qu'elle ignorait. Et si elle faisait un pas en avant, si elle franchissait le seuil de sa maison, elle allait le payer cher. Comme lorsqu'elle était enfant et que les pires monstres de l'univers se cachaient dans l'armoire ou sous le lit.

Ça dure depuis des semaines. Elle n'a aucun problème à circuler dans la maison, à vaquer à ses occupations ordinaires, elle joue du piano, se fait à manger, elle prend de longs bains chauds et réussit parfois à se concentrer sur la lecture d'un roman, mais aussitôt qu'elle jette un coup d'œil dans la direction de la porte d'entrée...

Jusque-là, elle s'est refusé à demander de l'aide. Elle n'a pas appelé son docteur parce qu'elle craint de se faire dire qu'elle est folle – ce qui est sans doute vrai – et de se retrouver dans un asile avec des fous dangereux – une autre peur ridicule de petite fille trop imaginative.

On lui livre sa nourriture à domicile, elle ne parle plus à personne, elle se renferme de plus en plus dans une espèce de cocon ouaté qui consiste à passer des heures immobile dans sa chaise berçante, la tête vide et une fausse quiétude au cœur.

L'arrivée de l'invitation au mariage de Rhéauna n'a donc rien fait pour la rassurer. Ni le téléphone de sa sœur. Comment, en effet, planifier un tel voyage quand on n'est même pas capable de sortir de sa maison? Elle aurait pu se confier à Bebette, appeler au secours, lui demander de venir la chercher, de l'obliger à sortir de ce marasme dans lequel elle s'englue de plus en plus. Elle en a été incapable. L'orgueil?

Non. C'est autre chose.

Une tonne de briques lui tombe tout d'un coup sur les épaules. Elle se lève de sa chaise, va se faire couler un verre d'eau, le boit à toute vitesse. Puis elle se plie en deux au-dessus de l'évier et se met à vomir son petit-déjeuner.

Elle vient de comprendre qu'au contraire de ce qu'elle pensait jusque-là, elle est bien comme elle est.

Avec la certitude d'être à l'abri de tout. Et de tous.

Gabriel, Josaphat

Coudes posés sur la nappe de toile cirée, têtes penchées, les deux hommes sont courbés au-dessus de leurs tasses de café refroidies depuis un bon bout de temps. La visite de l'appartement terminée – à peine deux minutes tant le logement est petit –, Josaphat a offert un café à Gabriel. Qui l'a accepté. Ils l'ont pris à la cuisine parce qu'ils auraient été à l'étroit dans le salon encombré jusqu'au plafond de choses inutiles glanées çà et là, une collection impressionnante de tout ce que peuvent rejeter les habitants d'une grande ville habitués à se lasser des produits qu'ils jettent avant d'en avoir pleinement profité pour les remplacer par d'autres dont ils vont aussitôt se désintéresser. C'est du moins ce que pense Josaphat pendant ses razzias à travers les ruelles de son quartier, ces matins où il n'a pas envie d'aller jouer du violon dans les grands magasins et qu'il consacre à l'exploration des derrières de maisons et des hangars faciles à ouvrir.

En montrant à Gabriel ce qui s'entassait dans la pièce – les meubles, les piles de journaux, les accessoires de cuisine, les tas de vêtements, féminins autant que masculins, de toutes les tailles et de toutes les couleurs –, Josaphat a pris un air piteux.

«Va pas penser que chus devenu un guénillou, Gabriel. C'est juste que je peux pas comprendre qu'on jette des objets avant qu'y soient finis! Y a des choses qui sont encore ben bonnes, là-dedans, pis je pourrais en avoir besoin, un jour…

— Si vous arrivez à vous retrouver dans toute c'te charivari-là! Mettons que vous avez besoin de quequ'chose, un bon jour, mon oncle, pis que vous savez que vous en avez, allez-vous avoir le courage d'aller fouiller là-dedans ? Jusqu'au fond, là, en dessous de tout ça, près de la fenêtre, ou ben derrière le sofa ? Vous rappelez-vous où vous avez jeté toutes les affaires que vous avez ramassées ? Chus sûr que non, moi.

— Peut-être pas. Mais je sais que j'les ai. »

Gabriel avait capitulé devant cette logique pour lui incompréhensible. Et il commence à regretter l'invitation de son oncle.

C'est la première fois que Josaphat l'invite chez lui. D'habitude ils se rencontrent à la taverne Normand, à l'angle des rues Fabre et Mont-Royal, près de chez L. N. Messier. Son petit concert terminé – d'ordinaire le samedi après-midi, jour de congé de Gabriel –, Josaphat entre à la taverne Normand, salue Gabriel s'il s'y trouve, va le rejoindre à sa table. Ils ne parlent pas plus que ce matin, mais c'est un endroit public, le bruit des conversations est parfois assourdissant et ils prennent ça comme excuse pour boire en silence.

Gabriel se dit qu'il faudrait que quelque chose se passe, qu'il devrait essayer de faire repartir la conversation.

« Ça fait longtemps que vous restez ici ? »

Quelle question stupide !

« Une couple d'années… Mais c'est ben humide, l'hiver. Tu comprends, mon garçon, y a rien en dessous de mon appartement, c'est le passage qui mène en arrière de la maison. Y avait une écurie, avec des jouaux pis toute, jusqu'à y a pas longtemps… Ça sent encore quand le temps est humide. Pis mon plancher est mal isolé, le logement est pas chauffable, ça fait que je gèle tout l'hiver…

— Pourquoi vous restez ?

— C'est pas cher. »

Gabriel joue avec l'anse de sa tasse avant de poser la question qui lui brûle les lèvres Et qui, celle-là, n'est pas stupide.

«Gagnez-vous votre vie avec votre violon, mon oncle?»

Josaphat s'appuie contre le dossier de sa chaise, prend une gorgée, fait la grimace parce que le café est froid.

«J'la gagne. Y a des périodes de l'année meilleures que d'autres. L'hiver, c'est plutôt difficile. Sauf à l'époque des Fêtes, évidemment. Là, tout d'un coup, tout le monde veut entendre du violon... Mais chus chanceux d'avoir trouvé ma petite job à l'année chez Messier... Au moins, j'passe pas mes journées dehors. Pis y a d'autres places, aussi, oùsque j'joue... J'fais des mariages, des partys de famille...

— Pourquoi vous allez pas dans les grands magasins de l'ouest de la ville? Ça payerait peut-être mieux.

— Les violoneux intéressent pas les Anglais. Y aiment mieux la cornemuse...

— Pourquoi vous dites ça, êtes-vous allé voir?

— Non. C'est vrai. T'as raison. Ça doit être de la paresse.

— J'ai pas parlé de paresse.»

Josaphat ne répond pas tout de suite.

«Je le sais. Disons que c'est juste un bon vieux préjugé. Y en ont sur nous autres, je vois pas pourquoi on en aurait pas sur eux autres. Mais, tu comprends, dans les grands magasins de l'ouest, j'aurais l'impression de quêter. Un autre pauvre *French Canadian* qui tend la main aux riches Anglais. Sur la rue Mont-Royal, j'ai l'impression de jouer pour mon monde. Y me donnent pas d'argent par pitié, y m'en donnent parce qu'y trouvent que ce que je joue est beau.

— Les Anglais aussi pourraient trouver ça beau.

— C'est peut-être parce que je veux pas jouer pour eux autres, Gabriel... J'viens de te le dire, j'veux jouer pour mon monde...»

Sans plus insister, Gabriel se lève, va porter les tasses dans l'évier.

133

«Vous vous ennuyez pas de la campagne, des fois?»

Josaphat ferme les yeux. Gabriel, qui lui tourne le dos, ne s'en aperçoit pas.

«Oui. Tous les jours.»

Gabriel revient, cafetière à la main.

«J'pense qu'y est encore chaud…

— Non, merci, j'en ai assez bu pour à matin.

— Pourquoi vous y retournez pas? À la campagne?»

Son regard se voile, puis Josaphat tourne la tête en direction de la fenêtre. Gabriel comprend que si son oncle pouvait s'échapper par la fenêtre ouverte et s'envoler vers Duhamel, il le ferait.

«Parce que y a des choses qui me retiennent ici.»

Gabriel se penche au-dessus de la table dans l'espoir que son oncle va continuer; la confession s'arrête là. Il n'ira pas plus loin dans ses confidences.

Pour se donner une contenance, le jeune homme ajoute un peu de lait à sa tasse de café, beaucoup de sucre, brasse le tout en faisant tinter sa cuiller sur la porcelaine.

«Vous êtes-vous fait des amis, au moins? Je veux dire ici, à Montréal?»

Josaphat répond sans ramener son regard dans la pièce.

«Oui… Y a des femmes, à côté…»

Gabriel sursaute, sourit, étire le bras au-dessus de la table pour taper la main de son oncle.

«Vieux snoreau! Des femmes! C'est ça qui vous retient en ville? Ah ben! Vous m'en apprenez une bonne, là, vous!»

Josaphat semble retomber sur terre d'un seul coup. Il hausse les épaules en rougissant.

«C'est pas c'te genre de femmes là, c'est pas ça que je voulais dire… C'est des voisines… Du monde de Duhamel que je connaissais pis que j'ai retrouvé ici… Y restent juste à côté…

— J'les connaissais-tu, moi aussi, quand j'étais petit? J'aimerais ça les rencontrer, voir si j'les reconnaîtrais….

134

— Non. Tu peux pas les voir.

— Comment ça, je peux pas les voir ?»

Josaphat se lève comme s'il voulait éviter le sujet ou qu'il considérait qu'il en avait trop dit, se dirige vers la porte de l'appartement.

«Excuse-moi, Gabriel, les toilettes sont dehors, dans le fond de la cour, pis y faut que j'y aille…

— Mais ça veut dire quoi que je peux pas les voir, ces femmes-là ?»

Josaphat ouvre la porte, jette un coup d'œil dans le corridor.

«Ça veut juste dire qu'y sont pas là. Aujourd'hui. Sont parties en voyage. Peut-être à Duhamel, y me l'ont pas dit.

— Si je reviens, vous allez me les présenter ?»

Josaphat se tourne vers son neveu avant de sortir.

«Y a ben des affaires que tu sais pas à mon sujet, Gabriel. Ben des affaires. Pis c'est mieux si t'essayes pas de les deviner. Ça nous rendrait encore plus malheureux, tout le monde… Barre pas la porte en partant. Pis reviens quand tu veux, à c't'heure que tu sais où me trouver. Ça me ferait plaisir que tu viennes me visiter de temps en temps… Pis pour ce qui est de ton mariage, va falloir que j'en parle à ta mère avant de te donner une réponse.»

Maria

À l'angle des rues Dorchester et Montcalm, Maria aperçoit trois de ses enfants assis sur le balcon de leur appartement. Rhéauna a pris Théo sur ses genoux et semble lui raconter une histoire. Le petit garçon boit chacune de ses paroles et la regarde comme si elle était l'incarnation de ce qu'elle lui décrit : ce n'est pas elle qu'il voit, c'est le Croisé prisonnier des Sarrasins, en Terre sainte, ou la méchante marraine de Blanche-Neige, ou la Reine de Cœur engueulant Alice. «Qu'on lui coupe la tête!» Il rit parce qu'elle vient de faire un effet de voix qu'il trouve drôle.

Son Alice à elle – ct à qui elle a souvent envie de couper la tête – est assise sur la marche du haut de l'escalier et fume une cigarette en écoutant elle aussi le récit que lit sa sœur. Comme son frère, elle sourit quand Rhéauna prend une voix comique. Ça doit lui rappeler des souvenirs. De Saskatchewan autant que d'ici, à Montréal.

Maria a tout de suite compris la raison de la présence d'Alice dans ce charmant tableau : elle a perdu sa job. Elle leur aura montré un des nombreux aspects peu flatteurs de son caractère de chien et ils l'auront mise à la porte. Ce n'est sans doute pas la dernière fois, Alice a de sérieux problèmes avec l'autorité.

Il ne manquait plus que ça. Non seulement elle n'a pas d'argent pour payer le mariage de Rhéauna, mais, en plus, un de ses enfants vient de perdre son emploi.

Elle ne doit toutefois pas montrer son découragement. Il faut éviter à tout prix d'inquiéter Rhéauna qui ne se doute de rien au sujet de l'emprunt qu'elle a tenté d'obtenir : elle trouvera bien un moyen de dénicher cet argent quelque part, elle a déjà sa petite idée là-dessus – un ultime sacrifice qu'elle fera pour sa grande fille qu'elle adore à sa façon –, elle sait qu'il lui suffira de faire un seul appel téléphonique, que la personne au bout du fil acceptera tout de suite, sans questions. Une humiliation de plus dans une journée pourtant déjà bien garnie... En fin de compte, Victoire, la mère de Gabriel, aura eu raison...

Elle pousse la petite clôture de fer forgé qui ceinture le jardinet mal entretenu. Alice éteint sa cigarette sur la semelle de sa chaussure.

«Criez-moi pas par la tête, moman, c'tait pas de ma faute!

— J'te crie pas par la tête.

— Non, mais vous étiez sur le bord de le faire, je le sais...

— Pantoute... Si t'es ici, c'est que tu t'es déjà fait crier par la tête à la manufacture... Une fois par jour, c'est assez...

— Deux fois... Oubliez pas que vous l'avez faite quand chus partie, à matin...

— C'est vrai. Raison de plus pour pas recommencer. On peut s'expliquer sans brailler comme des perdues. En tout cas, on va essayer... As-tu mangé ta banane, au moins?

— Oui. Est-tait ben bonne. Merci.

— J'aime pas ça quand tu prends ce petit air-là, Alice. Si tu veux rire de moi, attends au moins que je sois pas là. Fais-le pas dans ma face.

— Que c'est que vous voulez que je vous dise? C'tait une banane! A' goûtait la banane!»

Rhéauna a déposé Théo sur le plancher. Il rechigne parce que l'histoire n'est pas terminée.

«Y est presque temps que tu retournes à l'école, Théo...»

Maria prend la place de sa fille dans la chaise berçante.

«Y a-tu mangé un peu, au moins?

— Pas plus que d'habitude.

— J'comprendrai jamais ça, moi. Y mange comme un petit cochon le matin, en tout cas, c'est ça que tu me dis, y dévore tout ce qu'on met dans son assiette le soir, même les légumes les plus ennuyants, pourquoi y touche à rien le midi?»

Alice se lève, secoue sa jupe salie de cendre de cigarettes.

«Vous le savez pas?»

Les deux autres femmes la regardent, étonnées.

«Pis toi tu le sais?»

Théo lui jette un regard suppliant; Alice lui fait comprendre d'un froncement de sourcils qu'elle ne le dénoncera pas et pousse la porte d'entrée. Il se demande ce que ça va lui coûter, ce qu'elle va lui demander, en retour, ou lui imposer.

«Ben non. J'pensais juste que vous le saviez. Pis j'aurais aimé ça que vous me le disiez. Excusez-moi...»

Au grand soulagement de Théo, elle disparaît dans la chambre qu'elle partage avec Béa.

Rhéauna est déjà rendue à la cuisine.

«J'vous prépare un petit quequ'chose? Une sandwich? Y reste des cretons de madame Desbaillets. Y sont ben bons...

— Non, non, fais-moi juste du thé fort.

— Faut que vous mangiez quequ'chose...

— Si t'as des biscuits soda, avec un peu de beurre...

— Moman... Mangez plus sérieusement que ça... On a une grosse après-midi devant nous autres...»

Dupuis Frères. La robe de mariée. Maria avait presque oublié.

«T'as ben raison. Fais-moi ce que tu veux. Mais pas des cretons. J'ai de la misère avec, depuis quequ'temps. Madame Desbaillets les fait trop gras, ça fait cent fois que j'y dis...»

Pendant qu'ils mangent – Théo, que sa mère a obligé à reprendre sa place à table au lieu de repartir

138

pour l'école, et pour éviter des réprimandes, vide son assiette même si la nourriture le dégoûte –, Maria regarde ses trois enfants. Elle aurait envie de se lever, de quitter sa place, d'aller les voir chacun à leur tour, de les prendre dans ses bras, de les embrasser. Pour les rassurer. Rhéauna parce qu'elle va se jeter à pieds joints dans une nouvelle vie dont elle devine sans aucun doute, en femme intelligente, les difficultés, Alice parce qu'elle est condamnée, à cause de son maudit caractère, à errer d'emploi en emploi jusqu'à ce qu'elle rencontre un garçon assez imbécile pour la demander en mariage et qui en subira les conséquences, et Théo... Théo, lui, le plus fragile de ses quatre enfants, a toujours besoin d'être rassuré. Depuis sa naissance. Et elle sent, à sa façon de regarder Rhéauna depuis qu'il sait qu'elle va bientôt quitter la maison, que la perspective de perdre sa deuxième mère, celle, en fait, qui s'est le plus occupée de lui ces dernières années, le terrorise. Elle pourrait leur dire que ça va aller, que tout va s'arranger, que Rhéauna sera heureuse avec son Gabriel, qu'Alice va trouver un travail intéressant et payant, qu'elle-même va consacrer plus de temps à Théo à l'avenir, devenir pour lui une mère exemplaire. Mais elle n'a jamais eu de ces gestes maternels avec eux. Elle ne les a jamais catinés, elle n'a pas pour eux – c'est bien la première fois – ces élans qui portent les mères à se jeter sur leurs enfants pour les caresser, les embrasser, leur mordre les joues en leur jurant un amour éternel. L'effort que ça lui demanderait – se lever, se pencher sur chacun d'eux, poser ses lèvres dans un cou ou sur un dessus de tête, dire quelque chose de gentil, de réconfortant – est-il hors de sa portée? En est-elle vraiment incapable?

Elle est sur le point de le faire, elle vient de poser ses mains de chaque côté de son assiette, elle va se donner une poussée pour se lever lorsqu'une idée lui traverse l'esprit et la cloue sur sa chaise.

Ce n'est pas eux qui ont besoin d'être rassurés. C'est elle.

Elle n'a pas d'argent pour payer le mariage de sa fille. Dans quelques heures, elles seront, Rhéauna et elle, dans un salon d'essayage devant des robes hors de prix. Les invitations sont envoyées, les réponses ne tarderont pas à arriver. Elle va perdre sa fille aînée qui l'a remplacée auprès de son frère et de ses sœurs depuis si longtemps. Comment va-t-elle faire ? Comment s'en sortir ?

Aidez-moi, quelqu'un. J'ai besoin qu'on me tende la main. Qu'on me rassure. Qu'on me rassure.

Elle devrait le faire tout de suite, cet appel téléphonique, même si elle ne s'en sent pas le courage. Ça, au moins, la rassurerait. Un prix exorbitant à payer pour un moment de quiétude.

Elle reste assise devant sa tasse de thé fort et son sandwich au jambon.

Rhéauna la regarde en fronçant les sourcils.

Théo quitte sa place en courant pour aller vomir dans les toilettes.

Alice rit bêtement.

Tititte, Teena

«Ça vaut ben la peine de venir manger au restaurant si c'est pour commander une sandwich au jambon! Franchement!

— J'aime ça, les sandwiches au jambon, Teena!

— Ben oui, mais t'es capable de t'en faire chez vous! Quand on va au restaurant, je sais pas, moi, c'est pour commander un Swiss steack ou ben un chicken à la King, pas quequ'chose qu'on peut se faire n'importe quand chez nous…

— Je sais pas pourquoi, je leur fais pas confiance, ici. J'dirais pas que ça a l'air sale, mais je dirais pas que ça a l'air propre propre non plus… J'me sus dit que je prendrais rien d'élaboré, une sandwich au jambon, tu peux pas manquer ça…

— Moi, ma tourtière du Lac Saint-Jean est ben bonne…

— Est tellement grasse que t'as les lèvres toutes luisantes.»

Teena s'essuie la bouche avec sa serviette de table, y laisse une partie de son fard à lèvres en plus du jus de viande.

Quoi qu'en dise sa sœur, elle a tout de suite aimé ce restaurant lorsqu'elles sont arrivées. Ça sentait bon, les serveuses avaient l'air avenantes, on ne se courbait pas devant elles comme dans les restaurants chics qu'elle déteste tant parce qu'elle s'y sent déplacée. La nourriture est plutôt grasse, c'est vrai, mais délicieuse et, surtout, Teena n'a pas l'impression qu'on guette chacun de ses gestes. On ne la juge pas. Si elle commet un impair en mangeant, personne ne va se cacher la bouche avec la main pour dissimuler un sourire méprisant. Après tout, elle n'est pas venue ici pour qu'on la regarde manger, elle est venue ici pour se bourrer la face.

Elle s'évente avec la main.

«T'as raison, par exemple, c'est un peu lourd pour le midi…

— C'est un peu lourd pour n'importe quand, si tu veux mon avis… T'aurais pu choisir quequ'chose de plus léger, y me semble… Y avait une belle sole meunière, là…

— Tu sais aussi ben que moi que j'haïs le poisson! J'viens pas au restaurant pour me punir, j'viens au restaurant pour me payer la traite.

— Après ça, tu vas te plaindre que tu digères pas…

— Même ta sandwich au jambon je la digérerais pas, aussi ben me gâter…»

Elle prend une dernière fourchetée de sa tourtière, mâche lentement en fermant les yeux.

«C'est vraiment bon. Sont chanceux, au Lac Saint-Jean, de pouvoir en manger tou'es jours…»

Tititte porte une main à son cœur.

«Arrête! Rien qu'à l'idée qu'on peut manger ça tou'es jours de sa vie, ça me donne des palpitations!»

La serveuse vient chercher leurs assiettes, leur demande si elles veulent un dessert. À l'air que lui fait sa sœur, Teena comprend qu'elle fait mieux de décliner et se contente de commander un thé. En consultant le menu, tout à l'heure, elle a pourtant vu que le dessert du jour était un *cream puff* à la crème fouettée…

Le restaurant Comme au Lac est situé en face de Dupuis Frères. Teena regarde la foule défiler dans la rue Sainte-Catherine à travers la vitrine du restaurant et se demande d'où viennent tous ces gens, surtout les hommes, qui entrent et qui sortent du grand magasin en un incessant va-et-vient. Ils ne travaillent pas? Ils n'ont rien d'autre à faire?

Elle hausse les épaules et se met à taper sur la surface de la table avec ses ongles.

«Arrête ça, Teena, tu sais que ça m'énerve!»

Teena joint les mains comme dans une prière.

«'Coudonc, t'es ben à pic, aujourd'hui. Tout t'énerve!»

Après s'être essuyé les lèvres, Tititte ramène sa voilette sur son visage. Teena lance un soupir.

«Y a ben rien que toi qui portes encore une voilette en plein cœur d'après-midi! De toute façon, y a pus personne qui porte ça... Pis dis-moi pas encore que la voilette est une autre touche finale de la grande dame, j'te grimpe dans le visage!»

Tititte extrait une paire de gants de son sac. Du cuir noir, très souple, avec des coutures si fines qu'on les devine à peine.

«Y faut pas avoir l'air d'une famille de tout-nus, après-midi! Ce qu'on a à faire est important!

— Si on fait trop nos chics y vont augmenter le prix de la robe!»

Tititte enfile avec grande précaution chacun de ses doigts, comme s'il s'agissait de gaines indivi-duelles d'une extrême délicatesse.

«Tu me décourages, des fois, Teena...

— Pis toi, tu me décourages tout le temps!»

C'est Tititte qui paye. Avec un billet de deux dollars tout neuf qu'elle brandit comme une arme.

Elles ont encore un petit quart d'heure à perdre avant leur rendez-vous. Teena prend le bras de Tititte en sortant du Comme au Lac.

«T'as pas trop honte de moi, même si j'ai pas de gants ni de voilette?

— Si j'avais honte de toi, j'me montrerais pas avec toi en public.

— J'sais pas si le monde savent qu'on est des sœurs, hein?

— J'espère ben que non!

— Tu trouves pas qu'on se ressemble?

— Non, je trouve pas qu'on se ressemble... Y pensent peut-être que t'es ma servante!

— Arrête donc, niaiseuse!»

Elles sourient. Après quarante ans de taquineries, elles se trouvent encore drôles.

«T'aurais aimé ça avoir une servante, hein?

— J'aurais surtout aimé avoir une sœur qui aurait plus suivi mes conseils.

— Si je suivais plus tes conseils, j'porterais une voilette, des gants trop chauds, pis j'aurais mangé une sandwich aux tomates pour dîner. Non, merci!»

Elles regardent quelques vitrines, passent des commentaires, peu élogieux, sur ce qu'on y présente, se plaignent du prix de tout.

Tititte exerce une légère pression sur le bras de sa sœur.

«J'voulais te parler d'une chose…

— Bon, on repart… Y me semblait ben, aussi, que je finirais par le payer, mon repas gratis…

— Non, non, aie pas peur, ça a rien à voir avec toi…

— Ça me soulage. Pour une fois…

— J'voulais te demander une chose…

— Vas-y… D'abord que ça impliquera pas un chapeau à voilette pis des gants de *kid*…»

Tititte hésite un moment avant de parler.

«Tu le trouves pas un peu insignifiant, lui?

— Qui ça, lui?

— Ben lui… le fiancé.

— Gabriel? Tu le trouves insignifiant?

— Pas toi?

— Non. Pantoute.

— J'sais pas si le mot insignifiant est le bon mot… T'sais, pour Nana, j'aurais vu quelqu'un de plus… Je sais pas. Quelqu'un avec plus d'allure. J'ai rien contre lui, là, ça a l'air d'être un bon gars, pis toute, mais… Y me semble que Nana méritait mieux que ça. Un gars à moitié sourd qui gagne à peine sa vie…

— Qui te dit qu'y gagne à peine sa vie?

— As-tu vu de quoi y a l'air? Y a certainement pas l'air de quelqu'un qui fait de l'argent!

— J'gagne assez bien ma vie, moi, pis tu critiques toujours de quoi j'ai l'air…

— Tant qu'à ça… Y a peut-être aussi peu de goût que toi… Mais… j'le trouve trop gêné, aussi, y nous parle quasiment pas quand on le rencontre…

— Si y est à moitié sourd…

— Justement. Si y est à moitié sourd, quelle sorte de vie a' se prépare, elle, veux-tu ben me dire?

— Le principal, c'est qu'y s'entendent ben, pis qu'y s'aiment, non? Pis ça nous regarde pas! Mêle-toi donc de tes affaires, Tititte Desrosiers!

— J'veux qu'a' soit heureuse…

— On veut toutes qu'a' soit heureuse, Tititte! A' doit savoir c'qu'a' fait, c't'une fille intelligente! Si a'l' attend après l'idée que tu te fais du prince charmant, a' va être encore vieille fille à notre âge. Comme nous autres… Est aussi ben de marier un bon gars qui va prendre soin d'elle que d'attendre trop longtemps pis finir par coiffer sainte Catherine dans cinq ans!»

Tititte s'arrête au beau milieu du trottoir et regarde sa sœur comme si elle ne l'avait jamais vue de sa vie.

«J'pensais jamais dire ça un jour, Teena, mais sais-tu que t'as raison pour une fois! J'me mêle encore de ce qui me regarde pas. C'est sa vie, après toute, a' doit savoir c'qu'a' fait…»

Teena redresse le buste – qu'elle a important, et même imposant.

«Si tu m'écoutais plus souvent, tu te rendrais compte que chus pas si niaiseuse que ça…»

Tititte hausse les épaules en faisant demi-tour parce que l'heure de leur rendez-vous approche.

«C'est pas parce que j'te fais un compliment une fois que ça veut dire que j'vas être d'accord avec tout c'que tu dis, Ernestine Desrosiers! Si j't'écoutais plus souvent, je serais certainement pas rendue oùsque chus!»

Elle prend les devants en retenant son chapeau parce qu'un vent avant-coureur de pluie vient de se lever.

«Bon, dis-moi pas qu'y va pleuvoir! J'ai mis mes bottes en cuir patent! Si je les mouille, sont finies!»

En arrivant devant la première vitrine de Dupuis Frères, elle s'arrête et reprend Teena par le bras.

«En tout cas, j'le trouve insignifiant pareil…»

Voyant que sa sœur ne répond pas, elle jette un coup d'œil dans sa direction pour se rendre compte que Teena, rouge comme une pivoine, vient d'insérer son index entre le col de sa blouse et sa peau.

«Mon Dieu, Teena, tu vas pas avoir tes chaleurs en pleine rue Sainte-Catherine!»

Cette dernière lui lance un regard assassin.

«Penses-tu qu'on choisit quand c'est pis où c'est que ces affaires-là vont arriver? Attends que ça te tombe dessus, ma petite fille...»

Quelques mois plus tôt, le médecin a dit à Teena qu'elle était un peu jeune pour traverser la ménopause, mais que le cas n'était pas si rare. Il fallait qu'elle prenne son mal en patience, qu'elle subisse chaque crise sans s'énerver, que ça n'était ni grave ni dangereux, que toutes les femmes y passaient, que c'était naturel, que c'était leur lot. Elle avait eu envie de lui répondre que les femmes avaient un peu trop de lots à son goût, que les hommes ne connaissaient pas leur chance, la nature ne se rappelait pas à eux chaque mois dans des douleurs insupportables et ils n'étaient jamais accablés, en plein dans la fleur de l'âge, par ces maudites chaleurs qui donnent envie de tout casser avant de se jeter dans un bain d'eau glacée pour ne pas suffoquer! Elle s'était retenue. Après tout, ce n'était pas de sa faute, pauvre homme, il n'était que le messager chargé de livrer la mauvaise nouvelle.

Elle halète, elle sue, son corps est brûlant, si elle ne se retenait pas, elle déchirerait ses vêtements et courrait toute nue dans la rue Sainte-Catherine pour se rafraîchir. Mais elle sait que ça serait inutile, que rien ne peut l'apaiser, qu'elle doit attendre que ça passe.

Titite n'ose pas s'approcher, elle sait que Teena ne peut endurer aucun contact physique pendant ses crises.

«Mon Dieu, Teena, on dirait que tu vas exploser!»

Teena a détaché le col de sa blouse.

«J'vas exploser, aussi! Un bon jour, ça va arriver pour vrai, ça a pas de bon sens de se sentir comme ça...

— Veux-tu que j'arrête un taxi? Tu peux pas venir choisir une robe de mariée dans c't'état-là!

— Es-tu folle, toi! Penses-tu que j'vas manquer ça! Non, non, ça va passer... Une bonne chance que ça m'a pas pris au beau milieu de l'essayage! J'sais même pas si Nana est au courant qu'a' va passer un jour à travers ça, elle aussi! Sa mère l'a peut-être pas encore avertie, la pauvre enfant! Mon Dieu que j'ai chaud! Mon Dieu que j'ai chaud!

— Veux-tu que j'aille chercher un verre d'eau?

— C'est pas un verre d'eau qu'y me faudrait, c't'un bloc de cinquante livres de glace! J'm'assoirais dessus pis j'attendrais qu'y fonde! Passe en avant, monte au cinquième, dis à Maria pis à Nana que chus en retard, que j'vas arriver... En attendant, j'vas aller me rafraîchir aux toilettes des dames.

— J'vas y aller avec toi... J'peux pas te laisser comme ça...

— Tu peux rien faire pour m'aider. Tu serais juste dans mon chemin. Laisse-moi faire ma crise tu-seule, chus t'habituée... Maudites chaleurs! Maudites chaleurs! Envoye, vas-y, tu vas finir par être en retard!»

Titite sursaute, pousse sa sœur près de la vitrine.

«Vite, cache-toi, Teena, les v'lon! Va à l'entrée de la rue Berri, moi j'vas aller les rejoindre, sont juste devant l'entrée de la rue Saint-André. Tiens, prends ma bouteille de Lait des Dames Romaines, ça va te rafraîchir un peu...

— Ça sent trop fort, ça m'écœure...

— Voyons donc! Ça coûte quasiment une piasse la bouteille!

— C'est pas parce que ça coûte quasiment une piasse la bouteille que ça sent pas trop fort! J'vas me contenter de me passer le visage à l'eau froide...»

Teena s'éloigne en s'éventant.

Tititte attend qu'elle ait tourné le coin avant de se retourner pour aller rejoindre Maria et Nana qui l'ont reconnue à son chapeau et qui lui envoient la main.

«Teena est pas avec toi?»

Elle les embrasse sur les deux joues à travers sa voilette.

«A' va arriver. Ça sera pas long. A' s'en vient.»

Maria a froncé les sourcils.

«Mon Dieu, t'as ben l'air drôle. Y a-tu quequ'chose qui va pas?»

Tititte fait un signe de tête en direction de Nana pour faire comprendre à sa sœur qu'elle lui parlera plus tard.

«Ben non. Tout est correct. A' va arriver.»

Elles entrent dans le grand magasin au moment où la pluie commence à tomber.

Josaphat

Des bouteilles de bière vides jonchent la table. Josaphat a dormi quelques minutes, le front appuyé sur la nappe cirée. Il a rêvé de verdure, de senteur de pin, d'un soleil éclatant qui se mirait dans un lac. D'une petite maison qui dominait une petite vallée. D'un grand bonheur suivi d'un grand malheur. Il a geint, il a proféré quelques paroles incohérentes. Quand il s'est réveillé, la bouche pâteuse et une douleur derrière l'œil droit annonciatrice d'une de ces terribles migraines qui lui tombent dessus quand il a trop bu, ses quatre voisines se tenaient debout de l'autre côté de la table. L'avaient-elles regardé dormir longtemps, venaient-elles d'arriver? Étaient-elles vraiment là?

Il ne leur a pas tout de suite adressé la parole. Il s'est levé, a ouvert la porte de la glacière. Il n'y avait plus de bière. Il est revenu s'asseoir après avoir rempli un verre d'eau. Qui goûtait mauvais.

Florence a tiré une chaise, s'est assise.

«Tu nous avais promis que tu boirais pus pendant la journée, Josaphat.»

Josaphat a levé la main en signe de protestation.

«C'était avant l'annonce du mariage. C'était avant que je rencontre ma future belle-fille. C'était avant que je me rende compte que j'en peux pus. De tout ça. Les secrets. Les maudits secrets qui m'étouffent depuis si longtemps. Mes deux enfants qui m'appellent mon oncle. Mes futurs petits-enfants qui vont m'appeler mon oncle. La femme de ma vie qui se morfond dans le sous-sol d'une maison de la ruelle des Fortifications.»

Elle a posé une main sur sa main droite. Celle qui tient l'archet, qui interprète la ligne musicale, celle qui étire les notes et les fait vriller dans l'espace en formant des rubans sonores d'une indicible beauté.

«Comment tu vas faire pour jouer, tout à l'heure?

— Je jouerai pas, tout à l'heure. Je sais même pas si j'vas jouer demain. Ou après-demain. Chus tanné. Chus juste tanné. Ça fait longtemps. Mais là, j'en peux pus, calvaire!»

Il a fini son verre d'eau d'une seule gorgée. Il a bravé le regard de Florence pour la première fois.

«Je sais que vous êtes pas là, vous savez. Que c'est juste dans ma tête. Depuis toujours. Tout ça. La lune. Les chevaux. L'importance de ce que je fais chaque mois. Tout. De ça aussi chus tanné. Ça m'a sauvé la vie, ça m'a aidé à tout endurer depuis mon enfance, c'est vrai. Mais là, quand je prends mon violon, à la pleine lune, quand je sors sur mon balcon, l'archet à la main, j'me sens ridicule. Chus pus un enfant pour croire à ces affaires-là. J'approche de la cinquantaine pis j'me fais encore accroire que c'est moi qui fais se lever la pleine lune chaque mois! A' va se lever sans moé, la maudite pleine lune, ça fait des millions d'années qu'a' se lève sans moé, pour qui je me prends? Le sauveur du monde? Le nouveau Messie?»

Rose, Violette et Mauve, sur un geste discret de leur mère, se sont retirées au salon pendant qu'il parlait.

Florence s'est levée, a pris sa chaise, a fait le tour de la table et est venue s'asseoir à côté de lui. Elle approche son visage tout près de celui de Josaphat.

«C'est toi qui choisis, Josaphat. De croire ou non. Nous autres, on y peut rien. Mais on est là. Et on va rester là. Au cas où tu changerais d'idée. Mais laisse-moi te répéter que c'est vrai que tu fais lever la lune chaque mois, que c'est vrai que t'épargnes aux chevaux des souffrances épouvantables et que t'empêches le ciel de se couvrir de sang…

— Mais si tout ça est juste dans ma tête, c'est pas vous qui me parlez, c'est moi qui me parle à moi-même! C'est moi qui veux me convaincre moi-même que tout ça est vrai! Parce que chus fou!

— Mais si t'en as besoin, Josaphat!

— Justement! J'en ai pus besoin!

— Tu vas peut-être penser autrement demain.

— Ben, j'irai vous chercher, c'est toute! En attendant, là, icitte, aujourd'hui, chus tanné de tout ça! Si j'avais une caisse de bière, je me noierais dedans! Pis volontiers à part de ça! J'veux oublier, comprenez-vous? J'veux oublier tout ce qui s'est passé depuis Duhamel, revenir en arrière, quand Gabriel était petit pis qu'on vivait en paix, tous les trois, dans le fin fond des Laurentides!

— Tu sais bien que tu peux pas retourner dans le passé...

— Oui, je peux! La bière me ramène là où je veux être!

— La bière t'assomme et te donne des migraines.»

Josaphat se lève, frappe la table du plat de la main.

«La bière m'aide à vivre, calvaire! Avant c'était le violon, là c'est la bière!»

Il balaie la table d'un grand geste rageur; les bouteilles vides tombent sur le plancher, certaines se brisent. Il s'écroule sur sa chaise plutôt qu'il ne se rassoit. Il se cache le visage dans ses mains en sanglotant.

«S'cusez-moé. S'cusez-moé. J'sais pus où donner de la tête! Avant, j'me contentais de croire à tout ça, je réfléchissais pas, vous étiez là pis ça me suffisait... Quand chus parti de Duhamel pis que vous êtes restées là, j'ai été désespéré. Pis quand vous m'avez retrouvé, des années plus tard, j'ai pensé que vous alliez me sauver des questions que je commençais à me poser... J'aimerais ça, pus me poser de questions! J'étais tellement mieux quand je me posais pas de questions!»

Il la regarde, il cherche dans son visage si bon une vérité qu'il sait qu'il ne trouvera pas.

«C'est dur d'accepter qu'on est fou, vous savez.»

Florence se lève et, pour la première fois depuis qu'ils se connaissent, passe derrière lui, le prend dans ses bras, pose un baiser sur le dessus de sa tête.

«T'es pas fou, Josaphat.

— J'voulais pas d'un grand destin, vous savez. J'voulais pas être celui qui voit ce que les autres voient pas pis qui peut faire des choses que les autres sont pas capables de faire. Jouer du violon sans avoir appris. Vous m'avez fait un cadeau extraordinaire avec le violon, c'est vrai, mais le reste... J'aurais pu me contenter de la musique, me saouler de ce que produit mon violon pour le reste de mes jours en étant surpris jusqu'à la fin de mes jours qu'y viennent de moi, ces sons-là. J'm'en serais contenté. Mais le prix à payer était trop élevé. La tâche que vous m'avez imposée était trop grande. Quand je sors sur le balcon, à c't'heure, quand je pose mon archet sur mon instrument, à la pleine lune... Ça m'arrivait pas avant, jamais, mais là, je me demande chaque fois ce qui arriverait si je jouais pas. Chus même assez convaincu qu'y arriverait rien, que tout ça est dans ma tête. Pis j'ai de plus en plus envie de rien faire, de pas jouer, pour voir, juste pour voir... Pis la bière m'aide à oublier tout ça.

— C'est pas vrai qu'y arriverait rien, Josaphat, tu le sais.

— C'est vous qui le dites. Enfin, je pense que c'est vous qui le dites, chus même pas sûr de ça non plus. Mais j'vous crois pus. Chus trop fatigué. Chus trop tanné. Tout va trop mal.»

Il se dégage de son étreinte, se lève, s'éloigne d'elle.

«Emmenez tricoter vos filles dans votre maison, vous êtes pus les bienvenues icitte.»

Il ferme les yeux.

Florence recule de quelques pas.

«Si tu changes d'idée...

— Oui, oui, je sais.»

152

Au bout de quelques secondes, il entend le froufrou d'une jupe, des mots prononcés à voix basse dans le salon. Aussitôt que la porte de l'appartement se referme, il rouvre les yeux.

«J'vous ai tellement aimées. Tellement.»

Alice, Béa

Elle a fait le tour de la biscuiterie en fourrant son nez dans la plupart des boîtes qui exhalaient toutes des odeurs plus excitantes les unes que les autres. Elle ouvrait le couvercle, se penchait, prenait une grande sniffée. Elle a lancé des petits cris excités au-dessus des biscuits en forme de feuilles d'érable et des carrés aux figues, ses favoris, mais a fini par choisir un gros gâteau royal, tout poisseux parce qu'il faisait chaud dans l'établissement et que les biscuits commençaient à en souffrir.

«Ça doit être quequ'chose au milieu de l'été, y doivent toutes fondre! A' vend-tu de la soupe aux biscuits, l'été, madame Guillemette?»

Elle se trouve drôle, rit. Puis reprend son sérieux en regardant le gâteau royal qui lui tache déjà les doigts.

«Ça serait bon avec un verre de lait.»

Béa jette un regard inquiet dans la vitrine.

«C'est pas un restaurant, ici, on les mange pas, les biscuits, on les vend! Même si j'en avais, du lait, je t'en donnerais pas! Pis qui t'a donné la permission d'en prendre un? Si madame Guillemette arrive... T'as pas envie de me faire perdre ma job! Si t'en as pus, toi, respecte au moins ceux qui en ont encore une!»

Alice dépose le biscuit sur le comptoir, sort son mouchoir de son petit sac, s'essuie les mains puis se sert du carré de coton pour reprendre le gâteau royal qu'elle enfourne au complet dans sa bouche.

«'en 'onnes 'en à héo...»

Sa sœur lance un soupir d'exaspération.

«Combien de fois Nana t'a dit d'avaler ce que t'as dans la bouche avant de parler? J'ai rien compris!»

Alice mâche plus vite, avale, s'étouffe un peu, se racle la gorge.

«C'est justement d'elle que je voulais te parler… Pis de moman. Pendant le repas, à midi, y ont presque failli se rendre compte que tu donnes des biscuits à Théo quasiment tou'es matins. Y les avait toutes mangés pis y avait pas faim. Maman l'a obligé à manger pareil, pis y a été malade…

— Le p'tit maudit! Y me disait toujours qu'y attendait après le repas pour les manger, les maudits morceaux de biscuits…

— Pis tu le croyais! T'es ben naïve! Comme si un p'tit gars de neuf ans pouvait résister à des biscuits!

— D'abord, c'est pas des biscuits. En tout cas, pas tout le temps… C'est des morceaux de biscuits brisés…

— C'est des biscuits pareil, niaiseuse! Pis ça y coupe l'appétit pareil!

— Pis d'abord, comment ça se fait que tu sais ça, toi? J'y avais dit de rien dire à personne!

— Ben, y me l'a dit, à moi. Un petit gars de neuf ans, c'est pas plus capable de garder un secret que de résister à des biscuits. T'es chanceuse qu'y se soit pas échappé devant moman ou ben Nana.

— Attends que je le revoye, lui, à soir…»

Alice s'est penchée au-dessus d'un autre présentoir de biscuits.

«Alice, touche pus à rien!

— J'touche à rien, je regarde…

— J'te connais. Première chose que je vas savoir, tu vas avoir ta grosse main sale dans la boîte…

— Mes mains sont pas grosses pis sont pas sales, tu sauras, Béa Rathier!

— Sont peut-être pas grosses, mais les as-tu lavées quand t'es partie de la shop? Pis après le dîner?»

Alice s'essuie les mains une deuxième fois avec son mouchoir. Béa hausse les épaules.

«Je le savais, tu sens encore le tabac.

— Ben, profites-en parce que c'est la dernière fois!»

Elle approche ses mains du nez de sa sœur en riant. Cette dernière les repousse.

«Ça sent juste le chocolat.

— J'les avais lavées avant de manger, à midi, j'sais vivre!»

Béa se dirige vers la porte de la biscuiterie, l'ouvre.

«T'as eu ce que tu voulais, là, t'as encore réussi à me voler un biscuit, ben, va faire tes mauvais coups ailleurs...

— Béa. J'ai pas neuf ans comme notre frère, tu vas pas me bosser comme ça! Pis chus venue te voir parce que j'ai pensé à une chose...

— J'espère que ça te surprendra pas si je te dis que ça m'inquiète.»

Alice passe derrière le comptoir, dépose les mains sur le métal de la caisse enregistreuse.

«Ta patronne aurait pas besoin d'une deuxième vendeuse?»

Béa sursaute comme si elle venait de se faire piquer par une guêpe.

«Es-tu après virer folle? T'as pas envie de venir travailler ici?

— Pourquoi pas? Ça serait le fun. On passerait nos journées ensemble...

— On se tuerait avant la fin de la première semaine! Pis avec le caractère que t'as, les clients se sauveraient en courant!

— Chus capable d'être fine quand je veux.

— Ouan, mais tu veux pas souvent. Pis ça sert à rien d'en parler, y a jamais assez de monde ici-dedans pour occuper deux vendeuses, voyons donc...

— Mais deux belles filles comme nous autres, ça pourrait attirer les hommes... C'est quasiment rien que des femmes avec des bébés pis des petites vieilles qui entrent ici. De toute façon, les hommes ont plus d'argent à dépenser.

— Pour qui tu te prends, donc? C'est pas parce que tu travaillerais ici que les hommes se garrocheraient pour acheter des biscuits! T'es pas laide, mais franchement, faut pas exagérer non plus! T'es loin d'être une Gloria Swanson!

— Est même pas belle, Gloria Swanson! Pis y paraît que c'est une naine! En tout cas, c'est pas madame Guillemette certain qui les attire, les hommes!

— Madame Guillemette fait c'qu'a' veut avec sa biscuiterie, pis c'est pas toi qui vas venir changer ça!»

Alice refait le tour du comptoir, s'y appuie.

«Ça coûterait rien d'y demander.»

Béa approche son visage de celui de sa sœur.

«Pis tu t'es pas demandé, si ça me tentait, moi, de travailler avec toi?

— Non. Pourquoi ça te tenterait pas?

— Premièrement parce que t'es pas endurable, pis deuxièmement parce que j'ai pas envie de te regarder piger dans les boîtes de biscuits aussitôt que madame Guillemette va avoir le dos tourné!

— Non, tu veux garder ça pour toi!

— Pourquoi tu dis ça? T'es ben bête! Comme si je passais mes journées à manger des biscuits!

— Gourmande comme que t'es? Ça me surprendrait pas pantoute.

— Tu vois? Tu vois comment c'que t'es? Penses-tu que j'ai envie d'endurer des remarques comme ça à la journée longue? Chus ben ici, Alice, viens pas gâcher mon plaisir! Laisse-moi ma job pis va t'en trouver une ailleurs…»

Alice se passe la main dans les cheveux comme lorsqu'elle est nerveuse.

«O.K. C'est correct. Monte pas sus tes grands chevaux. Excuse-moi d'avoir eu une bonne idée…

— C'tait pas une bonne idée pantoute.

— C'était une excellente idée! Mais t'as peur que je soye une meilleure vendeuse que toi, hein, c'est ça? T'es jalouse de moi avant même que je commence à travailler ici… C'est toujours pareil…»

Et voilà, l'éternel conflit qui se montre le bout du nez.

Alice accuse Béa d'être jalouse d'elle depuis des années. Elle n'a pas tout à fait tort, Béa lui a toujours envié sa minceur, ses cheveux qui «frisent naturel», les regards que les garçons lui lancent dans la rue et elle s'en sert souvent pour faire enrager sa sœur et les discussions que ses remarques désobligeantes déclenchent sont sans issue et sans fin.

Comme d'habitude, Béa fond en larmes et Alice regrette ce qu'elle vient de dire.

«S'cuse-moi, Béa. J'vas te la laisser, ta maudite job! De toute façon, ça doit être plate à mort de vendre des biscuits à la livre!

— C'est pas plate, d'abord, de *shaker* des feuilles de tabac en dessous d'un jet de vapeur!

— C'est vrai. T'as raison. C'tait plate. Pis c'tait dur. J'vas chercher ailleurs. Tu m'auras pas dans les jambes. J'vas me contenter de venir te voler un biscuit de temps en temps. »

Madame Guillemette arrive sur les entrefaites, des paquets plein les bras.

«Alice, qu'est-ce tu fais ici à une heure pareille? Y avait pus de tabac à *shaker*? Le monde ont-tu décidé de pus fumer?»

Elle dépose ses achats sur le comptoir.

«Le monde se plaignent que les biscuits coûtent cher. Laissez-moi vous dire que y a pas juste les biscuits! J'étais scandalisée, scandalisée, mes petites filles, quand j'ai vu le prix des légumes!»

Comprenant que madame Guillemette va se plaindre du prix de tout pendant une bonne partie du reste de l'après-midi – Béa n'arrête pas de dire d'elle qu'elle est près de ses sous –, Alice prend congé, heureuse au fond de ne pas avoir à endurer ces doléances tous les jours.

Où va-t-elle aller maintenant? Elle déteste l'inaction et voit avec anxiété les heures qu'elle devra passer à errer à travers les rues du quartier en attendant le souper.

Rhéauna, Maria, Teena, Tititte

Teena n'ose pas donner son avis depuis qu'elles sont arrivées au Salon de la Mariée situé au cinquième étage de Dupuis Frères. Rhéauna a déjà essayé trois robes que sa tante a trouvées d'une grande laideur et elle vient d'émerger de la cabine d'essayage dans une espèce de tenue sans forme qui, à son avis, n'a rien à voir avec une robe de mariée. Maria semble tout trouver beau depuis le début, comme si elle voulait se débarrasser au plus vite d'une tâche ingrate; même Tititte passe des commentaires élogieux sur ce qu'elle devrait de toute évidence trouver affreux. Qu'est-ce qui se passe? Elles n'ont plus de goût, tout à coup? Elle décide donc de se lancer à l'eau, advienne que pourra.

«Y me semble qu'une mariée, ça devrait avoir l'air d'une princesse... Vous pensez pas, vous autres? J'trouve pas qu'a'l' a l'air d'une princesse pantoute là-dedans, moi...»

Maria lui lance un regard assassin.

«De quoi ça a l'air une princesse, selon toi?

— En tout cas, ça a pas l'air de ça.»

Teena s'évente avec un magazine grand format qu'elle a pris sur le comptoir sans demander la permission. Il est trop pesant, elle est obligée de le secouer à deux mains pour produire un peu d'air qui ne la rafraîchit même pas. Des bouffées de chaleur lui montent encore à la tête et elle ne veut pas que ça se voie. Elle sait qu'elle aurait dû rentrer chez elle, en sortant de la salle de bains des dames, mais la curiosité a été la plus forte.

«D'abord, une princesse, ça porte une robe longue jusqu'à terre. Pis là on peut voir ses pieds. Y me semble qu'une mariée, ça devrait pas montrer ses pieds.

— Où c'est que t'as pris ça, toi?

— Je sais pas oùsque je l'ai pris, mais je le pense!

— Tu penses comme une petite vieille! On est au vingtième siècle, là! Les robes sont de plus en plus courtes!

— Je le sais que les robes sont de plus en plus courtes! J'en porte moi-même! C'est plus commode, surtout l'hiver. J'comprends tout ça... Mais y me semble que c'est pas une raison pour que les robes de mariées traînent pas à terre! Y a pas de neige, au mois de juin, y a pas de bouette non plus, y a pas de danger qu'a' la salisse... À moins qu'y pleuve... Mais pensons pas à ça... »

Tititte fait discrètement signe à sa sœur de se taire puis elle se tourne vers Rhéauna qui ne semble plus trop sûre d'aimer la robe qu'elle porte, alors qu'elle est sortie quelques minutes plus tôt de la cabine d'essayage avec un grand sourire en disant qu'elle avait peut-être trouvé la bonne.

«Nana veut avoir l'air d'une mariée moderne, Teena, pas d'un restant du siècle passé comme nous autres. Maria a raison, faut vivre avec son temps.»

Teena hausse les épaules.

«Tu peux ben parler de vivre avec son temps, toi! Tu portes encore des voilettes!

— Chus pus une petite jeunesse comme elle, chus pas obligée de suivre la mode!»

Rhéauna se tourne vers les trois femmes.

«Allez-vous arrêter de parler de moi comme si j'étais pas là! Avoir su que vous seriez tannantes comme ça, j's'rais venue tu-seule! J'veux ben que vous passiez des remarques, que vous me donniez des conseils, vous êtes là pour ça, mais c'est moi qui décide de ce que j'vas porter le jour de mon mariage, c'est pas vous autres! C'est moi qui vas la porter, c'te robe-là!»

160

Tititte lui pose sur le bras une main qui se veut apaisante. Rhéauna n'en est que plus contrariée.

«J'veux me trouver belle, *moi*, comprenez-vous? Si les autres sont pas contents, tant pis pour eux autres. Faut que j'me sente bien, que j'me sente à l'aise, pis j'veux surtout que Gabriel en revienne pas quand y va m'apercevoir! Là-dedans, j'me trouve belle pis chus sûre qu'y va me trouver belle lui aussi. C'est ça qui est le principal. Pis le voile qui vient avec est ben long, je peux l'essayer si vous voulez. Y va y avoir au moins ça qui va traîner à terre, si ça peut vous faire plaisir, ma tante Teena! Pis arrêtez de vous éventer comme ça, ça m'énerve!»

Teena jette le magazine de mode sur le comptoir comme s'il lui brûlait les mains.

«J'me demande vraiment pourquoi j'ai tant insisté pour venir ici, moi... J'aurais été ben mieux de rester chez nous.»

Tititte s'approche d'elle et lui parle à voix basse.

«Personne te retient, Teena. Dans l'état oùsque t'es, on comprendrait...

— Y a rien que toi qui sais dans quel état que chus...

— Je pourrais leur expliquer...

— Laisse donc faire. J'ai justement peur de ce que tu pourrais leur dire... J'te connais, t'exagères toute...»

La vendeuse, une grande sèche au teint jaune, mais très bien mise – les quatre femmes l'ont détestée aussitôt qu'elles l'ont aperçue à cause des airs supérieurs qu'elle se donne –, prend Rhéauna par la main, la fait tourner sur elle-même. Elle craint que la vente ne lui échappe si la chicane continue entre les quatre femmes et veut faire bifurquer la conversation, attirer leur attention sur autre chose que la longueur de la robe.

«Vous remarquerez l'originalité de c'te robe-là, mesdames. La ceinture à la taille pis la couture au niveau du genou, ça en fait une robe à trois étages! Comme si la mariée avait trois robes une par-dessus l'autre… Enfin, peut-être pas trois, mais au moins deux…»

Teena lance un soupir d'exaspération.

«Justement. Y devrait y en avoir une troisième. Jusqu'à terre.»

La vendeuse fait comme si elle n'avait rien entendu.

«En tout cas, c'est de toute beauté de voir ça. Très très très original… Avec le voile qui est ben long, là, c'est féérique, une vraie princesse.»

Teena hausse les épaules. Quant à Tititte, elle a envie de répondre à la désagréable vendeuse qu'elles ont des yeux pour voir, qu'elles n'ont surtout pas besoin de ses descriptions pour apprécier la beauté de la robe; elle se retient pour ne pas envenimer les choses. Déjà que Teena a failli tout gâcher avec ses commentaires désobligeants. Et déplacés.

La vendeuse a soulevé un pan de la dentelle blanche qui recouvre la robe de mariée.

«Pis en plus, en dessous de la couche de belle dentelle fine de Belgique, on dirait une toile d'araignée tellement c'est délicat, c'te dentelle-là, vous pouvez voir que la robe est en poult-de-soie.»

Tititte sursaute.

«Du quoi? Du pou de soie? Voyons donc, que c'est que vous dites là, vous? Du pou de soie! C'est pas les poux qui fabriquent la soie, c'est les vers! On dit les vers à soie, on dit pas les poux à soie! Est-tu bonne, elle!»

La vendeuse la regarde de haut, l'air de se demander d'où cette femme, pourtant chic, peut bien sortir pour ne pas connaître le poult-de-soie.

«C'est pas pou p-o-u, madame, c'est poult p-o-u-l-t. Vous irez vérifier dans votre dictionnaire. Si vous en avez un.»

Tititte pose ses poings sur ses hanches, se précipite vers elle, rouge de rage. Elle a envie de prendre la sacripante par le collet, comme le font les bandits dans les films comiques américains, et de la secouer.

«Aïe! Vous viendrez pas me montrer à épeler pou après-midi, vous! J'sais comment ça s'écrit! Pis vous saurez que je travaille dans le magasin le plus chic de Montréal! Pas dans un endroit de pauvres comme ici! Chus la principale vendeuse de gants chez Ogilvy, pis dans notre magasin, j'vous rappelle que c'est le plus chic de Montréal, pis peut-être de tout le Canada, de la peau de soie, c'est de la peau de soie!»

La vendeuse oublie ses inquiétudes de voir la vente lui échapper et, piquée, se dresse sur le bout des pieds.

«Vous avez beau travailler chez Ogilvy pis vous prendre pour une autre, c'est pas de ma faute si vous connaissez pas le poult-de-soie!

— Je connais ça, mais je connais ça sous son vrai nom! De la peau de soie! De toute façon, c'est plus beau! Qui c'est qui va acheter une robe faite par des poux?»

Elle se rend compte du ridicule de ce qu'elle vient de dire, recule de quelques pas, porte la main à son cœur. Et si la vendeuse avait raison? Après tout, Ogilvy est un magasin anglais et on y prononce peut-être mal le nom de ce tissu. Tout de même, pou de soie ou poult-de-soie, c'est bien laid pour un si beau tissu! Affolée, elle regarde en direction de ses deux sœurs en quête d'encouragement. Quelle humiliation si la vendeuse avait raison! Elle tousse dans son poing.

«De toute façon, on n'est pas là pour parler de ces affaires-là, on est là pour acheter une robe de mariée pour ma nièce.»

Rhéauna dépose sur le comptoir, à côté du magazine, le voile qu'elle était en train de mettre sur sa tête.

«Bon, ben, j'en ai assez pour aujourd'hui, moi. Je reviendrai demain. Tu-seule. Ça a pas de bon sens de se chicaner pour des insignifiances pareilles. Vous m'énervez trop, je vois pus rien!»

Sa mère et ses deux tantes, devant tant de véhémence chez une jeune fille d'habitude si calme, l'entourent aussitôt, bientôt rejointes par la vendeuse saisie par la panique. Elles protestent, s'excusent, Teena va jusqu'à dire qu'elle trouve la robe ravissante, en fin de compte, que Rhéauna devrait la prendre, qu'elle sera sans doute la plus belle des mariées là-dedans, qu'il ne faut pas qu'elle écoute ce qu'elle dit, qu'elle n'est qu'une vieille folle même si elle n'est pas si vieille que ça...

Rhéauna se calme un peu, regarde encore une fois la robe dans le grand miroir.

« C'est vrai qu'est ben belle... Pis je l'aime plus que les autres que j'ai essayées... Ça prendrait combien de temps pour les ajustements ? »

La vendeuse est de nouveau professionnelle. Tout sourire, elle fait le tour du comptoir en trottinant et va consulter un carnet de commande.

« J'en ai juste une autre, pour le moment. Ça prendrait juste quequ'jours... Vous m'avez dit que vous travaillez ici, mademoiselle Rathier ? Vous avez donc droit à notre beau pourcentage pour les employés... Vous allez voir, vous le regretterez pas, c'est moi qui vous le dis, vous allez être ben belle pour le plus beau jour de votre vie... »

Maria s'accoude sur le comptoir, approche son visage de celui de la vendeuse, lui parle tout bas.

« Si je donnais un acompte de dix pour cent pour aujourd'hui, ça serait-tu correct ? J'apporterai le reste quand on viendra la chercher... »

La vendeuse la regarde en fronçant les sourcils.

« C'est ben parce que mademoiselle Rathier travaille ici... J'vas vous faire confiance... C'est pas dans nos habitudes, mais... »

Maria sent venir le moment où elle ne pourra plus se retenir. Elle imagine sa main qui se lève, qui fait un aller-retour dans le visage de la vendeuse pour aller ensuite fourrager dans son chignon, en retirer les épingles, tirer les cheveux, en arracher quelques-uns... Non. Un peu de patience. Tout sera terminé dans quelques minutes.

Pendant que Rhéauna se dirige vers la cabine d'essayage, Maria se tourne vers sa sœur Teena.

«Veux-tu ben me dire ce qui te prend, toi? Pis que c'est que t'avais à t'éventer comme ça, y fait pas si chaud, ici-dedans! T'es quand même pas déjà rendue dans ton retour d'âge, t'es ben que trop jeune!»

Rose

Lorsqu'elle a vu le facteur s'approcher de la maison en marchant à côté de sa bicyclette, Rose a dévalé les marches de son perron pour aller à sa rencontre. Monsieur Poisson ne vient que très rarement jusque chez elle pour la simple raison qu'elle ne reçoit à peu près jamais de courrier. La dernière fois, c'était sa tante Bebette, quelques années plus tôt, qui lui annonçait la mort de son oncle Méo. Elle s'essuyait encore les mains sur son tablier – elle faisait la vaisselle – lorsqu'elle a rejoint monsieur Poisson qui s'était arrêté pour souffler. Il n'avait pas voulu laisser sa bicyclette sur la route, même si le danger de se la faire voler était à peu près nul, et la descente cahoteuse dans la coulée de verdure qui menait du chemin de terre au bord du petit lac où était située la maison de Rose et de Simon l'avait épuisé. Des racines d'arbres, des pierres, des bouquets de fougères sauvages hâtives l'avaient obligé à transporter sa bicyclette sur son épaule et il avait plusieurs fois maudit la maudite enveloppe qui venait de Montréal.

Il commençait à se faire vieux et la nouvelle courait que c'était son dernier été, qu'on allait le remplacer à l'automne par un petit jeune qui ne connaissait sans doute pas le labyrinthe compliqué des routes autour de Duhamel et qui risquait de se perdre dans les bois. Monsieur Poisson avait mis des années à s'habituer à la route postale de la région et les habitants des alentours du village n'avaient pas envie de partir à tout bout de champ à la recherche de leur facteur égaré dans quelque recoin de la forêt comme ils avaient été obligés de le faire l'année où monsieur Poisson avait été nommé.

L'hiver, le courrier n'était pas livré à Duhamel. Il fallait aller le chercher chez la postière, la terrible Emma Poisson; au printemps et à l'été, cependant, un petit budget – tout petit – avait été voté par le conseil municipal pour permettre à Jos Poisson, son mari, de sillonner routes principales et chemins secondaires sur sa bicyclette, un sac de cuir à l'épaule, pour aller livrer chez les habitants des alentours le courrier attendu ou craint.

«Mon Dieu, monsieur Poisson, y a-tu quelqu'un de mort? Ça fait des années que vous êtes pas venu jusqu'ici!»

Monsieur Poisson a posé son sac par terre, s'est essuyé le front, s'est mouché, a pris le temps de se remettre un peu avant de répondre à la femme à Simon qu'il a toujours trouvée de son goût et qui déclenche encore en lui des battements de cœur troublants. Si sa femme l'apprenait...

«J'pense pas, non. En tout cas, y a pas de barre noire autour de l'enveloppe... J'penserais plutôt que c'est une invitation. L'enveloppe est trop belle pour que ce soient des mauvaises nouvelles... Pis on voit que c'est pas non plus une lettre...»

Rose lui a presque arraché l'enveloppe des mains et l'a déchirée devant lui.

«Excusez-moé, j'peux pas attendre, j'ai trop peur...»

Après avoir pris connaissance du contenu de l'invitation, elle a sauté de joie avant de prendre monsieur Poisson par les épaules et de déposer deux baisers sonores dans sa barbe rugueuse qui sentait un peu le tabac à pipe et beaucoup la crasse.

«Voulez-vous un petit remontant, monsieur Poisson? Simon a justement faite de la bagosse la semaine passée...

— C'est pas de refus. Faut que je remonte tout ce chemin-là avec mon bicycle, j'sais ben pas comment c'est que j'vas faire... Pis j'ai pas fini ma run...»

Il a couché sa bicyclette dans la poussière du chemin et a suivi Rose dans sa cuisine qui, elle, fleurait bon la tarte aux pommes et les pets-de-sœur à la cannelle.

«Ça vous choquerait-tu si je vous demanderais un pet-de-sœur? J'ai comme un petit creux…

— Ça me choquerait pas pantoute, au contraire, ça va me faire plaisir! Vous m'apportez tellement une bonne nouvelle: imaginez-vous donc que j'ai une petite-nièce, ou ben donc une petite-cousine, j'sais pus trop nos liens de parenté, qui se marie, à Morial, pis on est invités, moé pis Simon!

— Allez-vous y aller? C'est loin, Morial!

— Êtes-vous fou, vous? J'ai rien à me mettre sur le dos! Pis Simon non plus! Y a juste le petit Ernest qui a son habit de première communion… Mais ça me fait tellement plaisir de savoir qu'a' va se marier!»

Simon est arrivé pendant que le facteur finissait de manger son pet-de-sœur. Les deux hommes se sont salués froidement. Simon n'est pas la personne la plus populaire de Duhamel et monsieur Poisson n'est pas celui qui le calomnie le moins. Rose lui a appris la bonne nouvelle. Il n'a pas montré autant d'excitation qu'elle, mais il a dit, peut-être pour lui faire plaisir, qu'il était bien content.

Simon a tout de même offert à monsieur Poisson, qui a bien sûr accepté, de remonter sa bicyclette sur la route. On a beau ne pas s'entendre, on sait quand même vivre.

Pendant l'absence de son mari, Rose a relu plusieurs fois l'invitation.

Elle a revu la petite fille sérieuse qui avait été si gentille avec Ernest, l'année où elle était venue passer une semaine avec sa mère, ses tantes et son petit frère, et qui s'était tant pâmée sur la beauté des Laurentides. Elle avait été élevée dans les plaines de l'Ouest et n'avait jamais vu de montagnes avant d'arriver ici. Elle avait passé des journées à se promener, un livre à la main, parfois accompagnée de son petit frère. Elle revenait avec des brassées de fleurs des champs, rose de plaisir et toujours prête à aider. Elle parlait en riant de la petite angoisse qu'elle ressentait devant la proximité des montagnes parce qu'elle était habituée à un horizon vide et plat. Ou bien de l'odeur de sapin et d'épinette, si forte, si bonne, à laquelle elle ne s'habituait pas et qui la charmait. Et voilà qu'elle allait se marier. Rose lui souhaitait un homme aussi formidable que le sien.

Elle souriait quand Simon est revenu.

Il est maintenant assis devant elle, un verre d'alcool frelaté à la main.

«Y est pas un peu de bonne heure pour boire ça, Simon?»

Celui-ci sourit, se passe la main dans les cheveux qu'il porte longs et qui lui tombent sur les épaules. Il sait que sa femme aime ce geste qu'elle trouve excitant et profite de chaque occasion qui se présente pour l'esquisser en faisant jouer les muscles de son bras. Il connaît les récompenses qu'il peut en retirer.

«T'en as ben donné au facteur.

— C'tait par politesse. Pis y était épuisé, le pauvre vieux.

— Y était pas trop épuisé pour te zyeuter, par exemple…

— Arrête donc avec ça… À t'entendre parler, tous les hommes me zyeutent…

— C'est vrai aussi! Une chance qu'on reste loin du village! Le danger est moins grand!»

Il rit, se tape sur la cuisse.

Elle se penche, lui replace une mèche de cheveux.

«Insignifiant!»

Il la prend par la main, l'oblige à se lever, l'entraîne dehors.

C'est l'heure où le soleil de fin d'après-midi passe juste au-dessus du lac. Ils s'assoient tous les deux sur la marche du haut du perron, Simon prend Rose dans ses bras. La surface de l'eau brûle les yeux. Des vagues de lumière dansent sur le lac, le strient d'estafilades dorées qui viennent s'échouer en murmurant au bord de la plage.

«J'ai pensé à ça en revenant de reconduire le facteur au chemin... Aimerais-tu ça aller faire un tour à Morial?»

Rose sursaute, se détache de son mari.

«T'es pas sérieux! Morial! J'disais justement à monsieur Poisson, tout à l'heure, qu'on pourrait probablement pas aller au mariage parce qu'on a rien à se mettre sur le dos...

— Y nous invitent pas pour ce qu'on va avoir sur le dos, Rose, y nous invitent parce qu'y veulent qu'on soye là...

— C'est peut-être pas important pour toé, Simon, mais ça l'est pour moé! J'veux pas arriver là en ayant l'air d'une guénilleuse! Pis Morial, t'es jamais allé! Pis moé, ça fait des siècles! On serait perdus!

— Justement! C'est l'occasion parfaite! C'est pas tellement le mariage qui m'intéresse, c'est le voyage! Allons nous perdre là-dedans, ma Rose! Rhéauna avait jamais vu les montagnes quand est arrivée icitte, Ernest a jamais vu la grande ville... Faut que les jeunes apprennent des affaires...

— Tu dis ça juste parce que t'as envie d'y aller...

— Certain! Mais c'est vrai aussi que le petit Ernest pourrait apprendre des tas d'affaires... Écoute, quelqu'un pourrait venir nous mener au train de Papineauville... Ou ben je laisserais le joual pis la charrette chez un de mes frères, en passant... Le train, Rose, on prendrait le train de Papineauville jusqu'à Morial! Comme des riches!

— Mais Morial, Simon, y penses-tu?

— J'pourrais t'emmener oùsque tu voudrais...

— Mais avec quel argent?

— D'l'argent, ça se trouve...

— Tu vas pas encore aller braconner...

— Laisse faire oùsque j'vas prendre l'argent, Rose, pis pense juste à ce que tu vas faire avec... Y me reste presque un mois avant le mariage, j'ai en masse le temps de nous renipper.

— Pas de vol dans les magasins, par exemple...

— J'te promets que quand j'vas rentrer dans un magasin, ça va être pour t'acheter quelqu'chose...»

Rose descend les marches, se dirige vers le bord du lac.

«Y est encore trop de bonne heure dans la saison pour se baigner, hein?

— J'me sus baigné en me levant, à matin, moé...

— Toé, on sait ben, tu briserais la glace en plein mois de janvier pour te saucer la couenne!»

Elle est sur le point de céder. Montréal. La grande ville. Le bruit. La foule, partout, tout le temps. Les lumières, le soir, les théâtres, les cinémas.

«Pis le p'tit Ernest, lui? Son école!

— Les mariages, c'est toujours le samedi. Y va perdre la journée du vendredi pis peut-être celle du lundi...

— Mais ça va quasiment être la période des examens...

— Rose, arrête de te chercher des raisons pour te défiler, là... C'est oui ou c'est non... Ça te tente ou ça te tente pas.

— T'sais ben que c'est pas que ça me tente pas... Ça fait des années que j'en rêve!

— Ben, dis oui pis penses-y pus!

— Si je dis oui, va justement falloir que j'y pense, Simon! Un voyage comme ça, ça se prépare! Toé, ça te ferait rien de débarquer là avec tes mocassins, tes culottes de chasse pis ta chemise carreautée, mais on s'en va pas dans un mariage de village, là, on s'en va dans un mariage de grande ville! Ça va être gros, ça va être chic, y va y avoir des tas de monde que j'ai pas vus depuis des siècles, du monde que je reconnaîtrai pas pis qui me reconnaîtront pas non plus!

— Ça veut dire que c'est oui?»

Elle lui saute au cou, l'embrasse à pleine bouche.

«Ça veut dire que j'vas y penser.»

Elle le prend par la main à son tour et le ramène vers la maison.

171

«Tu goûtes la bagosse. Si tu m'en donnes un petit verre, peut-être que ça va me tenter de te remercier à ma façon, si tu vois ce que je veux dire…

— Pis si le petit Ernest arrive?

— Y arrivera pas de l'école avant une bonne demi-heure… Pis on y dira qu'on faisait une sieste…

— Y commence à être trop vieux pour nous croire… Même si j'y ai pas encore parlé de ces affaires-là…

— Moé non plus… Mais faudrait le faire ben vite.

— Ouan, mais si on y parle de ces affaires-là, va falloir nous cacher quand on veut faire des siestes…»

Ils entrent dans la maison en riant.

Rhéauna, Josaphat

Au grand soulagement de Tititte, la pluie a cessé lorsque les quatre femmes sortent du grand magasin. Les trottoirs ont eu le temps de sécher. En revanche, la rue est d'une malpropreté écœurante. La boue le dispute aux trous d'eau, les roues des voitures soulèvent des giclées d'eau sale auxquelles se mêlent les crottes de chevaux et les détritus laissés par les passants négligents.

Teena montre en riant les bottines de Tititte.

«J'ai ben peur que ce soit la fin de tes vieilles bottines, ma pauvre Tititte. Tu vas être obligée de te mettre aux souliers, comme tout le monde. Tu viendras me voir, au magasin, on vient justement d'en recevoir des beaux… Tu devrais en profiter, aussi, pour abandonner les voilettes… C't'à ton tour de jouer à la femme moderne…»

Tititte regarde la rue Sainte-Catherine avec des yeux ronds, se demandant comment elle va arriver à la traverser. Rhéauna devine son malaise et pose une main sur son bras.

«Ma tante Teena a raison. Profitez-en donc pour les salir une bonne fois pour toutes pis mettez-les donc aux vidanges, ces bottines-là!»

Tititte redresse le buste, serre son sac à main contre elle.

«Les nouvelles affaires, c'est pour les jeunes comme toi, Nana. Nous autres…

— Vous êtes pas vieille, ma tante… loin de là.

— Dans le monde où on vit, ma petite fille, quand on passe quarante-cinq ans…

173

— Ben justement, quand vous allez porter des souliers au lieu des bottines comme dans l'ancien temps, ça va peut-être vous rajeunir…

— Si tu penses que c'est des souliers qui vont me faire sentir jeune…»

Elle se penche tout de même au bord du trottoir, choisit une belle flaque d'eau particulièrement dégoûtante et y met le pied droit.

«Tiens. La modernité vient d'entrer dans ma vie.»

Puis elle se tourne vers sa sœur.

«Teena, on s'en va à ton magasin. J'ai besoin de m'acheter des souliers.»

À l'angle de Saint-André et de Sainte-Catherine, les quatre femmes croisent un monsieur mal mis et un peu titubant qui les regardait s'approcher. Rhéauna s'arrête devant lui, sourit.

«Vous avez pas votre violon avec vous, aujourd'hui, mon oncle Josaphat?»

L'homme lève les bras dans un geste d'impuissance.

«Mon violon voulait pas sortir de son étui, aujourd'hui. Y est ben capricieux, des fois… Mais c'est pas un hasard si on se rencontre, Nana. Gabriel m'avait dit que tu venais acheter ta robe de mariée ici, après-midi, pis je voulais te parler…»

Les trois autres femmes se sont approchées. Rhéauna fait les présentations.

«C'est le mononcle Josaphat de Gabriel. C'est l'artiste de la famille… J'vous en avais parlé, moman… C'est celui qui joue du violon…»

Teena l'interrompt.

«Oui, je le sais. Y joue tou'es jours chez Messier, la porte à côté d'oùsque je travaille. Pis y joue ben en s'il vous plaît…»

Elle s'adresse à Josaphat en plaçant ses mains sur son cœur.

«J'vous ai parlé à matin quand vous avez passé devant chez Giroux et Deslauriers oùsque je travaille…

— Oui, j'm'en rappelle…

— Je savais pas que vous étiez parent avec Gabriel.»

Josaphat rougit, se racle la gorge.

«C'est le garçon de ma sœur Victoire. Je le considère comme mon propre fils…»

C'est au tour de Rhéauna de se sentir mal à l'aise. Elle croit savoir ce que Josaphat aurait à lui dire et ne désire surtout pas avoir cette conversation au beau milieu de la rue Sainte-Catherine. Et devant témoins. Elle lui parle tout bas.

«V'nez faire un tour après souper. D'habitude, la vaisselle est finie vers six heures et demie. Pis Gabriel arrivera pas avant huit heures. Si vous arrivez à sept heures, on va avoir en masse le temps de se parler.»

Elle le prend par le bras, fait quelques pas pour l'éloigner des trois autres femmes.

«Vous sentez la boisson, mon oncle Josaphat. J'veux pas qu'on se parle quand vous êtes dans c't'état-là. Dites-vous ben que si vous vous présentez comme ça, à soir, j'vous ouvrirai même pas la porte… Mais si vous êtes à jeun, on s'installera sur le balcon d'en avant pis on jasera en prenant une limonade. Une limonade, mon oncle Josaphat, rien de plus fort.»

Il arrondit les épaules et s'éloigne sans répondre, sans même se retourner pour saluer les quatre femmes.

Titite, insultée, lance un soupir d'exaspération.

«Y sait pas vivre, c't'homme-là! Pis y était déjà paqueté à quatre heures de l'après-midi!»

Rhéauna la prend par le bras, la pousse à descendre dans la boue de la rue Saint-André.

«C't'homme-là est plus malheureux que toutes nous autres ensemble. Y cache depuis des années un secret épouvantable…»

Teena prend son autre bras.

«Un secret? J'adore ça les secrets.»

Rhéauna baisse la tête, fait un grand pas pour éviter une flaque d'eau sale.

«Ben, laissez-moi vous dire que vous aimeriez pas celui-là, ma tante Teena...»

Cette dernière tourne la tête pour regarder en direction de Maria qui les suit.

«Tu parles pas gros depuis qu'on est sorties de chez Dupuis, Maria. Caches-tu un gros secret toi aussi?»

Maria esquisse un sourire triste.

«Si j'te disais tous mes secrets, Teena, tu voudrais pus m'appeler ta sœur...»

Teena part d'un beau rire cristallin qui fait voir ses dents plombées d'or et se tourner quelques têtes.

«Tant qu'à ça, si tu connaissais les miens...»

Tititte monte sur le trottoir sud de la rue Sainte-Catherine, regarde ses pieds d'un air découragé.

«C'est-tu un concours, 'coudonc? On joue-tu à celle qui a les plus gros secrets? Parce que si je m'y mets...»

Les trois sœurs rient. Seule Rhéauna reste sérieuse. Elle ne se sent pas le courage d'affronter l'oncle Josaphat et se surprend à espérer qu'il va continuer à boire et ne se présentera pas après le souper.

Elle est toutefois soulagée que sa tante Teena ne l'ait pas reconnu, après toutes ces années. Il y a douze ans, elle a acheté sa maison de Duhamel pour y faire élever le petit Ernest... Et s'il l'a reconnue, lui, il ne l'a pas montré.

La tante Alice, l'oncle Ernest

Elle aurait pu ne pas lui donner l'invitation. La mettre à la poubelle. Ou la brûler dans le poêle. Prétendre, plus tard, si jamais Ernest venait à apprendre que Rhéauna était mariée et à lui poser des questions, qu'ils ne l'avaient jamais reçue, qu'elle avait dû se perdre dans le courrier.

Mais aussitôt qu'il est revenu du travail, et sans trop savoir pourquoi, elle lui a tendu l'enveloppe. Un réflexe conditionné. Il est en train de relire le court texte imprimé en lettres dorées, les sourcils froncés, un pli amer au coin de la bouche. Il n'a pas prononcé un seul mot depuis qu'il a retiré le petit carton rectangulaire de l'enveloppe. Elle avait espéré qu'il le déchire en petits morceaux qu'il déposerait ensuite dans un cendrier, qu'il mette le feu à tout ça, à tout ce que ça représentait, et qu'il n'en soit plus jamais question entre eux. Comme si la chose n'avait jamais existé. Le passé est le passé, on n'y revient pas. Il ne l'a pas déchirée. Il a même oublié de s'allumer un cigare. Elle craint le pire.

Et le pire se produit.

Il appuie la tête contre le dossier de son fauteuil, ferme les yeux. Elle se rend compte qu'il est ému – lui, ému! –, peut-être au bord des larmes, lui qu'elle n'a jamais vu pleurer. Elle aurait dû faire disparaître l'invitation. Elle regrette sa faiblesse, son honnêteté, sa veulerie, elle revoit ce geste ridicule de soumission, le bras tendu, les yeux baissés, avec l'invitation qui pend entre son pouce et son index. Elle venait de se réveiller de sa sieste lorsqu'il est revenu du travail, tout était brumeux, elle se remettait à peine de son dernier «verre d'eau» de fin d'après-midi, elle s'était souvenue que du courrier était arrivé... Non, ce n'est pas ça. C'est l'obéissance, encore l'obéissance. C'est son rôle, une femme remet son courrier à son mari quoi qu'il contienne et quelles qu'en soient les conséquences possibles. Elle sait que si elle n'avait pas lu Monsieur et *Madame* Ernest Desrosiers, elle ne se serait pas permis d'ouvrir l'invitation et elle s'en veut, tout à coup, de cette lâcheté qu'elle traîne depuis tant d'années. Un seul geste de révolte, de désobéissance, aurait pu lui éviter la calamité qui va, elle en est convaincue, s'abattre sur elle d'une seconde à l'autre.

Comble de l'insulte, lorsqu'il se met à parler, c'est en français, comme chaque fois qu'il est question de sa maudite famille. Quand il parle de ses sœurs, de Sainte-Maria-de-Saskatchewan, de son enfance, sa langue maternelle lui revient, toute cassée parce qu'il ne l'utilise plus, et il semble savourer les mots qui sortent de sa bouche. Il donne l'impression d'écouter ce qu'il dit et de trouver ça beau. Même depuis qu'il a mis Maria à la porte de sa maison et que Teena et Tititte ont rompu avec lui. Il sait aussi que sa femme ne comprend pas tout, qu'elle va devoir combler les trous parce que son vocabulaire français est insuffisant, deviner en grande partie le vrai sens de ce qu'il dit. Mais c'est plus fort que lui: il parle de sa nièce, de son mariage, ça doit se faire en français. Et Alice l'écoute, immobile, sa petite femme obéissante l'écoute s'exprimer dans une langue qu'elle ne comprend pas, qu'elle a toujours refusé d'apprendre, les yeux fermés, au bord d'exploser. Elle s'imagine se lever, traverser le salon, courir à la cuisine, fouiller sous l'évier, sortir la bouteille, se verser un grand verre de consolation et d'oubli. Mais elle ne le fera pas.

Elle comprend à travers les bribes qu'elle peut saisir qu'il considère cette invitation comme une trêve, un appel à la réconciliation, qu'il est convaincu que Maria lui tend la main en les invitant au mariage de sa fille. *Lui* tend la main, pas *leur* tend la main. Il est question de lui et de lui seul. Il se mouche, s'essuie les yeux, il parle de s'acheter un complet neuf, de la mener chez Ogilvy pour qu'elle se choisisse la plus belle robe. Ils vont se mettre sur leur trente et un, ils vont se rendre à l'église, ils vont embrasser tout le monde…

Pourquoi ne se lève-t-elle pas et ne va-t-elle pas le gifler? Il a dit tant d'horreurs au sujet de ses sœurs, ces dernières années, il les a tellement traitées de tous les noms en leur prêtant – enfin! elle le savait, elle, à quel point ces femmes étaient méchantes et il ne l'avait jamais vu – les intentions les plus pernicieuses, et voilà que tout à coup il est prêt à tout oublier, à tout pardonner, à jeter l'éponge!

Elle tremble. De colère autant que de besoin de boire.

Forgive and forget?

Forgive, maybe. Forget, never!

Maria

«Pourquoi tu me demandes ça au téléphone?

— Vous savez ben que j'aurais jamais été capable de vous demander ça en pleine face…

— Ton maudit orgueil?

— Mon maudit orgueil. J'vous ai dit mille fois que je voulais rien vous devoir.

— C'est pas la même chose, là…

— Ben oui, c'est la même chose. C'est un emprunt, c'est de l'argent que je vas vous devoir. Pis que je sais pas quand est-ce que j'vas pouvoir vous remettre.

— Si t'étais venue me voir tu-suite, aussi, au lieu d'aller courir dans une compagnie de voleurs de grand chemin…

— J'veux pas qu'on parle de ça. Jamais. Vous me dites oui ou ben vous me dites non, mais je veux pus en entendre parler. Vous allez avoir votre deux piasses par semaine pendant des années, mais on en parlera pas quand j'vas vous le donner. On déguisera ça en repas au restaurant, si vous voulez.

— Tu sais ben que j'en veux pas de ton deux piasses… J'en ai pas besoin.

— Continuez comme ça, pis je vous raccroche la ligne au nez.

— C'est toi qui m'empruntes de l'argent, pis en plus c'est toi qui vas me raccrocher la ligne au nez?

— Ben c'est comme ça. C'est à prendre ou à laisser…»

Il rit. Ce n'est pas un rire moqueur, c'est le rire amusé de quelqu'un qui apprécie un bon mot ou – dans le cas présent – une situation cocasse.

«Écoute, Maria, on va faire deux choses. Pis là c'est moi qui pose mes conditions.

— J'veux pas de conditions, vous le savez. C'est déjà assez humiliant comme ça.

— Ben, pour une fois, c'est moi qui mène, c'est moi qui as le bon bout du bâton, pis tu vas m'écouter. Premièrement, ce deux piasses-là, au lieu de me le remettre, tu vas le mettre de côté. Tu le cacheras dans une boîte à chaussures ou ben dans le fond d'une armoire. Si tu veux, je m'en occuperai, j'ouvrirai un compte à la banque, tiens, ça va être plus commode. Comme ça, ça va te faire épargner de l'argent pour le prochain mariage! Tes deux autres filles sont pas loin de rencontrer des garçons…

— C't'à vous, c't'argent-là, vous le garderez…»

Il élève la voix pour la première fois.

«Maria, tais-toi pis écoute!»

Maria éloigne l'appareil de son oreille. Elle est sur le point de raccrocher lorsqu'il crie encore plus fort :

«Mets ta tête de cochon de côté, pour une fois, pis, pour une fois, écoute le bon sens!»

Elle sait bien qu'il a raison. Qu'il est sa dernière chance. Qu'elle ne saura pas où aller si elle refuse ses conditions dont la première, d'ailleurs, est fort généreuse. Mais pourquoi faut-il qu'il y en ait deux? Si la première est généreuse, que cache la deuxième? Pas une autre demande en mariage, elle ne le souffrirait pas. Elle refuse de l'épouser depuis plus de dix ans, il aurait dû finir par comprendre. Elle a failli céder, quelques années plus tôt, après un bon repas dans un grand restaurant, mais elle s'est reprise à temps et a gardé son indépendance qui lui coûte si cher mais dont elle est si fière… Pourquoi revient-il toujours à la charge? Elle est satisfaite de leur arrangement : ils ne vivent pas dans la même maison, leurs relations se déroulent en grande partie en dehors de la présence des enfants, monsieur Rambert a accepté de ne pas trop gâter Théo qui continue à ne se douter de rien et à penser qu'il est un Rathier comme ses trois sœurs.

«Es-tu là?

— Ben oui, chus là…

— Écoute-moi ben…»

Elle ferme les yeux. S'il ose parler de mariage, elle lui raccroche la ligne au nez et refuse de le revoir.

«Y a une chose que je te demande depuis longtemps…»

Bon, ça y est. Sa dernière chance de trouver de l'argent pour le mariage de Rhéauna vient de s'envoler. Qu'est-ce qu'elle va faire?

«Maria, tu m'écoutes?

— Ben oui, je vous écoute, monsieur Rambert…

— C'est justement de ça que je veux qu'on parle. De ton *monsieur Rambert*. T'as jamais accepté de m'appeler autrement. Ma deuxième condition, c'est qu'à partir d'aujourd'hui, tu vas m'appeler Fulgence. C'est tout ce que je demande. J'te demande même pas de me tutoyer.»

Elle appuie la tête contre le cornet de l'appareil téléphonique.

C'est juste ça. C'est juste ça. C'est un soulagement et en même temps une angoisse. Parce qu'elle va être obligée de céder devant tant de générosité.

«Celui-là, je vous l'accorde. Mais l'autre…

— L'autre, j'en fais mon affaire. Tu vas ramasser de l'argent sans t'en rendre compte pis, quand Béa ou ben Alice va se marier…

— J'aurai peut-être plus d'argent dans ce temps-là. J'aurai peut-être pas besoin de la vôtre…

— Ça va être la tienne, Maria.

— Non. Ça va toujours être la vôtre… Votre argent à vous… Fulgence.»

Elle imagine son sourire de vieux monsieur bien mis, cette lueur de joie au fond de ses yeux gris. Et ça coûte si peu.

«V'nez me rejoindre après mon travail, on reparlera de tout ça…»

Elle raccroche.

Elle s'en veut. Elle aurait dû refuser. Tout. Et l'argent et le Fulgence. Pas de concessions. Jamais.

Rhéauna entre sur les entrefaites dans la cuisine où le téléphone est installé.

«Oubliez pas, moman, que j'vas avoir deux visites, à soir. Gabriel vient vers huit heures pis son oncle Josaphat veut me parler.

— Qu'est-ce qu'y te veut, tu penses?

— Je le sais pas. J'pense qu'y aime beaucoup Gabriel pis qu'y veut me parler de lui. Y va venir vers sept heures, pis quand Gabriel va arriver, y va partir…

— C'est quand même drôle, un mononcle qui vient visiter une fille qui est même pas encore sa nièce…

— Moman, commencez pas avec vos soupçons, là…

— Ben non, t'as raison. J'vois du danger partout quand y est question de vous autres, les enfants… Mais arrange-toi pour que madame Desbaillets vous voye pas, tu sais comment ce qu'a l' est…»

Rhéauna sort de la cuisine en riant, puis revient sur ses pas.

«Merci encore une fois pour la robe, moman. Est ben belle. J'vas vous en payer une partie… Vous pouvez pas tout payer ça.

— Y en est pas question!

— Je sais qu'y faut que vous fassiez des sacrifices…

— Pas tant que ça… J'avais mis de l'argent de côté…

— J'sais pas si je vous crois…

— C'est ton problème…

— Promettez-moi que vous allez venir me voir si vous avez des problèmes.

— Ben oui, ben oui. Mais j'en aurai pas.»

Maria l'écoute s'éloigner dans le corridor.

Des problèmes. Elle en a déjà, des problèmes. Dont elle ne sait pas comment elle pourra se sortir.

Après tout, tout ça est pour elle. Pour le bonheur de son enfant.

Régina-Cœli

Elle a appuyé la tête contre le chambranle de la porte de son appartement. Il suffirait qu'elle fasse un pas, juste un petit pas, qu'elle lève un pied, qu'elle le pointe vers l'avant, le seuil serait franchi en une fraction de seconde et rien ne changerait, aucun danger ne surgirait du coin de la rue, elle le sait bien, aucune catastrophe ne s'abattrait sur elle, et elle serait libérée de ce poids, froid et lourd, qui emprisonne son cœur depuis trop longtemps. De cette peur, aussi, qui s'acharne à lui faire battre le cœur à la seule idée de quitter son appartement. Et pourquoi? Comment tout ça est-il arrivé? Qu'est-ce qui a bien pu déclencher une phobie aussi ridicule? Et tout d'un coup, sans qu'elle voie rien venir?

Elle s'ennuie de ses promenades à travers le quartier, des courses qu'elle faisait, le matin, avant qu'il n'y ait trop de monde dans les rues, du trajet en tramway pour se rendre au centre-ville. Du cinéma. De Zasu Pitts et de Gloria Swanson et, surtout, de Rudolph Valentino. Elle a l'impression que de se priver des films de Rudolph Valentino la rend encore plus malheureuse que de ne plus pouvoir quitter sa maison. Cette agilité animale qu'il a à se déplacer, ce regard où elle lit autre chose que du désir, une mélancolie maladive – peut-être un peu de neurasthénie? – qui le rend si séduisant, ces costumes exotiques qu'il manipule comme s'il les avait toujours portés. Tout ça est-il du passé parce qu'elle ne sortira plus jamais de chez elle?

Elle s'ennuie aussi d'acheter des patates en les choisissant une à une et de discuter avec le boucher qui a tendance, elle l'a déjà vu faire, à poser son pouce sur la balance pour tromper ses clients, même les plus fidèles, même elle qu'il appelle toujours par son nom au complet, Régina-Cœli Desrosiers, parce qu'il dit que c'est le plus beau qu'il ait jamais entendu. Quand il dit Régina-Cœli Desrosiers avec son bel accent français de France, elle ressent presque la même chose que devant les yeux de Rudolph Valentino. Elle se sent importante, en tout cas spéciale. Et ça lui manque. Beaucoup.

Et elle s'ennuie des soirées d'été passées à regarder le ciel de Regina où, au contraire des grandes villes modernes, on peut encore voir les étoiles et s'y perdre en rêvant à une vie meilleure. On ne peut pas rêver d'une vie meilleure quand on est enfermé dans sa maison sans pouvoir en sortir...

Elle était assise dans son canapé, quelques minutes plus tôt, et, comme chaque jour depuis des semaines, elle analysait tout ça, elle essayait de comprendre, elle cherchait des raisons à sa maladie, n'en trouvait pas, comme d'habitude, et ça la rendait furieuse. Contre elle-même. Contre sa faiblesse. Il suffirait d'un peu de volonté, elle en est convaincue. Elle en a pourtant à revendre... Elle n'a pas passé sa vie toute seule à donner à des enfants sans talent des leçons de piano qu'ils s'empressaient d'oublier aussitôt le pas de sa porte passé sans montrer un peu de volonté ou de courage... Du courage elle en a eu tout au long de son existence de demoiselle respectable que n'a jamais appelée l'amour, parce qu'il en faut pour survivre jour après jour à la solitude. Mais voilà qu'à la seule idée d'ouvrir la porte de sa maison... Pourquoi? Pourquoi cette peur?

Elle se retourne, traverse le corridor, revient au salon. Elle regarde le vieux canapé beige aux coussins défoncés dans lequel elle a passé les dernières semaines. Elle est restée là chaque jour pendant des heures, les mains posées à plat sur les genoux, parfois la tête appuyée contre le dossier, parfois penchée par en avant, terrorisée à la seule idée de sortir dehors, pleurant souvent de rage ou riant à gorge déployée de sa bêtise. Et sans trouver la raison de son état. Est-ce là tout ce que lui réserve l'avenir? Une vieille fille dans la soixantaine – elle frise les soixante-dix ans bien sonnés mais refuse de l'admettre – qui se morfond dans son salon parce qu'elle a peur (sans raison, sans raison!) du monde extérieur?

Non. C'est trop injuste. Elle regarde sa montre. Il sera bientôt l'heure de son petit concert quotidien. De ça aussi va-t-elle finir par avoir peur? Viendra-t-il un moment où même les applaudissements de ses voisins commenceront à la terroriser parce qu'ils proviennent du dehors? Sa maladie se transformera-t-elle bientôt en folie? Finira-t-elle par se cacher complètement, recluse volontaire qui se laisse mourir de peur sans lutter et qui refuse tout contact avec la réalité?

Elle court vers le piano, soulève le couvercle, se met à piocher n'importe où. Des gammes de folle. Une cacophonie furieuse. Une rage exprimée à travers des sons qui sortent d'un instrument de musique mais qui ne sont pas de la musique. C'est ça qu'elle va leur offrir aujourd'hui. Un concert de musique moderne. De quoi leur faire résonner les oreilles pendant des heures. Pour les chasser. Pour les convaincre de ne plus revenir. Parce que la vieille fille qui jouait pour eux des choses si belles, si consolantes, est devenue folle, peut-être dangereuse. Des valses de Chopin jouées à l'envers ou lues en diagonale ou n'importe quoi interprété n'importe comment. Un enfant qu'on installe pour la première fois devant un piano qu'il prend pour un gros jouet et qui le traite comme un jeu de blocs en fessant dessus pour le démolir.

Et sans trop s'en rendre compte, au milieu d'arpèges déments, sans vraiment l'avoir voulu, elle se lève, retraverse le corridor, s'arrête sur le seuil de sa maison, essoufflée. C'est maintenant ou jamais. Ou bien elle accepte son état et se laisse glisser dans la folie qui la guette, ou bien là, tout de suite, elle franchit ce pas qui peut la ramener à une existence normale.

Il fait si beau. Les arbres n'ont pas encore de feuilles mais les bourgeons luisent dans le soleil de fin d'après-midi. Ça sent le printemps, la liberté, pourquoi se cantonner dans un hiver de terreur et de rage ?

Elle va y arriver. Non.

Elle se redresse, ferme les yeux, se bouche le nez et, comme la seule fois de sa vie où elle s'est jetée dans un lac, il y a si longtemps, à la fin de son enfance, elle ne sait trop où, elle joint les pieds, prend son élan et saute. Un petit saut de rien du tout qui lui permet de franchir un seul petit pas.

Quand elle rouvre les yeux, elle est sur son balcon, à côté de sa chaise berçante. Des gens montent déjà la rue pour venir l'entendre. Le concert, en fin de compte, ne sera pas différent de celui de la veille.

Et pour la première fois depuis longtemps, elle va sortir sur le balcon, saluer en rougissant. De joie. Elle va retrouver la joie de saluer devant les gens qu'elle va avoir rendus heureux pendant une courte demi-heure. Pour aller ensuite faire une longue promenade dans le quartier.

En se dirigeant vers son piano, elle trouve l'invitation qu'elle avait laissée sur un fauteuil. Elle la prend, la relit et, avant de commencer son petit récital, se dirige vers le téléphone.

Maria, sa famille

D'habitude, le repas du soir est le plus animé de la journée. Théo raconte ce qui lui est arrivé à l'école, Alice répète les derniers commérages de la factrie de tabac, Béa décrit les clients qui sont entrés à la biscuiterie et ce qu'ils ont acheté. Maria y met son grain de sel et rapporte, en choisissant ses mots, une partie de ce qui s'est passé la veille au Paradise. Nana essaie de canaliser tout ça, de démêler les révélations jetées en vrac autour de la table, aussi insignifiantes soient-elles, de trouver une façon de faire en sorte que le fleuve de paroles qui déferle dans la cuisine arrive à prendre le chemin, la forme d'une conversation à peu près normale. C'est la plupart du temps impossible parce que personne n'écoute personne, que chacun veut avoir le monopole de la parole et que les anecdotes racontées, au lieu d'être un échange entre les membres d'une famille, ne se rendent que très rarement à leurs destinataires pour revenir, ignorées, en fin de compte inutiles, à celui ou celle qui les a énoncées.

Ce soir, cependant, un étrange silence règne autour de la table des Rathier. Théo joue encore dans son assiette sans presque toucher à sa nourriture en jetant de temps en temps des regards désespérés en direction de Nana qui fait semblant de ne pas s'en rendre compte. Elle attend d'être seule avec lui pour lui expliquer qu'elle ne l'abandonne pas, qu'ils se reverront souvent après son mariage, qu'il finira par oublier qu'elle a jamais vécu avec eux parce qu'elle est beaucoup moins importante qu'il ne le croit… Alice, fatiguée de raconter son altercation avec son patron et son éclatante démission – et qui en veut toujours à Béa de ne pas l'avoir encouragée à aller travailler avec elle à la biscuiterie –, s'enferme dans un mutisme boudeur étonnant chez cette jeune fille sans cesse en mouvement et au verbe toujours haut. Béa, qui sait que de toute façon ses histoires de biscuiterie n'intéressent jamais personne, mange encore plus que de coutume – un pâté chinois vite fait par Rhéauna à son retour de chez Dupuis Frères – sans lever le nez de son assiette. Elle se concentre sur ces saveurs de viande et de légumes qu'elle ne retrouvera pas de sitôt. Elle se doute que la tâche de préparer le pâté chinois lui incombera désormais et elle est terrorisée à l'idée de ne pas être à la hauteur. Rhéauna est une excellente cuisinière, elle n'est qu'une excellente mangeuse.

Maria aussi guette Rhéauna. Que sait-elle de ce qui se passe autour de son mariage? Qu'a-t-elle deviné? Sans doute pas grand-chose, sinon elle refuserait les sacrifices que fait sa mère pour lui préparer un mariage décent. Plus que décent. Un mariage de riche payé par une femme qui n'en a pas les moyens.

Le pâté chinois est délicieux, Rhéauna a utilisé autant de blé d'Inde en grains que de blé d'Inde en crème pour lui faire plaisir, mais elle a peur de ne pas le digérer à cause de sa grande nervosité devant le compromis qu'elle s'apprête à faire.

«Vous avez l'air songeuse, moman...»

Maria relève la tête. Il faut éviter à tout prix que Rhéauna s'inquiète.

«C'est une grosse affaire, un mariage, tu sais...

— Si vous avez pas les moyens, si c'est ça qui vous inquiète, j'vous ai dit que je pouvais vous aider... un peu.»

Pauvre petite fille. Si elle savait.

Elle force un sourire dont elle doute de l'efficacité à l'air que prend Rhéauna.

«Non, non, non, c'est pas l'argent... C'est... c'est l'organisation de tout ça, les arrangements, y faut que tout soit prêt à temps, que tout se passe bien, que vous soyez contents, toi pis Gabriel, mais c'est normal, c'est normal, inquiète-toi pas, c'est normal qu'une mère s'inquiète, tu vas voir, quand tu vas avoir tes propres enfants, que les affaires se compliquent souvent pis qu'on sait pus où donner de la tête…

— Si vous me laissiez vous aider, aussi…

— J'veux pas d'aide, Nana, chus capable de m'arranger tu-seule. J'ai connu des affaires ben pires que ça.»

Elle se lève, fait le tour de la table, va donner une claque affectueuse derrière la tête de Théo.

«Tu fais souvent des crises pour que Nana fasse un pâté chinois, Théo, profites-en donc au lieu de jouer dans ton assiette.»

Alice sort de son mutisme et chacun devine que ce qui va sortir de sa bouche ne sera pas agréable pour quelqu'un autour de la table.

«Surtout qu'à partir du mois de juin, pauvre toi, tu vas être pogné pour manger le pâté chinois de Béa! Qu'a' va probablement faire avec des brisures de biscuits au lieu d'avec des patates!»

Rhéauna, Josaphat

Il pleure depuis de longues minutes. Il s'essuie les yeux et le nez avec le bout de sa manche de chemise qui est maintenant tout trempé. Rhéauna lui a offert d'aller lui chercher un mouchoir, puisqu'il n'en avait pas sur lui, il a refusé en la suppliant de rester avec lui sur le balcon, parce qu'il ne pourrait pas souffrir de se retrouver seul dans un tel moment de détresse. Parfois il reste tout raide dans sa chaise en la dévisageant sans rien dire, parfois il se penche vers la rambarde – il s'y est même appuyé le front, tout à l'heure, comme s'il allait vomir. Il sent encore un peu l'alcool, beaucoup la cigarette froide. Il a changé de vêtements, mais ceux-là sont aussi défraîchis que les hardes qu'il portait devant Dupuis Frères quelques heures plus tôt. Et il frissonne. On dirait qu'il a froid alors que c'est une belle soirée douce de mai. Quand il ne sanglote pas, ses lèvres tremblent et il reste muet devant l'énormité de ce qu'il vient d'apprendre. C'est lui qui est étonné, alors qu'il avait eu peur de choquer Rhéauna avec son récit, au point, peut-être, de l'éloigner de son fils qu'elle aimait et qu'elle allait épouser. Il ne pouvait pas laisser ce mariage se faire, croyait-il, sans qu'elle apprenne la vérité.

Et voilà que les révélations ne sont pas venues de lui, elles sont venues d'elle. Il ne s'y attendait pas, bien sûr, et toutes les belles phrases, les grandes explications, les nombreuses excuses qu'il avait préparées depuis l'après-midi se sont révélées inutiles. C'est lui qui est choqué. Par l'étonnante compréhension de Rhéauna et sa grande tolérance devant ce que n'importe qui d'autre trouverait monstrueux.

Elle lui a d'abord appris qu'elle avait passé une semaine dans son ancienne maison à lui, à Duhamel, il y a quelques années, puis elle lui a dit en choisissant bien ses mots qu'elle avait lu les contes fantastiques qu'il avait écrits pour expliquer, pour justifier l'existence de Gabriel et dont Simon, qui les avait trouvés par hasard en fouillant dans le grenier, lui avait fait cadeau parce qu'il s'était rendu compte qu'elle aimait lire et qu'il ignorait que le cahier contenait quelque chose de subversif. Elle a vite ajouté qu'elle les avait trouvés magnifiques. Que, surtout, elle avait été bouleversée, beaucoup plus tard, après sa rencontre avec Gabriel, cet incroyable hasard, lorsqu'elle avait fini par deviner leur signification. Choquée aussi, oui, sans aucun doute, parce que leur incroyable histoire d'amour, à lui et à Victoire, était non seulement en dehors des normes mais répréhensible et condamnable aux yeux de leur société. Elle lui tenait une main en parlant, elle voulait qu'il sache qu'elle ne le jugeait pas même si elle n'arrivait pas à tout saisir. Pas l'amour de Josaphat pour Victoire et de Victoire pour Josaphat, elle était capable de comprendre l'amour, convaincue qu'elle était d'en vivre un elle-même, non, c'était cette vie de parias, cette mise au ban de la population de leur village, les cancans, les insultes, ce qu'ils avaient eu à endurer, c'est ce qu'ils avaient eu à endurer et comment ils avaient réussi à y survivre qu'elle ne comprenait pas. Elle ne pouvait pas lui faire sentir tout ça d'une simple pression de la main, elle le savait bien. Si elle y mettait toute la chaleur dont elle était capable, cependant, peut-être qu'il finirait par cesser de pleurer et trouver le courage de lui répondre.

Il a fini – ce furent ses premiers mots – par accepter son offre d'aller lui chercher un mouchoir. Elle lui en a apporté deux qu'il a utilisés en faisant beaucoup de bruit. Il a ensuite pris une grande respiration avant de jeter un regard en direction de la voûte étoilée où couraient quelques légers nuages.

«J'ai laissé mon violon chez nous. J'pense que j'en aurais ben besoin, là, tu-suite…»

Rhéauna est restée debout, appuyée contre la rambarde. Josaphat a l'air tout petit dans sa chaise, tout à coup. Elle a envie de se pencher, de le prendre dans ses bras, de le bercer. Elle a aussi envie de le frapper. Parce qu'il aurait pu tout gâcher ce qu'il y a entre Gabriel et elle dans son grand besoin de confesser son terrible secret.

Si elle pouvait bien voir son visage, elle se doute qu'elle se rendrait compte qu'il a vieilli de dix ans depuis qu'il est arrivé.

Il se mouche une dernière fois, ne sait pas trop quoi faire du mouchoir sale, finit par le mettre dans sa poche par-dessus l'autre.

«Y sait rien, tu sais. On y a jamais rien dit, ni moé, ni Victoire, ni Télesphore…

— Pourquoi vous vouliez me le dire à moi?

— C'est moé qui voulais te le dire, pas les deux autres. Les deux autres le savent pas que chus icitte… Les deux autres penseraient jamais à se confesser à qui que ce soit… On a enterré ça depuis tellement longtemps! Moé, j'voulais pas que tu maries Gabriel sans savoir tout ça. Lui, y est pas assez fort pour accepter ça, ni même pour comprendre. J'aurais eu peur de ses réactions…

— Vous aviez pas peur des miennes?

— Non. J't'ai pas vue ben souvent, on se connaît pas beaucoup, mais, c'est drôle, je savais que t'étais capable d'accepter… T'as quequ'chose… T'as quequ'chose, Nana, qui fait qu'on a envie de te parler… même de ces affaires-là.

— Ç'aurait pu détruire ma vie.

— Non. T'es trop forte. La preuve, c'est que tu le savais pis que ça a rien détruit.

— Mais si je l'avais pas su, mon oncle Josaphat, si j'avais mal réagi! Avez-vous pensé à ça?»

Elle s'accroupit devant lui. Son odeur de vieux monsieur mal lavé lui monte au nez et elle s'efforce de ne pas faire la grimace. Elle n'a plus du tout envie de le prendre dans ses bras et de le bercer. Tout ce qu'elle ressent pour le moment, alors qu'à peine quelques minutes plus tôt sa générosité l'emportait, est une colère noire qui lui donne froid dans le dos et qu'elle a de la difficulté à maîtriser.

«J'vous en veux pas, mon oncle Josaphat, mais je voudrais vous dire une chose. C'est pas pour moi, pour que moi je sache tout ça que vous êtes venu me voir à soir… C'est pour vous que vous êtes venu ici, pour vous faire du bien à vous, pour vous décharger le cœur une fois pour toutes, pour vous débarrasser d'un secret trop pesant que vous pouvez pus endurer. Si vous le saviez pas pourquoi vous êtes venu ici, ben là, vous le savez. Vous avez risqué de détruire notre mariage pour vous soulager, c'est votre affaire. Pis j'ai pitié de vous depuis que je vous ai rencontré parce que je sais ce que vous avez enduré dans votre vie. Quand on souffre, je suppose qu'on peut poser des gestes dangereux sans penser aux conséquences. J'espère que vous aviez pas pensé aux conséquences. J'vous répète que je vous en veux pas, mais laissez-moi vous dire que ce que vous venez de faire, ça se fait pas. Ça se fait pas! C'est égoïste! Vous avez été égoïste pis vous êtes ben chanceux d'avoir rien détruit! À c't'heure, j'aimerais ça que vous partiez. J'ai eu une journée éprouvante pis j'ai besoin de me reposer.»

Il se lève avec grande difficulté. Comme si le violoneux plein d'énergie qu'elle connaissait n'existait plus. C'est un homme cassé qui essaie de se tenir droit devant elle.

«Gabriel m'a invité à jouer du violon à votre mariage. J'suppose qu'y en est pus question…»

Elle pose une main sur son bras, l'enlève comme si elle regrettait un moment de faiblesse.

«Vous pouvez venir si vous voulez. J'peux pas vous défendre ça. Vous êtes un invité important pour Gabriel. Pis y faut pas qu'y se doute, jamais, qu'on s'est parlé. »

En remontant la rue Montcalm vers le nord, Josaphat prend pleinement conscience de ce qu'il vient de faire et se remet à sangloter.

Madame Desbaillets

Si elle n'a pas entendu ce qui se disait sur le balcon des Desrosiers, ce soir-là, ce n'est pas faute d'avoir pas écouté. Son balcon surplombe celui de ses voisines et il lui arrive assez souvent d'approcher sa chaise de la rambarde de droite et de tendre l'oreille pour essayer de saisir des bribes de conversations, surtout depuis qu'il fait doux et que Rhéauna y reçoit son cavalier, une espèce de dégingandé tout en longueur dont Maria Desrosiers dit grand bien mais qui lui semble, à elle, sans grande personnalité.

Elle se demande ce que Rhéauna peut bien lui trouver. Elle est trop intelligente, trop belle, trop spirituelle pour s'intéresser à un simple bon garçon qui travaille dans l'imprimerie. Et ce qu'elle a entendu jusque-là de la part de ce fameux Gabriel – qui parle fort parce que, semble-t-il, il est partiellement sourd – ne l'a pas du tout impressionnée. Il a l'air bien gentil, il semble adorer Rhéauna, tout ça est bien beau, saura-t-il cependant lui offrir une vie digne d'elle, la gâter comme elle le mérite? Madame Desbaillets en doute et se désole lorsqu'elle les voit se tripoter les mains et s'embrasser, deux fois par semaine, sous la petite lanterne électrique qui illumine à peine le balcon.

Mais ce dont elle vient d'être témoin – tout à fait par hasard, pour une fois, elle était sortie respirer sur le balcon après avoir terminé sa vaisselle et aussi parce que son mari lui tombait sur les nerfs – l'a intriguée au plus haut point. Qui était cet homme étrange, échevelé, mal attifé, que Rhéauna a fait pleurer? Le père de Gabriel? On ne fait pas pleurer le père de son futur mari moins d'un mois avant le mariage! Alors qui? Et qu'est-ce qui l'a fait éclater en sanglots après ce long monologue de la jeune fille qui a semblé plus que sérieux, mystérieux, on aurait presque dit une confession pleine de secrets murmurée à voix basse?

Il faudra qu'elle questionne Rhéauna, subtilement parce qu'elle est difficile à piéger, au contraire de sa mère, ou alors une de ses deux sœurs. Elles doivent bien savoir qui est cet homme…

Maria sort de l'appartement et lève aussitôt le regard dans sa direction. Madame Desbaillets fait celle qui vient de s'installer dans sa chaise, elle lisse la jupe de sa robe, prend une gorgée de son café, fait comme si elle regardait en direction du balcon de ses voisines par hasard, mime un sursaut de surprise, envoie la main à Maria.

La maudite, elle l'a encore surprise à écornifler.

Maria parle à sa fille qui, à son tour, tourne la tête dans sa direction.

Elle les voit sourire. Elles parlent d'elle. Il faut qu'elle dise quelque chose pour se donner une contenance. Elle se lève, prend une autre gorgée de café.

«Y fait beau, hein? J'viens juste de sortir… J'voulais prendre un peu d'air avant de me lancer dans mon tricot…»

Elle regrette aussitôt ses paroles. Elle aurait dû se taire, ne pas donner d'explication inutile.

Maria sourit, hausse les épaules.

«C'est votre balcon, madame Desbaillets, vous faites ce que vous voulez dessus, ça nous regarde pas…»

Rhéauna rentre dans la maison sans la saluer, elle d'habitude si polie.

Maria sort une cigarette, l'allume.

«Avez-vous pensé à ce que je vous ai demandé, madame Desbaillets?»

Quelques jours plus tôt, Maria Desrosiers est venue sonner à sa porte non pas pour l'inviter aux noces de sa fille, ce qui aurait été tout à fait normal même si elles sont plus ou moins en chicane depuis des années, mais pour lui demander un service. Elle avait besoin de quelqu'un pour s'occuper du buffet et de la table des boissons qu'elle va faire installer dans la cour, le jour du mariage, et se demandait si madame Desbaillets n'aurait pas la gentillesse de s'en occuper.

Insultée, madame Desbaillets n'avait d'abord su que répondre. L'envoyer promener ? Lui dire de s'en occuper elle-même ou alors d'engager une de ses consœurs serveuses du Paradise ? C'était leur métier à elles, de servir le monde, pas le sien ! Puis elle s'était entendue dire qu'elle y penserait et avait refermé sa porte pour s'empêcher de grimper dans la face de sa voisine. Il fallait tout de même avoir du front tout le tour de la tête pour oser lui demander une chose pareille ! Elle était une voisine, elle aurait dû être une invitée, pas une servante !

Elles ne se sont pas reparlé depuis cet incident. Et une fois de plus, madame Desbaillets ne sait que répondre. Elle devrait l'envoyer chier une bonne fois pour toutes, c'est ça qu'elle devrait faire ! Mais si elle accepte, en tout cas si elle offre d'aller en discuter avec Maria Desrosiers chez elle, ça lui fournira peut-être l'occasion de tirer les vers du nez d'Alice ou de Béa au sujet du mystérieux visiteur...

Et pour ajouter l'insulte à l'injure, Maria dit :

« J'pourrais vous payer, vous savez... »

Béa, Alice, Théo

Béa et Alice sont assises au pied du lit de leur petit frère. Elles lui tiennent chacune une main. Il a fait une sérieuse crise de larmes au moment où leur mère est partie travailler et elles ne voulaient pas déranger Rhéauna qui attendait son Gabriel sur le balcon, alors elles ont fait ce qu'elles ont pu pour le consoler. Il a refusé de dire pourquoi il pleurait, mais ses deux sœurs se doutent que ça concerne le mariage qui se prépare. Elles l'ont dorloté, elles l'ont embrassé, elles l'ont chatouillé. Il est plus calme maintenant. Il a fermé les yeux. Il refuse cependant de les laisser partir. Il veut qu'elles lui lisent un conte ou qu'elles lui racontent une histoire pour l'endormir. Elles lui disent qu'il est trop vieux pour une séance de lecture avant de s'endormir, que c'est un caprice de bébé, il s'entête, rechigne, elles sentent venir une autre crise, jettent un coup d'œil dans la chambre à la recherche d'un livre.

C'est Béa, en fin de compte, qui trouve la solution.

Plutôt que d'essayer de détourner l'attention de Théo du mariage de Rhéauna, elle se met à lui décrire l'extraordinaire journée que ça va être, l'incroyable fête qui va se dérouler ici même dans leur maison. Elle dépeint la cérémonie à l'église, la plus belle qu'il aura jamais vue – l'orgue qui fait trembler les murs, la beauté des voix qui vont chanter des cantiques du haut du jubé. Elle lui parle des membres de leur parenté venus d'aussi loin que l'Ouest canadien et qui vont remplir la maison de cris et de rires, des décorations partout dans la maison, de la musique, parce qu'il y aura sans doute de la musique, de la très belle musique, peut-être même des danses carrées, ou des reels. Elle évoque l'abondance de nourriture, surtout ça, en fait – les sandwiches de fantaisie de toutes les couleurs coupés en triangles et qu'il va pouvoir dévorer à s'en rendre malade s'il le désire, les branches de céleri couvertes de fromage mou, les olives farcies en quantité, les cornichons dans la moutarde, les liqueurs douces qu'il aime tant et qui, pour une fois, ne lui seront pas comptées, le poulet à la King, le plat principal, avec sa si délicieuse sauce blanche garnie de petits pois verts et de carottes, le gâteau à quatre ou cinq étages tout couvert de crémage blanc dont il va pouvoir s'empiffrer pendant des jours et des jours tellement il va être gros –, parce qu'elle connaît sa gourmandise, presque aussi grande que la sienne. Il a rouvert les yeux, il écoute tout ce qu'elle dit sans broncher. Il a hâte au mariage tout à coup. Il oublie toutes les conséquences et toutes les complications que va entraîner le départ de Rhéauna. Il se voit se vautrer dans les pyramides de sandwiches et les plats d'olives fourrées de piment rouge, tremper une tranche de pain de fesse dans la sauce du poulet à la King, faire descendre tout ça avec des liqueurs douces qui piquent la gorge et qui font roter. Et il s'imagine devant une énorme portion de gâteau blanc garni de crémage blanc serti de petites billes de sucre argentées qui crissent sous la dent. Il esquisse un sourire, retire ses mains de celles de ses sœurs, se tourne sur le côté, remonte la couverture jusqu'à son menton.

Béa lance un soupir de soulagement pendant qu'Alice lui fait un signe d'appréciation.

«Tu vas dormir, là?»

Il ouvre les yeux, la regarde.

«Oui. Mais tu m'as donné faim. J'veux une pointe de tarte pis un verre de lait.»

Rhéauna, Gabriel

Ils se sont assis sur la marche du haut du court escalier qui mène au balcon. Gabriel a demandé la permission de fumer une cigarette. Il a passé son bras autour de la taille de Rhéauna qui a appuyé la tête contre son épaule. Ils parlent de l'avenir. Gabriel est plus inquiet que Rhéauna, celle-ci fait ce qu'elle peut pour le rassurer.

«Pense à la nouvelle job que tu vas peut-être avoir, Gabriel. Pis si tu la décroches pas, on va s'arranger avec ce que tu gagnes aujourd'hui, ce que je fais chez Dupuis Frères, même si c'est pas beaucoup. On va se débrouiller, tu vas voir. Fais-toi-s'en pas avec ça...

— Les enfants vont venir, Nana. Faut y penser.

— C'est peut-être pas pour tu-suite, les enfants...

— Tu m'as dit que t'en voulais tu-suite, que t'en voulais beaucoup...

— Si y faut attendre, on attendra...

— Ça se commande pas comme ça, les enfants...

— On fera attention, Gabriel, c'est toute.»

Elle a rougi. Elle espère qu'il ne s'en apercevra pas. Des fiancés ne doivent pas parler de ces choses-là avant le mariage. Elle vient de s'aventurer dans une zone défendue, et ce qui l'étonne, c'est que si elle a rougi – elle se doute que Gabriel est aussi ignorant qu'elle dans ce domaine-là –, elle n'a cependant pas honte d'avoir abordé le sujet. Le terrain est glissant, mais elle se sent d'attaque. L'étreinte de Gabriel s'est desserrée, toutefois, elle sent qu'elle doit tout de même faire dévier la conversation.

«Mais chus sûre que tu vas l'avoir, la job… En tout cas, tu la mérites. On va être heureux dans notre nouvelle maison, tu vas voir…»

Ils ont loué un tout petit appartement rue Papineau, juste au nord de Mont-Royal. C'est lui qui l'a déniché en arpentant les rues où il savait pouvoir trouver un logement pas trop cher. Il a d'abord eu un peu honte de le montrer à Rhéauna : non seulement c'est petit, mais ce n'est pas très beau non plus. Deux pièces en enfilade, à gauche de l'entrée, qui serviront de salon et de chambre à coucher, un corridor qui mène à la minuscule cuisine. Derrière la minuscule cuisine, une minuscule salle de bains. Pas d'eau chaude. Un système de chauffage des plus rudimentaires – des tuyaux de tôle, alimentés par une fournaise à charbon, courent au plafond. Gabriel devra les défaire chaque année pour en ôter la suie. Il a demandé si c'est chauffable, l'hiver, on lui a répondu que c'est plus qu'endurable, sauf en janvier.

«Si j'ai ma job, si je fais plus d'argent, on va pas rester là longtemps, c'est moi qui te le dis. On va passer un hiver, pis si on est pas contents, on va s'en aller ailleurs.

— Inquiète-toi pas. Tu vas voir, j'vas l'arranger pis ça va avoir du bon sens. C'est peut-être ceux qui restent là qui savaient pas quoi faire avec… J'ai déjà des idées qui coûteront pas cher.»

Il allume une autre cigarette, prend une longue bouffée en regardant le ciel décoré d'un petit croissant de lune et de vibrantes étoiles.

«Quand on pense que dans un mois on va être à La Malbaie.»

Elle sourit, heureuse de la diversion.

«Une grande semaine à rien faire, Gabriel…

— Tu sauras que j'ai pas l'intention qu'on fasse rien!»

Il rougit devant le sous-entendu non intentionnel de ce qu'il vient de dire. Rhéauna lui donne une tape sur le bras. Il essaie de se rattraper.

«J'veux dire, on va passer une nuit au Château Frontenac, à Québec, on va visiter la vieille ville avant de repartir pour La Malbaie. Pis rendus là, on va peut-être apercevoir des baleines...

— Ça va coûter cher. Le train, les hôtels, les baleines... Où c'est que t'as pris tout c't'argent-là? J'espère que t'as pas emprunté...»

C'est lui maintenant qui lui tapote le bras.

«Occupe-toi pas de ça. C't'à mon tour de te dire de pas t'inquiéter. J'travaille depuis l'âge de douze ans, j'ai eu le temps de me ramasser un petit peu d'argent...

— Ça pourrait servir à d'autre chose, c't'argent-là...

— Non, Nana. Ça va servir à nous faire des beaux souvenirs. Pis on va prendre des portraits. Ben des portraits. Si ça va mal, plus tard, on va sortir nos albums de portraits de voyage de noces pis on va se dire qu'on a pas regardé à la dépense pendant une grande semaine... Attends-toi à ben des surprises...

— T'es fou, Gabriel, mais t'as raison.»

Il l'embrasse. Elle n'est pas sûre d'apprécier le goût de fumée que dégage toujours la bouche de Gabriel. Il faudra qu'elle lui en parle.

La main de Gabriel s'aventure là où elle ne devrait pas. Rhéauna la repousse avec douceur.

«Ça aussi, ça va attendre au Château Frontenac, Gabriel...»

Son beau rire monte dans le ciel de la rue Montcalm.

Gabriel jette son mégot de cigarette par terre, l'éteint du bout du pied.

«Un mois, c'est long...»

Elle se lève, regarde sa montre.

«On va avoir toute la vie pour se reprendre, Gabriel. En attendant, va te coucher, tu travailles demain...»

Josaphat

Une lumière s'allume quelque part dans la maison. Quelqu'un tire le rideau de la porte d'entrée. Un bruit de verrou. Une voix.

«Sais-tu quelle heure il est, Josaphat?»

Ce dernier titube, appuie son épaule contre l'encadrement.

«Chus saoul, pis j'ai envie de jouer du violon.»

La porte s'ouvre toute grande, Florence sort sur le balcon.

«Y me semblait que tu voulais pus jouer...»

Josaphat lève le bras qui tient son instrument.

«Chus saoul, j'veux jouer du violon, pis j'aimerais ça que vous m'accompagniez.

— Au beau milieu de la nuit?

— Y est pas si tard que ça.

— Y est quand même trop tard pour jouer de la musique.

— On jouera pas fort. Chus saoul, j'veux jouer du violon, j'veux que vous m'accompagniez, pis on va jouer tout bas. Vous allez effleurer les touches de votre piano, j'vas effleurer les cordes de mon violon. J'veux jouer quequ'chose de triste, de long, quequ'chose qui finit pas, en tout cas pas avant que le soleil se lève. Quequ'chose de trop beau pour qu'on le partage avec le reste du monde. Quequ'chose juste pour nous autres. Juste pour nous autres.

— Pourquoi tu joues pas tout seul, chez vous? Tu nous as dit que t'avais pus besoin de nous autres, que tu croyais pus en nous autres...»

Il tombe à genoux, les bras en croix, le violon dans une main, l'archet dans l'autre.

«J'ai eu tort de vous dire ce que je vous ai dit après-midi. C'est pas vrai que j'ai pas besoin de vous autres. Vous êtes tout ce qui me reste dans la vie. Pis si vous existez pas, si chus vraiment fou, tant pire. J'aime mieux être fou avec vous autres que sain d'esprit tout seul dans mon coin! Chus saoul, j'veux jouer du violon, j'veux que vous m'accompagniez, j'veux jouer quequ'chose de doux qui console, pis je veux que ce soit avec vous parce que vous êtes tout ce que j'ai.»

Elle lui fait signe d'entrer.

Le vieux piano droit occupe la presque totalité d'un des murs du petit salon. Florence s'assoit, soulève l'abattant.

«Tu veux qu'on joue quelque chose qui existe déjà ou bien quelque chose qu'on va inventer?»

Josaphat pose son instrument sur son épaule gauche, soulève son archet.

«Chus trop triste pour jouer quequ'chose qui existe déjà. Inventons.»

Rose, Violette et Mauve sont entrées dans la pièce. Comme leur mère, elles sont en robes de nuit et encore barbouillées de sommeil. Elles s'installent dans le grand sofa, les mains croisées sur les genoux. Josaphat leur fait une profonde révérence qui les fait sourire. Leur mère se tourne dans leur direction.

«Josaphat est saoul, il veut jouer du violon, il veut que je l'accompagne dans quelque chose de doux qui va le consoler, quelque chose qui n'existe pas encore et qu'on va inventer. Josaphat est revenu.»

Ce soir-là…

… Régina-Cœli s'est couchée tôt, épuisée et énervée. Non seulement a-t-elle été capable de sortir sur son balcon pour saluer ses voisins qui l'applaudissaient après le récital qu'elle avait prolongé d'un bon quart d'heure pour fêter sa victoire, mais elle a aussi eu le courage, pour la première fois, de leur adresser la parole. Après les avoir remerciés de leur gentillesse et de leur générosité, elle leur a appris qu'elle allait devoir quitter la ville pour au moins une semaine, en mai, qu'elle partait en voyage à Montréal, à l'autre bout du pays, qu'il n'y aurait donc pas de concert durant cette période, mais qu'à son retour elle allait jouer pour eux chaque jour, y compris les samedis et les dimanches, jusqu'en septembre. Elle a passé le reste de la soirée à se féliciter de son intrépidité et s'est mise au lit de bonne heure en espérant rêver au mariage de Rhéauna ou, du moins, à son propre voyage dans la métropole du Canada à laquelle elle rêve depuis si longtemps.

... Bebette a sorti tous les horaires de chemins de fer que son mari a ramassés durant sa vie. Elle a organisé un itinéraire qui les mènerait, sa sœur et elle, après s'être rencontrées à la gare de Winnipeg, de Winnipeg à Toronto, de Toronto à Ottawa, d'Ottawa à Montréal. Au contraire de Rhéauna, neuf ans plus tôt, qui avait eu à changer de train à chaque ville parce que ses grands-parents ne voulaient pas qu'elle y passe la nuit, elles n'auront, elles, qu'une correspondance à effectuer, à Ottawa, où elles vont dormir une nuit. Elles auraient le temps d'aller visiter leur nièce Louise, la fameuse Ti-Lou, mais elles ne sont pas du genre, ni elle ni sa sœur, à fréquenter les guidounes – quoi dire à ces femmes-là, comment agir avec elles? – et devront se contenter d'un hôtel moins chic que le Château Laurier. Elle imagine tout ce qu'elles vont voir à Montréal et tous ceux qu'elles vont visiter et n'arrive pas à fermer l'œil.

… Ti-Lou a fait l'inventaire de sa garde-robe et a décidé qu'elle ne possédait rien qui soit digne d'un mariage à Montréal. De toute façon, elle pensait depuis un moment à se faire tailler une nouvelle toilette et elle en profitera pour choisir les tissus les plus beaux et les plus chers. Et le chapeau le plus extravagant. Elle n'aime pas les nouveaux chapeaux cloches qui, à son avis, donnent un air garçonne aux femmes et, quitte à étonner tout le monde, elle songe à acheter la grande capeline garnie de plumes de paon qu'elle a aperçue dans la boutique de sa chapelière favorite d'Ottawa. Elle a déjà réservé une chambre pour une semaine au Ritz-Carlton, rue Sherbrooke – l'hôtel le plus huppé de la rue la plus chic de Montréal, selon ses clients qui fréquentent la métropole –, et se promet de partir à la recherche d'un appartement, peut-être vers le boulevard Saint-Joseph, le fief des professionnels de l'est de la ville. Elle veut s'installer dans l'est de Montréal, parmi les francophones. Sans qu'il s'en aperçoive un seul moment, elle est plutôt absente pendant ses ébats avec son dernier client de la soirée.

... Télesphore a trouvé son exemplaire des *Contemplations* que Victoire avait caché dans la boîte à pain, sous une croûte rassie. *La vieille chanson du jeune temps* s'élève dans l'appartement. Télesphore se prend une fois de plus pour Victor Hugo et a emprunté sa voix de stentor qui tient tout le monde éveillé dans le soubassement de la maison de la ruelle des Fortifications : «Je ne songeais pas à Rose ; Rose au bois vint avec moi ; Nous parlions de quelque chose, Mais je ne sais plus de quoi.» Victoire hausse les épaules en poussant la porte de la chambre d'Édouard. Franchement! Si tu sais pas de quoi vous parliez, tais-toé donc! Faire un poème sur du monde qui se rappellent pas de ce qu'y ont dit! Faut avoir du temps à perdre! Édouard, comme chaque fois que son père récite des poèmes tard le soir, a laissé sa lampe de chevet allumée et il écoute. «T'aimes ça, toé, quand y est comme ça, hein?» «C'est des affaires qu'on n'entend pas ailleurs qu'ici, moman…» «Heureusement! Si y fallait que toutes les femmes soyent pognées avec un agrès comme le mien…» «Y fait pas de mal à personne, y récite des poèmes…» «Y pourrait les réciter à des heures plus normales. D'abord qu'y tombera pas dans *La fête chez Thérèse*! Ça dure dix minutes pis c'est plate pour crever la bouche ouverte. J'peux ben y décrire un party, moé aussi, pis prétendre que c'est de la poésie! *La fête chez Thérèse!* Pourquoi pas *La fête ratée de Victoire*, tant qu'à y être!» «C'en est de la poésie, moman…» «Je le sais! Aie pas peur, j'me prends pas pour Victor Hugo. Y en a assez d'un dans' maison» «Des fois j'me dis que chus chanceux. Y a personne d'autre à mon école qui sait qui c'est, Victor Hugo. Y rient de moi, mais ça me fait rien!» «T'es ben le garçon de ton père! Comme si ça pouvait t'apporter quequ'chose dans' vie! En tout cas, si jamais tu t'intéresses encore à la poésie en grandissant, évite la boisson, cher tit'gars…» Elle lui remonte le drap jusqu'au menton. «Ferme ta lumière, là. Tu vas entendre la poésie aussi ben la lumière fermée. Peut-être même mieux.» «Bonne nuit, moman.» «Bonne nuit, cher tit-gars. Rêve pas que t'es Victor Hugo, ça va te donner des mauvaises idées pour ton avenir…» Lorsqu'elle sort de la chambre, Télesphore entonne *Le lac* de Lamartine. Elle a envie de s'échapper de la maison en hurlant. Bien qu'Albertine ne réponde pas lorsqu'elle frappe à la porte de la chambre que cette dernière partage avec sa petite sœur Madeleine, Victoire se permet tout de même de l'ouvrir. Madeleine attend chaque soir que sa mère vienne la border avant de s'endormir. Pour une fois, elle dort à poings fermés, un pouce planté dans la bouche. Albertine lit un magazine de mode; elle n'a pas entendu sa mère frapper parce qu'elle a bouché ses oreilles avec du coton hydrophile. Elle l'enlève en voyant sa mère entrer. «J'le tue-tu tu-suite, ou ben donc si j'attends que vous le fassiez?» Victoire s'assoit sur le bord du lit de sa fille. «Tu m'as déjà dit que t'entendais rien quand t'as d'la ouate dans les oreilles…» «J'entends rien, mais c'est pas normal pareil d'être obligée d'en mettre pour dormir parce que son père récite des poèmes toute la nuit! Encore heureux que ça soye pas la pleine lune! On aurait droit au *Bateau ivre*! Le père paqueté, pis le bateau ivre!» «Y en lira pas toute la nuit. J'vas m'arranger pour le convaincre de se coucher.» «Ouan. Vous dites toujours ça… Pis c'est toujours lui qui gagne. Y est plus fin quand y est paqueté, c'est vrai, mais y est ben fatiquant! Quand les filles me demandent ce que mon père fait dans la vie, j'ai trop honte de dire qu'y est concierge… Chus quand même pas pour leur dire qu'y est poète, j'vas faire rire de moé!» «Dis-leur qu'y est traducteur, c'est son vrai métier.» «Ouan, mais ça fait tellement longtemps qu'il a pas travaillé, qu'y doit pus se rappeler comment ça se fait! En tout cas, j'ai pas hérité ça de lui, la poésie, pis chus ben contente! Avant qu'on me voye avec un livre de poèmes dans la main, moi…» Le cœur de Victoire se serre. Si elle savait. Si elle savait que son vrai père est encore plus poète et plus éparpillé que celui qui récite du Lamartine et du Victor Hugo dans le salon… Mais elle ne le saura jamais. Elle ne saura jamais pourquoi non plus elle s'entend si bien avec son oncle Josaphat. «J'vas rester avec toé encore un p'tit peu, si tu me le permets, Bartine. J'vas juste m'étendre à côté de toé…» «Ouan, pis j'vas encore vous trouver à côté de moé demain matin…» «Ça te dérange?» «Ça me dérange pas, j'trouve ça triste.» Au salon, Télesphore replace les *Contemplations* sous la croûte de pain rassis. Il a besoin de quelque chose de plus sérieux, de plus noir, pour exprimer le poids sur son cœur, le spleen qui s'acharne sur lui. Il part à la recherche des *Fleurs du mal* que Victoire sait à l'Index et qu'elle a cachées dans un endroit moins évident que la boîte à pain. Il va retourner la maison à l'envers, s'il le faut, mais il va les retrouver.

… la tante Alice n'a aucun souvenir de ce qui s'est passé durant la soirée. À un moment donné, elle a senti que quelqu'un – elle rit : quelqu'un, pourquoi quelqu'un, ce ne pouvait être qu'Ernest – l'a déshabillée sans ménagement, la brassant, lui tordant les bras pour retirer les manches de sa robe, sacrant parce qu'elle se tenait trop molle. Elle a ri. Il a crié après elle. Elle a pleurniché. Il a crié encore plus fort. Elle n'arrive plus à trouver le sommeil. Elle est pourtant tombée le nez dans son assiette pendant le souper. Mais là, non. Rien. Juste un mauvais goût dans la bouche. Elle regarde le plafond. Elle lance un long soupir. En tout cas, on ne la verra certainement pas à ce mariage-là. Pourquoi aller faire des politesses et des courbettes chez des gens qui la méprisent depuis toujours ? Pas la mariée, non, c'est vrai, Rhéauna a toujours été gentille avec elle… Mais sa mère ! Mais les sœurs de sa mère ! Elle sourit méchamment. Après tout, il serait peut-être amusant de se rendre au mariage, d'apporter avec elle une bouteille… d'eau et de la boire devant tout le monde ! Pour leur montrer qu'elle ne boit pas ! C'est ça. C'est ça qu'elle devrait faire. Couché à côté d'elle, Ernest n'ose pas bouger au cas où Alice dormirait. Il lui avouera peut-être demain matin avoir téléphoné à sa sœur Maria, en début de soirée, pour lui dire qu'ils seront là tous les deux, que tout est oublié, que tout est pardonné. Ce qu'il ne lui avouera pas, cependant, c'est que Maria lui a raccroché au nez après lui avoir dit qu'il était le bienvenu mais qu'il n'avait rien à oublier et qu'il n'avait rien à lui pardonner parce qu'elle ne lui avait rien fait.

... dès la nuit venue, Simon s'est éclipsé de la maison. Il est allé compter dans la remise l'argent qu'il met de côté depuis quelque temps pour faire une surprise à sa femme. Il n'avait pas encore trouvé quoi lui acheter, l'occasion qui se présente est inespérée. Il cache une partie des revenus de son braconnage, il n'aura donc pas à dépeupler les bois autour de la maison pour leur payer le voyage à Montréal comme le craignait Rose. Il ouvre son coffre à outils, le vide. Là, tout au fond, une boîte en tôle de tabac Turret. Une liasse de billets de banque, bien roulée, bien tassée. Il fait le compte. Ce n'est pas énorme, mais ça suffira. Pour les vêtements neufs. Pour les billets de train. Pour les restaurants. Quant au logement, ils se trouveront bien un trou quelque part chez des parents. Chez Teena, la mère du petit Ernest, peut-être... Elle leur doit bien ça. Rose, de son côté, rêve de parcourir les rues de Montréal, d'entrer dans les grands magasins et dans les boutiques chics, juste pour voir, juste pour écornifler, pas pour se rendre jalouse, non, qu'est-ce qu'elle ferait avec des bijoux et des toilettes à Duhamel, juste sentir les parfums chers, pour une fois, et espionner les femmes bien habillées. Elle va emmener Ernest chez Eaton, au chalet de la montagne, à l'île Sainte-Hélène. Ils vont goûter des plats dont ils ne soupçonnent même pas l'existence et boire, elle et Simon, des drinks de grandes dames. Elle pense à sa propre garde-robe. Simon lui a dit de ne pas s'inquiéter, mais quelle vieille chose sans forme et presque sans plus de couleur va-t-elle être obligée de ravauder? Où trouver des gants? Et un chapeau neuf? Ils seront sans doute les invités les plus pauvres de la noce. Pourvu qu'elle ne fasse honte à personne. Après tout, Maria n'avait qu'à ne pas les inviter, elle savait leur grande indigence. Aussitôt qu'il a appris qu'ils allaient faire un voyage à Montréal, le petit Ernest, avant de montrer quelque enthousiasme que ce soit devant cette aventure inattendue, a demandé à sa mère s'ils seraient obligés de voir la dame qui vient les visiter chaque été et qui leur envoie de temps en temps de l'argent et des cadeaux pour lui. Elle lui a passé les mains dans les cheveux. «Oui. Mais pas beaucoup. Juste une fois.»

... Alice a l'intention d'aller voir madame Guillemette en cachette de Béa dès le lendemain pour lui demander du travail. Vendre des biscuits, c'est facile à côté de ce qu'elle a été obligée de faire depuis trop longtemps pour gagner sa vie. Si la paye est moins intéressante, au moins elle ne serait plus confinée à un bout de table dans une usine bruyante; finis le *shakage* de tabac, le bruit infernal, la chaleur épouvantable, les avances de son patron. Une boutique propre pas loin de la maison, des clients gentils et polis, des tonnes de biscuits parmi lesquels piger à volonté... Quant à sa sœur Béa, elle n'aura qu'à s'habituer à sa présence. Béa, de son côté, a l'intention de prévenir madame Guillemette dès le lendemain matin contre les manigances d'Alice. Elle la sait capable d'aller visiter en cachette la propriétaire de la Biscuiterie Ontario pour lui demander du travail. Et rien ne l'excite moins au monde que la perspective d'avoir à travailler avec sa sœur qui va passer ses journées à rire d'elle, à faire des farces plates sur son poids, à fumer cigarette sur cigarette au point d'effacer les si magnifiques odeurs de biscuits. Elle va dire à madame Guillemette qu'Alice risque de faire fuir les clients avec ses airs bêtes et son caractère de cochon. Non, non. Tout, mais pas ça. Théo passe une partie de la nuit le nez plongé dans de gigantesques assiettées de sandwiches triangulaires de couleur ou de monumentales portions de gâteau blanc recouvert de crémage blanc et de perles de sucre argentées. Mais au milieu de ses agapes quelque chose rôde autour de lui et menace de lui gâcher son plaisir. Il ne sait pas ce que c'est, il ne veut même pas y penser, il veut se concentrer sur le jambon haché qui goûte le clou de girofle et les effluves de vanille qui s'échappent du gâteau. Une ombre tombe sur son assiette. Il lève la tête. C'est elle! C'est Rhéauna! Elle porte un long voile blanc! Et elle vient lui faire ses adieux! Il crie tellement fort dans son sommeil qu'il réveille toute la maisonnée. Rhéauna veut le consoler. Il la repousse en hurlant.

… Tititte et Teena jouent une partie de cartes à deux chez cette dernière. Il est bien sûr question de l'événement du mois de juin. Teena continue à trouver que la robe que Rhéauna a choisie n'est pas une robe de mariée et Tititte lui répète de se taire parce qu'elle ne connaît rien à la mode. S'ensuivent des discussions interminables. Des cartes sont jetées sur la table avec une brusquerie inhabituelle, des coups de poing sont frappés sur la nappe cirée. Jamais elles ne l'avoueraient, mais elles ne sont pas mécontentes de cette engueulade, une des plus excitantes et des plus passionnées, donc des plus réussies, depuis longtemps. La réconciliation, au-dessus d'une tasse de thé et d'un pound cake, n'en sera que plus attendrissante. Elles passent leur vie à se chicaner et à se réconcilier chaque fois qu'elles se voient, c'est leur façon de s'avouer leur tendresse. Depuis toujours. Le téléphone sonne au milieu de la soirée. C'est la tante Bebette qui appelle de Saint-Boniface pour demander à Teena si elle peut les héberger, elle et sa sœur Régina-Cœli, pendant leur visite à Montréal. Teena, qui ne savait même pas que ses tantes étaient invitées aux noces et, surtout, que la tante Bebette pouvait avoir son numéro de téléphone, est restée bouche bée pendant de longues secondes, avant de répondre qu'elle a un Davenport qui se déplie, dans le salon… Le téléphone raccroché, elle revient prendre sa place à table. «Que c'est que j'vas faire avec elles? C'est ben que trop petit pour vivre à trois, ici-dedans, ça a pas d'allure!» Tititte se pince le nez avant de répondre: «J'pourrais peut-être en prendre une…»

217

… Madame Desbaillets, couchée sur le côté dans son lit, une main glissée sous l'oreiller, écoute son mari ronfler tout en échafaudant un plan qui va sans doute rendre Maria Desrosiers folle de rage : elle va lui promettre d'aller l'aider le jour des noces et ne se présentera pas. Elle imagine le chaos que ça va déclencher dans la réception, sourit d'aise. Puis elle se demande pourquoi elle a envie d'être si méchante avec sa voisine, pourquoi elles se détestent tant, toutes les deux, ne trouve pas de raisons valables et ressent, pour la première fois, un embryon de culpabilité qui la tient encore plus réveillée. Surtout qu'elle aime bien Rhéauna et que lui jouer un tel tour le jour de son mariage serait d'une grande cruauté.

… Monsieur Rambert est allé prendre une bière au Paradise juste avant la fermeture. La chanteuse engagée pour le mois de mai, saoule, a engueulé les buveurs qui ne l'écoutaient pas. Ils lui ont répondu. Il a failli y avoir une bataille. Elle voulait descendre de la petite scène pour aller les battre, ils voulaient y monter pour lui régler son compte. L'été s'annonçait, les esprits s'échauffaient. Monsieur Rambert a pris Maria par la main. «Laisse ton boss s'arranger avec ses troubles, on s'en va.» Elle a refusé et lui a demandé de l'attendre jusqu'à ce que tout soit fini. «C'est aussi ma job de m'occuper de ces affaires-là. J'sais que ça vous dérange, mais c'est comme ça.» La chanteuse enfermée dans sa loge, les buveurs mis à la porte, les tables et les chaises rangées, le patron de Maria lui a dit qu'elle pouvait s'en aller. Monsieur Rambert lui a offert de la reconduire chez elle, elle a accepté. Il fait un peu froid. Un petit vent du nord a chassé les nuages de l'après-midi et dompté l'humidité qui s'était abattue sur Montréal depuis quelques jours. Monsieur Rambert enlève sa veste, la pose sur les épaules de Maria. Celle-ci passe son bras sous le sien. Le boulevard Saint-Laurent et la rue Sainte-Catherine sont grouillants de monde. Les cabarets ferment, un flot de buveurs, dont quelques femmes, envahit les trottoirs d'où montent des chansons, des engueulades, des rires, des cris. On se croirait pendant la pleine lune du mois d'août. Monsieur Rambert montre un couple qui semble sur le point de se taper dessus. «On dirait qu'y ont mis tous les fous dehors, à soir…»

Maria hausse les épaules. «C'est comme ça tous les soirs, à c't'heure-ci…» Ils pressent le pas. Ils ne parlent pas. Les paroles seraient inutiles. Maria sait qu'elle n'a pas de remerciements à faire au sujet du maudit emprunt et monsieur Rambert n'en attend pas. Arrivés devant chez elle, ils s'embrassent. Aucun danger qu'on les aperçoive, il est tard, la nuit est trop avancée. Même madame Desbaillets doit dormir. Avant de monter sur son balcon, Maria se tourne vers monsieur Rambert. «Chus ben inquiète pour leur avenir, Fulgence.» Elle ne le voit pas sourire. «C'est normal. Mais, tu vas voir, y vont s'arranger.»

… Rhéauna n'arrive pas à s'endormir. Elle s'inquiète
pour leur avenir.

… Gabriel n'arrive pas à s'endormir. Il s'inquiète pour leur avenir.

… ils ont fait de la musique une grande partie de la nuit. Ils ont joué des sonates et des rigodons, des valses et des reels, des impromptus et des ballades populaires, ils ont pleuré en interprétant le premier mouvement de l'opus 101 de Schubert sans savoir ce que c'était, sans l'avoir jamais appris et en l'exécutant à deux même si c'était un trio, ils ont ri comme des fous pendant le *Rigodon don-daine*, Florence et ses filles ont même tapé du pied, à un moment donné, comme si elles s'étaient retrouvées dans une fête familiale, et Josaphat a chantonné, faux, au milieu de la *Méditation de Thaïs*. Parfois la musique les caressait en volutes éthérées, parfois elle exacerbait leurs nerfs et les faisait vibrer autant que leurs instruments. Rose, Violette et Mauve ont dansé un menuet – c'était lent, joli, délicat – et Josaphat a presque brisé son archet pendant un morceau pyrotechnique de Paganini. Personne dans le voisinage ne s'est plaint. Peut-être parce qu'ils n'entendaient rien. Ou qu'il n'y avait pas de musique à entendre. À la fin d'une improvisation bouleversante d'un calme absolu où le piano et le violon geignaient presque toujours à l'unisson, comme à l'issue d'une grande crise de sanglots, alors que le corps est épuisé et que les yeux brûlent, Florence a refermé son instrument. «Y est tard, Josaphat. C'est assez pour aujourd'hui. Tu peux revenir quand tu veux.» Il n'a pas protesté. Il a replacé son violon dans son étui. Les quatre femmes croyaient qu'il allait partir sans rien dire lorsqu'il s'est retourné vers elles. «J'ai tellement de peine. Si vous saviez.»

DEUXIÈME PARTIE

La grande mêlée

La veille du mariage, Ti-Lou est arrivée par le train en provenance d'Ottawa. Après s'être poudré le nez et retouché les lèvres, elle est descendue du wagon de première classe la tête haute et le torse droit. Elle a décidé de voyager léger et le porteur ne soufflait pas trop sous le poids des deux énormes malles à moitié vides qu'elle avait emportées et qu'elle comptait remplir à ras bord de vêtements luxueux et d'accessoires de toutes sortes pendant son séjour à Montréal. À la sortie de la gare Windsor, les têtes se tournaient sur son passage, elle y était habituée, mais le fait que ce soient de véritables citadins qui appréciaient son port de tête, sa chute de reins et son décolleté la flattait et elle s'est permis une chose qu'elle s'est toujours défendu de faire à Ottawa : elle a répondu par un sourire entendu à certains signes discrets, à plusieurs coups de chapeaux. Les femmes qu'elle croisait ne se trompaient pas non plus quant à sa profession et elle a essuyé quelques haussements d'épaules et beaucoup de regards accusateurs qui se voulaient insultants et qui ne faisaient que l'amuser. Elle a hélé un taxi et crié assez fort au chauffeur avant de monter dans la voiture : «Au Ritz-Carlton, s'il vous plaît!» Elle se payait l'hôtel le plus chic de la métropole et voulait que ça se sache. La rue Peel défilait à toute vitesse, la voiture a passé devant l'hôtel Windsor – son deuxième choix si aucune chambre n'avait été disponible au Ritz-Carlton –, elle a examiné les dames qui se promenaient dans le carré Dominion. Elle n'aimait pas ce qu'elles portaient – trop

moderne, trop court, trop révélateur, sans mystère
– et se demandait si elle se résoudrait un jour à
s'habiller comme elles. Elle a haussé les épaules.
Dans le temps comme dans le temps. En attendant,
il faisait beau, ça sentait la vraie ville qui a chaud et
tout lui semblait possible tout à coup, les choses les
plus folles comme les gestes les plus excentriques.
Lorsque la voiture a traversé la rue Sainte-Catherine,
elle a lancé des regards gourmands de chaque côté.

Bebette et Régina-Cœli avaient aperçu Ti-Lou sur
le quai de la gare d'Ottawa, juste avant de monter
dans le train. Bebette voulait aller la saluer, mais
Régina l'avait retenue par la manche. «Laisse-la
faire. Occupe-toi pas d'elle.» «Mais c'est notre nièce,
Régina, la fille de notre sœur!» «Elle a arrêté d'être
la fille de notre sœur quand elle a choisi de faire
ce métier-là, Bebette!» «Mon Dieu! Depuis quand
t'es scrupuleuse de même, Régina-Cœli Desrosiers!»
«Chus pas scrupuleuse, mais j'ai pas envie de jaser
avec une guidoune entre Ottawa pis Montréal, c'est
toute!» «Personne te demande de passer des heures
avec elle, j'aurais juste voulu aller la saluer...» «J'te
connais, Bebette, tu te contentes jamais de juste
saluer quelqu'un. Y faut que tu saches toute à son
sujet!» «Si tu veux pas y parler, que c'est que tu
vas faire, demain, pendant le mariage?» «J'vas me
contenter de la saluer si chus obligée, mais c'est
toute. En attendant, arrête de la regarder, a' va finir
par s'en rendre compte...» Lorsqu'elles l'avaient vue
monter dans le wagon de première classe, Régina
avait laissé échapper un soupir de protestation.
«On sait ben! Ces femmes-là, ça voyage juste en
première classe! C'est comme rien, ça doit être un
homme qui y paye son train!» Bebette lui avait
donné une tape sur le bras. «A'l' a probablement
plus d'argent que toi pis moi réunies! Chus sûre
qu'elle a les moyens de se payer une première
classe...» «Ouan, avec de l'argent sale.» «Régina!
Que c'est que t'as, à matin! T'es ben brusque! On
vient de passer deux jours ensemble pis t'as pas

été bête de même…» Régina-Cœli avait ouvert la portière de leur wagon et poussé sa sœur pour qu'elle grimpe les trois marches de métal. «J'avais pas pensé aux invités qui seraient là, demain. Y va y avoir toutes sortes de monde, Bebette, pas juste des parents qu'on a envie de voir…» «Moi, j'ai envie de voir tout le monde! Même les ceusses que je connais pas!» «On sait ben, toi, t'as toujours envie de sauter sur le monde pour leur parler…» «Ça s'appelle vivre en société, Régina.» «Ouan… Ça s'appelle aussi aimer écornifler…» Cette petite altercation ne les avait tout de même pas empêchées de continuer à jaser pendant les longues heures que mit le train à parcourir la distance entre Ottawa et Montréal.

À la minuscule gare de Papineauville, Rose, Simon et le petit Ernest sont montés dans le même wagon que Régina-Cœli et Bebette. Comme ils ne se sont jamais croisés, Rose étant toujours absente de la maison de Méo Desrosiers, son père adoptif, lorsque les deux sœurs de celui-ci visitaient Sainte-Maria-de-Saskatchewan, ils ne se sont pas salués. Ils étaient loin de se douter qu'ils allaient se retrouver au même mariage le lendemain matin. Rose et Simon ont tout de même un peu ri des deux vieilles dames parce qu'elles parlaient fort, avec une pointe d'accent anglais plutôt amusante, et qu'elles n'arrêtaient pas de se contredire, sans s'en rendre compte, par habitude. Sans doute des sœurs. Vieilles filles. Quoique la plus corpulente, à bien y penser, était du genre à avoir élevé une nombreuse famille et à l'avoir gérée d'une main de fer. Elle lançait de temps en temps un SAPERLIPOPETTE bien sonore qui faisait tourner les têtes et qui rappelait quelque chose à Rose sans qu'elle trouve ce que c'était. Quant au petit Ernest, qui n'était jamais sorti de Duhamel, il buvait des yeux tout ce qu'il voyait depuis leur départ, tôt le matin. De la fenêtre du train, Papineauville lui avait semblé énorme et Rose lui avait dit que Montréal serait cent fois plus impressionnante. «C'est tellement grand, Ernest, qu'on peut pas la traverser à pied. Ça prendrait des jours pis des jours. Prépare-toé à ben des surprises, mon petit gars! Des maisons à cinq pis six étages, des tramways, l'électricité partout, même dans les bécosses! Pis des bécosses dans presque toutes les maisons!» C'est peut-être ce qui a le plus frappé le petit Ernest: les toilettes dans les maisons et toutes munies d'éclairage électrique. Plus besoin de se geler les fesses quand on a une envie de pipi au milieu de la nuit en plein hiver! Pas de seau de métal à côté du lit! «Y a-tu du chauffage jusque dans les bécosses?» Rose lui a passé la main dans les cheveux comme elle le fait quand il dit quelque chose qui la touche. «J'pense qu'y ont du chauffage jusque dans leurs lits, Ernest!» Il l'a crue. Simon a fait un signe à sa femme pour qu'elle se rétracte, elle lui a répondu par un grand sourire. «C'est sa semaine de rêve, Simon, laisse-lé rêver…»

La même après-midi, Rhéauna et Maria se sont rendues chez Dupuis Frères chercher la robe de mariée et les accessoires que Rhéauna était venue choisir seule quelques jours après la scène pénible de l'essayage. Elles sont passées au rez-de-chaussée pour prendre le parfum et les bijoux, et au deuxième étage pour les souliers. Maria a payé avec du bel argent neuf frais sorti de la banque, une liasse impressionnante que Fulgence était venu lui porter, la veille, à sa sortie du Paradise. Elles sont ressorties du grand magasin les bras pleins de boîtes et de sacs. L'appartement de la rue Montcalm n'étant pas loin, elles ont marché. Rhéauna se regardait dans toutes les vitrines qu'elle croisait en se disant demain, à cette heure-ci, tu vas être mariée! Elle n'arrivait pas à y croire et s'accrochait à ses paquets, preuves tangibles qu'on était vraiment la veille de son mariage et que tout ça n'était pas qu'un rêve qui allait crever comme une bulle de savon à son réveil. Elle était plus inquiète qu'excitée: si on lui avait donné le choix, elle aurait préféré un mariage intime en seule compagnie de ses proches et de ceux de Gabriel. C'est Maria qui avait poussé l'idée du gros mariage, de la grande réunion de famille, des invités – du moins de leur côté – qui viendraient des quatre coins du pays, d'aussi loin que Regina, qui a suggéré la nourriture en quantité industrielle, la musique toute la journée, la danse, beaucoup de boisson. «On se marie rien qu'une fois, Nana, pis si la lune de miel dure pas, si t'es pognée toute ta vie avec un trou de cul, tu peux au moins te dire que le party était beau!» Voyant l'importance que ça avait aux yeux de sa mère, Rhéauna n'avait pas longtemps protesté et avait fini par se laisser gagner par l'enthousiasme de Maria. Elles ont passé une partie de l'après-midi chez la coiffeuse, une dame Olivine Dubuc qui vient d'ouvrir un salon tout près de chez elles et chez qui toutes les femmes du quartier courent parce qu'elle offre à ses nouvelles clientes un billet de cinéma gratuit. Elles n'étaient pas trop contentes de leurs têtes en sortant du salon, mais elles se sont consolées en se disant que le voile de Rhéauna et le chapeau cloche de sa mère allaient dissimuler les déficiences professionnelles de madame Dubuc.

Ti-Lou est entrée au Ritz-Carlton comme une reine en son château. Elle a tout de suite repéré le directeur, les busboys, le concierge, les a salués de la tête et s'est dirigée vers la réception en demandant au portier de poser ses valises à côté d'elle. Si les employés de l'hôtel se sont rendu compte de sa profession, aucun d'entre eux ne l'a laissé voir. C'était de toute évidence une femme en moyens, elle avait réservé une des suites les plus chères pour une longue semaine, peu importait la provenance de son argent. Il y avait des limites, cependant, à ne pas dépasser: lorsque Ti-Lou a demandé où était le bar, le directeur lui a répondu en choisissant bien ses mots qu'ils ne pouvaient pas servir d'alcool à une dame seule, au bar, et que si elle n'attendait personne, elle devrait commander ses boissons dans sa suite. Elle l'a contourné sans perdre son sourire, s'est dirigée vers le bar, a choisi la table la plus discrète – celle que cachait en partie une colonne de faux marbre – et a commandé d'une voix forte un dry martini avec deux olives et un zeste de citron. Au directeur qui l'avait suivie jusqu'à sa table, elle a glissé un pourboire démesuré et lui a murmuré en affectant un parler de femme du monde : «Un établissement comme le vôtre a besoin de créatures comme moi pour orner le bar. Pour encourager les hommes à boire. Je suis en vacances à Montréal et je ne laisserai pas des règlements stupides les gâcher. Je ne suis pas ici pour travailler, je suis ici pour fêter les noces d'une petite cousine et la note que je vais payer, au bout d'une semaine, palliera, j'en suis sûre, tous les règlements que j'aurai outrepassés pendant mon séjour chez vous.» Deux hommes levaient déjà leurs verres à sa santé. Le directeur les vit, comprit aussitôt l'avantage que pourrait représenter la présence de Ti-Lou dans son hôtel et s'est retiré sans rien ajouter. Ti-Lou a levé son verre en direction des deux hommes qui se sont aussitôt approchés de sa table.

Rose, Simon et Ernest se sont perdus dès qu'ils ont quitté la gare Windsor. Ils ont monté la rue Peel vers le nord après avoir demandé où se trouvait la rue Dorchester, où ils avaient dû louer une chambre après que Teena leur avait appris qu'elle ne pouvait pas les accueillir parce qu'elle allait héberger les deux tantes venues de l'Ouest canadien. Une dépense de plus. Simon avait haussé les épaules, Rose s'en était inquiétée. D'où provenait donc tout cet argent? Ils ont passé tout droit, à Dorchester, parce qu'ils avaient le nez au ciel et se dirigeaient vers la rue Sainte-Catherine lorsqu'ils ont aperçu l'hôtel Windsor qui était le plus bel édifice qu'ils aient jamais vu. Rose avait déposé sa valise sur le trottoir. «J'me demande qui c'est qui a les moyens de venir rester icitte… Pas nous autres, en tout cas…» Simon a fait mine de monter les marches devant l'hôtel et, sous le regard ahuri de sa femme – et celui du portier à la livrée rouge et or qui lui donnait l'air d'un soldat anglais à la retraite –, a éclaté de rire. «Maudit fou! J't'ai cru pendant une seconde!» Ernest, resté sur le trottoir, s'est pâmé sur la grandeur du carré Dominion, en face, qui, à son avis, aurait pu contenir le village de Duhamel au complet. Rose l'a pris par la main. «Pis c'est loin d'être le plus grand parc de Morial, Ernest... Quand j'vas t'emmener au parc La Fontaine, t'en reviendras pas. En tout cas, y paraît que c'est quequ'chose à voir...» Ils sont revenus sur leurs pas, ont trouvé la rue Dorchester, tourné vers l'est. Ils ont demandé à une passante si la rue Amherst était loin et, après s'être fait dire que oui, que ça leur prendrait au moins une demi-heure de marche, ils ont courageusement repris leurs valises sous le puissant soleil de début juin. Rose regardait autour d'elle. «Y a pas l'air d'y avoir grand magasins, sur c'te rue-là... Y faudrait que je me trouve une coiffeuse avant à soir...» Chaque fois qu'elle se fait coiffer – ce qui est plutôt rare –, Simon et Ernest prétendent en riant et en se poussant du coude qu'ils ne la reconnaissent pas et ça la rend furieuse. Simon se penche vers Ernest. «Y faudrait peut-être pas la faire fâcher, à soir... Est assez énarvée de même...»

L'installation de Régina et de Bebette chez Teena n'a pas été des plus simples. Si les retrouvailles ont été mouillées et ponctuées de cris de joie – Régina-Cœli n'en revenait toujours pas d'être parvenue aussi loin de chez elle et exagérait ses réactions sans s'en rendre compte, la voix plus haut perchée que jamais et les gestes erratiques de petite fille excitée qui n'arrive pas à se contrôler –, le silence qui s'est établi dans le salon lorsque les deux tantes se sont retrouvées devant le Davenport pliant qu'elles auraient à partager était éloquent. «Saperlipopette! Es-tu sûre qu'on peut coucher deux là-dedans, Teena?» Cette dernière, usant de patience et retenant une envie de les mettre à la porte – déjà! –, a fait une démonstration succincte:

elle a ouvert le canapé, est allée chercher deux oreillers qu'elle a placés côte à côte. «Vous voyez, on peut mettre deux oreillers, ça veut dire qu'on peut coucher deux.» Régina s'est assise sur le fauteuil d'appoint placé à côté du Davenport. «J'ai jamais dormi aussi tassé avec quelqu'un, moi…» Puis, réalisant ce qu'impliquait ce qu'elle venait de dire, elle a rougi jusqu'à la racine des cheveux. Bebette s'est tournée vers sa nièce. «Chus trop grosse pour coucher avec quelqu'un là-dedans, moi. Même si Régina est maigrichonne. Pis je grouille en dormant.» «C'est juste pour quequ'nuits, ma tante…» «C'est justement, on est fatiquées, on veut ben dormir!» Teena s'est assise sur le lit, a pris un oreiller qu'elle a serré contre elle. «Titite s'est offerte à prendre une de vous deux si jamais…» Bebette a haussé les épaules et balayé la suggestion du revers de la main. «On veut pas se séparer! On n'a pas fait tout ce chemin-là pour se retrouver séparées!» Alors, oui, Teena a fait le sacrifice d'offrir sa propre chambre à ses tantes. Son lit, plus large, pourrait les accommoder toutes les deux et elles seraient plus près de la salle de bains. Chose curieuse, et qui l'a choquée plus que tout, les deux tantes ne l'ont pas remerciée, comme si ça allait de soi, qu'il était naturel et normal qu'elle se sacrifie pour elles.

Victoire a passé la journée à finir de rafistoler les vêtements les moins usés que possédaient ses enfants et son mari. Elle a posé un volant au bas de la robe rouge d'Albertine, elle a allongé la tunique jaune de Madeleine qui grandit trop vite et qui va bientôt se retrouver à l'étroit dans tous ses habillements, elle a coupé deux rubans larges pour leur fabriquer des ceintures. Pour Télesphore et Édouard, elle s'est contentée de battre leurs habits avec une cuillère de bois et de les presser avec un fer très chaud en faisant attention au pli des pantalons qu'elle voulait bien droit. Quant à elle, elle a sorti la robe violet foncé, presque noire, qu'elle garde pour les enterrements, elle l'a brossée, elle l'a passée à la vapeur, y a ajouté un col de dentelle enlevé à une robe d'Albertine, a refait le bord qui pendait d'un côté et enlevé la ceinture qui la grossissait à la taille. Le rafistolage terminé, elle l'a essayée, s'est longuement examinée dans le miroir puis a fini par se dire que sous son manteau de printemps noir, ce ne serait pas trop catastrophique. Les vêtements bien étendus un peu partout dans le salon, elle s'est fait une tasse de thé et a pensé à son grand fils qui va, peut-être de façon définitive, couper ses liens avec la ruelle des Fortifications après s'en être déjà éloigné en se louant un logement. Il lui a promis de venir les voir le plus souvent possible, mais elle sait qu'un homme marié, en tout cas au début, se concentre sur sa nouvelle vie et qu'elle le verra encore moins. Le plus vieux de ses quatre enfants avait trouvé la liberté, se détachait une fois pour toutes de cette famille où le malheur avait fait son nid. Les autres suivraient chacun à leur tour. Tant mieux pour eux. Quand il ne restera plus que Télesphore et elle dans la maison déserte, quand elle n'aura plus de responsabilités autres que celle de concierge, peut-être que le vautour aura enfin le courage d'assumer son geste jusqu'au bout, qui sait.

Pendant le dernier essayage de la robe de mariée, dans le salon de Maria, Théo n'a pas arrêté de tourner autour de sa sœur. Il la couvrait de compliments, il insistait pour qu'on le laisse monter sur une chaise parce qu'il voulait encore une fois aller l'embrasser sans la toucher sinon du bout des lèvres, pour ne rien salir, il parlait fort, il gesticulait, au point que sa mère a été obligée à plusieurs reprises de le menacer de le chasser dans sa chambre. Il ne s'est pas calmé, mais il s'est retenu. Pour ne pas hurler de peine et de peur. Alice et Béa prenaient des airs pâmés, disaient qu'elles n'avaient jamais vu une aussi belle robe de mariée, que Rhéauna ressemblait à plus qu'une princesse, à une véritable reine. Rhéauna leur a répondu en riant de ne pas exagérer, que, de toute façon, c'était la première fois qu'elles voyaient une mariée en vrai, autrement que dans les magazines de mode, qu'elles étaient donc incapables de faire des comparaisons. Alice lui a dit que si elle ne voulait pas de compliments, elle n'avait qu'à le dire. Rhéauna s'est excusée, mettant sa réaction sur le compte de la nervosité. Quand elle a été tout habillée, sauf pour le bouquet de roses de couleur pêche qu'on avait laissé dans la glacière pour qu'il reste frais, ce qu'elle a aperçu dans le grand miroir de la chambre de sa mère l'a enchantée : une belle femme dans une magnifique robe sous un voile qui l'enveloppait comme un nuage de dentelle. Elle. En beauté. Pour le moment, elle était calme, contrairement à ce qu'elle avait dit à ses sœurs, aucun doute ne l'agitait, aucune inquiétude sérieuse sauf celle, évidemment, qui concernait le déroulement de la journée du lendemain. Elle allait monter l'allée centrale de l'église d'un pas assuré, elle dirait un beau gros oui sonore, elle embrasserait son nouveau mari de tout son cœur... Pour le reste, la précarité de leur situation financière, la nouvelle vie à deux avec quelqu'un qu'elle ne connaissait peut-être pas aussi bien qu'elle l'aurait voulu, elle aurait le temps d'y penser en revenant de son voyage de noces. Maria, le moment était pourtant mal choisi, lui a pris la main et l'a attirée vers le lit. «Y a une conversation qu'on n'a jamais eue, Rhéauna... Y a des choses qu'y faudrait que je te dise au sujet de demain soir, quand tu vas arriver à Québec...» Rhéauna a éclaté de rire. «Moman! Pensez-vous que j'ai encore quinze ans? Si les autres filles sont ignorantes quand y se marient, pas moi! J'me sus renseignée!» Maria s'en est trouvée si soulagée qu'elle a éclaté en sanglots.

Tititte, comme chaque soir, avait deux assiettes à laver, un couteau, une fourchette, un verre. Sa tâche terminée – elle a rincé le verre plusieurs fois parce qu'il ne brillait pas à son goût –, elle a débarrassé le poêle des éclaboussures de gras de bacon qui le maculaient, essuyé la table, tout rangé dans la petite armoire de la cuisine. Elle s'est ensuite installée sur son balcon pour regarder tomber la nuit en se berçant. Des stries d'or pur ont traversé le ciel après le coucher du soleil, l'obscurité a tardé à venir comme s'il faisait trop beau pour faire noir. Ça sentait le muguet qui achevait de sécher dans le parterre. Une odeur de première communion la veille d'un mariage. Des promeneurs sont passés devant la maison, un très petit nombre d'entre eux l'ont saluée. Après tant d'années, elle était encore une inconnue dans son propre quartier. Les bras croisés sur la poitrine, une tasse de thé posée sur la petite table à côté de sa chaise berçante, elle a pensé un peu à la journée du lendemain et beaucoup à ce à quoi aurait ressemblé sa vie si son mariage avait été une réussite. Elle a revu son voyage de noces catastrophique à Londres en compagnie d'un homme qui avait toutes les qualités sauf celle de s'intéresser à ce qu'une femme pouvait lui offrir, son horreur devant ce que l'avenir pouvait lui offrir avec un mari frigide, son retour précipité à Montréal. Les explications maladroites à sa parenté et à ses amis, qui n'étaient en fin de compte que des mensonges. Elle se laisse rarement aller à y penser, mais elle a essayé d'imaginer ce que son existence aurait été si elle avait eu des enfants… Elle aurait l'âge d'être grand-mère, elle se rendrait le lendemain à l'église Saint-Pierre-Apôtre en compagnie de, quoi, sept, huit personnes? Plus? Des enfants qui seraient devenus des professionnels, des petits-enfants qui feraient sa joie, un mari prévenant et amoureux après tant d'années… Elle n'a pas pleuré, ce qui lui aurait pourtant fait du bien. Elle ne ressentait que du regret. Puis elle s'est vue derrière son comptoir, chez Ogilvy, les gants de cuir, de daim, de laine, bien rangés dans leurs casiers, les clientes qui ne prennent même pas la peine de penser qu'elles ont devant elles un être humain et qui la traitent comme si elle n'était qu'un robot. Pour elles, Tititte ne sert qu'à leur montrer sa marchandise et à encaisser l'argent qu'elles lui présentent quand elles daignent acheter quelque chose. Et là elle a pleuré. Sans que ça lui fasse du bien.

Madame Desbaillets a eu la surprise de sa vie, quelques jours plus tôt, lorsqu'elle s'est rendu compte à quel point l'intendance du mariage de Rhéauna la passionnait. Maria Desrosiers lui a non seulement demandé de s'occuper du déroulement de la fête – passer des plats, des boissons, de façon à ce que tout le monde ne s'agglutine pas devant les tables de victuailles et le bar et que le flot des invités soit naturel et régulier –, mais elle lui a aussi confié la gérance complète de la réception : recevoir les fournisseurs pendant que tout le monde serait à l'église, faire monter les tables dans la cour par les petits voisins réquisitionnés pour la circonstance et qu'elle aurait à payer grâce à un petit budget qui lui avait été alloué, les décorer avec les rubans et les choux qu'elle aurait achetés à même ce budget, installer le gâteau de noces au beau milieu de l'espace de façon à ce que la réception tourne autour, recevoir les invités au fur et à mesure qu'ils arriveraient. Maria Desrosiers lui avait dit qu'elle serait la «gouvernante» du mariage et elle avait été flattée. Devant cette marque de confiance et même d'amitié – il ne lui est pas venu à l'esprit une seule seconde qu'elle se laissait manipuler encore une fois et que sa voisine pouvait abuser d'elle –, tous ses ressentiments contre Maria, la rancœur qu'elle traînait depuis l'échange de logements, six ans plus tôt, les chicanes qui s'éteignaient d'elles-mêmes et qui renaissaient on ne savait pourquoi comme un feu de brousse, tout ça s'était envolé d'un coup et elle s'était attelée à la tâche avec un enthousiasme qu'elle ne s'était pas connu depuis longtemps. Elle avait enfin quelque chose d'utile et d'important à accomplir, ça ne lui était pas arrivé depuis des lustres, et ça la passionnait. Elle est descendue chez madame Desrosiers après le souper, elle l'a rassurée, pas d'inquiétude à y avoir, tout allait bien, tout serait prêt au retour de l'église, elle serait contente, ce serait un magnifique mariage. Maria l'a remerciée, l'a complimentée d'avance, lui a dit qu'elle avait toujours su, malgré les petites anicroches entre elles, qu'elle pouvait compter sur elle. Madame Desbaillets est remontée chez elle en chantant.

À la fin du souper, et avant qu'elle ne sombre dans l'inconscience, l'oncle Ernest a posé sa main sur celle de sa femme. «Écoute-moi ben, Alice. Pas une goutte d'*eau* en te levant, demain matin, pas de flasque cachée dans ta sacoche pour te rafraîchir ou t'humecter la bouche. Tu vas te tenir loin du bar pendant la réception et tu vas boire et manger ce que j'vas te donner. C'est compris? Pis fais pas la malade quand tu vas te réveiller, si y faut que j'te traîne à ce mariage-là, j'vas le faire. Tu peux te faire discrète si tu t'ennuies trop, mais tu vas être polie et même gentille quand on va t'adresser la parole. En attendant, va te coucher, t'as besoin de cuver ton *eau*.» Ernest a décidé de porter sa tenue complète de Police montée, les culottes bouffantes kaki, la redingote rouge vif, la ceinture de cuir, le chapeau droit qui a toujours, du moins il l'espère, fait oublier la grosseur de son nez. Il croit sincèrement qu'il apportera quelque décorum à la cérémonie à l'église et à la réception chez Maria. Une note de classe. Du sérieux et de l'officiel. Alice s'est couchée dans leur lit trop étroit maintenant qu'Ernest est devenu un gros monsieur. Elle regarde les vêtements qu'ils vont porter le lendemain, accrochés aux portes de la penderie, sa robe neuve qu'elle a choisie exprès d'une couleur qu'elle déteste, un vert irlandais trop jeune pour elle et qui n'a jamais flatté son teint. Elle va la porter, cette robe, elle va sans doute faire rire d'elle (qui, en effet, s'habille en vert irlandais dans un mariage, sinon les Irlandais eux-mêmes alors que ses propres ancêtres étaient d'origine écossaise?) et elle se propose de passer la journée cachée dans un coin sans parler à qui que ce soit, surtout pas aux sœurs de son mari. Qu'ils rient, tous. Ça lui est bien égal. Ils ne lui arrivent pas à la cheville. Malgré ses mains qui tremblent un peu, elle s'endort en souriant.

Les compagnons de travail de Gabriel, au *Devoir*, des pressiers, des typographes, un correcteur d'épreuves, lui ont organisé un enterrement de vie de garçon – que certains appelaient un enterrement de *vieux* garçon. Ça s'est passé au local du Syndicat catholique, ça a donc été gentil et plutôt inoffensif. On a poussé quelques chansons à répondre, des romances aussi, la bière – permission accordée grâce à l'intervention du patron de Gabriel –, sans couler à flots, a quand même échauffé quelques esprits : des sous-entendus ont commencé à circuler au bout de quelques minutes, des farces à caractère sexuel, qui faisaient autant rougir ceux qui les racontaient que celui à qui elles s'adressaient, ont été lancées, on est même allé jusqu'à mettre en doute la virginité de Gabriel. Sujet sur lequel ce dernier est resté discret. Il s'est contenté de demander à ses amis combien d'entre eux avaient connu des femmes avant de se marier. Ce qui les a fait taire sur-le-champ. Il n'y a pas eu de pantalonnades de mauvais goût, on n'a pas versé de mélasse sur Gabriel, on ne l'a pas couvert de plumes ou de crème à barbe, on ne l'a pas saoulé avant d'aller le promener dans les rues du quartier les culottes baissées comme c'était souvent le cas dans ce genre de fête où règne la plupart du temps un mauvais goût forcé. Ça s'est terminé tôt, avant minuit parce que le marié allait communier le lendemain. Son patron est allé reconduire Gabriel chez lui en voiture. Celui-ci s'est couché quelque peu amoché, mais pas trop, et avant de sombrer dans le sommeil il s'est demandé dans quel état se présenterait son père, le lendemain matin, et si son oncle Josaphat se déplacerait. Avec ou sans son violon.

Pour sa part, monsieur Rambert s'est endormi le sourire aux lèvres. Le dimanche précédant le mariage, Maria et Rhéauna lui ont demandé de façon officielle – il ne s'y attendait pas et a failli éclater en sanglots – de servir de père à la mariée et de mener celle-ci à l'autel, un honneur dont il ne se sentait pas digne et qu'il a fini par accepter devant l'insistance des deux femmes. Son complet, tout propre, était suspendu à une chaise, ses souliers bien cirés posés à côté, sa cravate neuve déployée comme un trophée sur sa chemise blanche. Il allait mener à l'autel la fille de sa maîtresse sous les yeux de Théo, son fils illégitime, qui ne se doutait de rien et qu'il adorait.

Josaphat n'a pas bu une goutte au cas où il aurait le courage de se présenter au mariage.

Télesphore n'a pas bu une goutte au cas où Josaphat aurait le front de se présenter au mariage.

Pas de violon, ce soir-là. Pas de poésie non plus.

Rhéauna se réveille angoissée. Elle met quelques secondes à découvrir pourquoi. Ça y est! C'est aujourd'hui! Elle vient de passer sa dernière nuit dans son lit de jeune fille. Demain matin, à la même heure, elle sera à Québec, au Château Frontenac, et une femme. Quoi que ça puisse vouloir dire à part... Ne pas penser à ça, il y a assez de choses énervantes qui vont se dérouler entre maintenant et leur entrée dans leur chambre d'hôtel... En ouvrant les yeux, elle aperçoit Théo qui se tient debout au pied de son lit. «Qu'est-ce que tu fais là, toi?» Il s'approche, la prend par le cou. «On te verra pus jamais, hein?» Rose pousse des cris de mort en sortant du lit. «Y manquait pus rien que ça! On a jamais eu de punaises de lit à Duhamel, y fallait venir jusqu'icitte pour en attraper!» Elle a le dos et les jambes couverts de vilaines piqûres rouges. «En plus de faire dur, j'vas-tu passer la journée à me gratter comme une chatte pleine de puces!» Simon cache son rire derrière son poing. «Pourtant, j'ai rien, moé! Es-tu sûre que c'est des piqûres de punaises?» «On sait ben, toé, avec ton sang d'Indien, tu te fais jamais piquer! Même les mouches noires qui crèvent de faim ont mal au cœur de toé au printemps!» Le petit Ernest éclate de rire. «T'es drôle, moman, quand tu parles de même!» «Si t'étais à ma place, mon petit gars, j'te dis que tu trouverais pas ça drôle! Y manquerait pus que je donne des puces aux autres invités!» «Tu vas prendre un grand bain, Rose, un bain chaud, pis les bebittes vont s'en aller... j'espère.» «Ouan! À moins qu'y décident de nous suivre à Duhamel…» «Parle pas de malheur, toé! Pis parle pas si fort! D'un coup qu'y t'entendraient…» «Qui ça, les punaises?» «On sait jamais… prends pas de chance, donne-leur pas le goût de voyager!» Il reçoit une claque derrière la tête. Ti-Lou se réveille dans les bras d'un armateur grec – c'est du moins ce qu'il prétendait être lorsqu'il l'a abordée, au bar, même si son accent sonnait plutôt italien. Il veut remettre ça, elle le repousse en lui rappelant qu'elle doit se rendre à l'église dans moins de deux heures. Il n'insiste pas, se rhabille sans faire sa toilette et lui laisse un énorme «cadeau» sur sa table de chevet. Peu importe si cet argent provient de la construction de bateaux ou de la confection d'huile d'olive, Ti-Lou se promet une limousine pour se rendre à l'église et un repas royal dans un des plus beaux restaurants de Montréal. Déballée la veille et accrochée bien en vue, sa somptueuse robe neuve la met en joie. Bebette et Régina déclarent avoir bien dormi, alors que Teena souffre de partout parce que le matelas du Davenport était trop dur. Elle met cinq bonnes minutes à s'extirper du lit et entre dans la cuisine presque pliée en deux. Bebette lui tend une tasse de café. «Mon Dieu, Teena, on dirait que t'as passé la nuit sur la corde à linge!» Teena lui jette un regard furieux. Régina beurre deux toasts qu'elle pose devant sa nièce. «C'est-tu à cause du Davenport?» «Ben oui. C'tait raide comme une barre de fer.» «Une chance que tu nous as pas obligées à dormir là-dedans!» Et elles continuent à jaser comme si de rien n'était. Teena a envie de les étrangler. Télesphore, qui prétend pouvoir arrêter de boire quand il le veut, se lève frais comme une rose. Il se rase de près en chantonnant, fait une toilette moins sommaire que d'habitude, enfile les vêtements que Victoire a laissés pour lui sur le dossier d'une chaise. Il s'examine dans la grande glace pendue derrière la porte de leur chambre à coucher. Il se trouve fière allure et se demande si sa femme a pensé à nettoyer son chapeau qui s'est retrouvé plusieurs fois dans le caniveau de la ruelle des Fortifications ces dernières semaines. Victoire fait la revue de ses trois enfants dans la chambre des filles. C'est moins catastrophique que ce à quoi elle s'était attendue. Albertine arbore son air de beu habituel, mais sa robe est jolie et Victoire a réussi à dompter ses cheveux gras en lui faisant deux tresses qui, elle l'espère, tiendront toute la journée. Madeleine et Édouard ont l'air de deux enfants pauvres mais propres, ce qu'ils sont. Victoire espère qu'ils passeront inaperçus. Elle-même n'est pas encore habillée et son mari lui en fait la remarque. Elle passe devant lui sans même le regarder. «Ma robe est tellement vieille que j'ai peur qu'a' me meure sul'dos, ça fait que j'vas la mettre le plus tard possible.» Croyant à une plaisanterie, Télesphore rit. Maria, qui a pris congé la veille, a passé une nuit agitée. Elle se l'est reproché à plusieurs reprises, s'est traitée d'égoïste et de sans-cœur, mais elle n'a pas pu s'empêcher de penser une fois de plus à ce qui allait advenir de la maisonnée et de ses habitants quand Rhéauna ne serait plus là. Personne n'a encore rien fait pour préparer la passation des rênes, on ne s'est pas demandé qui ferait quoi, quand et pourquoi, parce qu'on est trop habitué à ce que tout se fasse sans qu'on s'en rende compte. Rien ne fonctionnera plus comme avant, elle en est consciente, et imagine avec horreur les semaines qui viennent. Demander à Alice de rester à la maison pour remplacer Rhéauna? Elle ne le souhaiterait pas à son pire ennemi. Improviser. C'est ce qu'ils auront à faire. Pour la première fois. Au saut du lit elle se rend compte qu'elle n'a pas une seule fois pensé au bonheur de sa fille. En débouchant dans la cuisine, le cheveu raide et les plis de l'oreiller encore imprimés sur le visage, elle est étonnée de trouver madame Desbaillets, frisée comme un mouton et rutilante dans une robe d'un rouge flamboyant qui ne lui va pas. «Vous êtes déjà là?» «Le livreur de la Pâtisserie parisienne s'en vient avec le lunch pis le gâteau…» «Y arrive de bonne heure…» «Ça va prendre du temps, tout organiser ça.» «Tant qu'à ça… Merci beaucoup de vous occuper de tout ça, madame Desbaillets, j'sais pas ce que je ferais sans vous…» Rose de plaisir, madame Desbaillets plonge son visage dans sa tasse de café. «On devrait laisser tomber les madames. J'm'appelle Monique…» Maria pose deux tranches de pain sur le rond du poêle. «Non. J'aime mieux madame Desbaillets…» Josaphat se réveille en sueur. Ses mains tremblent. Il se lève, se regarde dans le miroir qu'il a accroché derrière la porte de sa chambre. Les yeux rouges, chassieux. La barbe sale. Un squelette. Moins qu'un squelette. Un fantôme. Quoi faire? Se recoucher? Oublier tout ça, s'ouvrir une bière pendant qu'il prépare son café et passer la journée à sacrer? Ou alors prendre son courage à deux mains, s'habiller, prendre son violon… L'effort que ça lui demanderait serait pourtant colossal… Mais Gabriel l'a invité, Rhéauna ne s'est pas opposée à sa présence… Essayer de jouer du violon à jeun? Ça ne lui est pas arrivé depuis des années! Et quoi porter? Comment s'habiller pour le mariage de son fils? Gabriel est paralysé dans son lit. Il ne veut pas se lever, s'habiller, se rendre à l'église, se mettre la corde au cou. Il a peur. De tout. De se marier, d'avoir des enfants, de passer le reste de sa vie en homme responsable. Même changer d'emploi le terrorise, tout à coup. Il est bien où il est, il a un bon travail, quelques amis, une vie rangée, une blonde qu'il adore et qui l'adore… Seul son désir pour Rhéauna, voir enfin son corps, l'explorer, le posséder, lui donne le courage de sauter au bas du lit. Il s'en veut de ne pas être plus excité par la journée qui vient, sans doute la plus importante de sa vie – c'est peut-être ça en fin de compte, la cérémonie, la réception, les félicitations, les discours, les toasts, les farces plates, la cohue autour du buffet, la boisson forte ingurgitée trop tôt dans la journée, et trop vite, qui le rebute : il prendrait volontiers Rhéauna par la main, ils se rendraient tous les deux au terminus du Provincial Transport, sauteraient dans le premier autobus pour Québec, et il assouvirait le plus vite possible cette curiosité devant l'amour physique qui le rend fou depuis des mois, depuis qu'il sait qu'il va se marier. Cette idée d'un profond égoïsme le fait rougir de honte. Il faut qu'il pense aussi à elle, à Rhéauna qu'il aime tant. Il doit suivre les règles de sa société, de sa religion, faire comme tout le monde, cesser de penser à ses désirs et se concentrer sur le sens du mariage, l'importance de vivre à deux, d'aimer sa femme, de la respecter, de faire des enfants, de les élever… Tout ça est bien beau, mais qu'est-ce qui les attend vraiment, Rhéauna et lui, au retour de leur voyage de noces ? La pauvreté qu'il a toujours connue ? En pire ? Tirer le diable par la queue pour le reste de ses jours ? Être sans cesse sur le qui-vive, en quête d'argent qui n'existe pas et d'un bonheur illusoire, promis et jamais livré ? À part, justement, les moments passés au lit avec sa femme ? Et s'il ne s'habillait pas ? S'il ne se présentait pas à l'église ? Il sait bien que c'est impossible, c'est cependant ce qu'il ferait si, croit-il, il en avait le courage. Le courage du lâche. L'oncle Ernest, c'est du moins ce qu'il croit, a encore fière allure dans son uniforme de Police montée, bien que celui-ci soit un peu juste à la taille et qu'il commence à craquer aux coutures et aux boutonnières. Il se trouve imposant en s'examinant dans le miroir de la chambre à coucher. Le regard droit, les épaules carrées, cette fausse aisance dans le maintien qu'on lui a inculquée il y a si longtemps et qui est devenue une seconde nature – paraître sûr de soi, surtout quand on ne l'est pas, parce qu'on représente la justice… Il va faire tout un effet ! À côté de lui, assise au pied du lit, sa femme tremble. Ça a commencé par les mains, au petit-déjeuner, incapables de tenir la tasse de thé puis, au fur et à mesure qu'elle se préparait – enfilant le jupon, les bas de soie, la robe neuve, essayant de cacher la rougeur de ses joues, ces vilaines veinules violacées, aussi, qui striaient son visage –, les tremblements se sont propagés à tout son corps. Ernest a été obligé de lui mettre ses souliers, de les lacer. Elle ne tiendra pas le coup. Elle l'a supplié de la laisser à la maison, mais il a refusé de plier. Sa place est à côté de lui au mariage de leur nièce, un point c'est tout. Il enlève son large chapeau kaki et s'assoit à côté d'elle. «J'vas faire quequ'chose, Alice. J'te permets de prendre un verre avant qu'on parte de la maison. Un. Pas deux. Un. Pis tu peux apporter une flasque, si tu veux... Exagère pas, par exemple. Si je te vois partir pour les toilettes plus que deux ou trois fois dans la journée, j'te l'enlève... Pis que j'te voie pas sortir ça dans l'église! Même si t'es pas catholique! As-tu compris?» Tout le corps d'Alice se tend, elle se lève d'un bond, court à la cuisine. Et pour la première fois de leur existence commune, elle boit un verre de gin sans se cacher. Rhéauna se tient bien droite au milieu du salon et attend les commentaires. Ils ont tous été abasourdis quand elle est entrée dans la pièce. Théo est le premier à parler et, avec son vocabulaire restreint d'enfant, il évoque bien sûr une princesse sortie d'un livre, même si les contes de fées ne sont pas ce qu'il préfère. Le mot magique ayant été prononcé, les trois femmes se mettent à parler en même temps. Les compliments fusent, on tape des mains, Béa a porté une main à sa gorge et rit comme une folle tellement elle est excitée. «Je le savais que t'étais belle, Nana, mais c'te robe-là... je sais pas... tu devrais pus jamais l'enlever, j'pense!» Alice, qui n'est jamais de bonne humeur le matin, esquisse un petit pas de valse. «J'ai assez hâte de vous voir danser, tous les deux, Nana! Ça va être tellement romantique!» Maria prend sa fille dans ses bras. «Je le savais que ce serait une belle noce pis que tu serais une mariée magnifique. Je le savais.

Profites-en, j'ai tout fait ça pour toi...» Rhéauna se promène de long en large dans le salon. Elle se tourne pour vérifier la légèreté de son voile qui traîne derrière elle, elle vérifie l'effet de son bouquet sur le nacré de sa robe. Elle n'aperçoit que le haut de son corps dans le miroir horizontal accroché au-dessus du faux foyer. Le voile dissimule la coiffure ratée, le collet souligne la beauté du cou, le fard à lèvres et à joues, discret, cache la pâleur de la nervosité. Ses yeux sont fiévreux, ce qui leur donne de la vie. Oui, elle sera une belle mariée. Elle sourit en se demandant si Gabriel sera un beau marié. Avec le goût qu'elle lui connaît... Madame Desbaillets débouche dans le salon, tout essoufflée. «J'viens de voir le camion de la Pâtisserie parisienne tourner le coin de la rue... Restez dans le salon, le reste de la maison va t'être envahi, pis...» Elle s'arrête au milieu de sa phrase. «Mon Dieu, Nana, mais t'es ben belle! Une vraie princesse!» Théo la tire par la manche. «C'est moi qui l'as dit le premier.» Le chauffeur de taxi a d'abord refusé de prendre cinq passagers en prétendant que sa voiture était trop petite. Télesphore l'a toisé du regard pendant de longues secondes sans rien dire puis il a sorti un billet de un dollar de sa poche. «Une piastre, ça va-tu suffire à faire grandir votre voiture?» Le chauffeur, qui n'attendait que ça, a sauté sur le billet de banque en faisant signe aux cinq passagers de prendre place. Victoire se demande où son mari a trouvé ça. Un dollar! Une fortune! Télesphore s'est installé à côté du chauffeur pendant que Victoire, Albertine, Édouard et Madeleine s'entassaient sur le siège arrière. Le chauffeur s'est tourné vers Victoire. «Y m'ont dit que c'était pour un mariage, mais y m'ont pas dit dans quelle paroisse...» Télesphore a retiré ses gants de kid. Il a chaud, tout à coup, il se sent nerveux. Il y a quand même une grande différence entre réciter des poèmes à tue-tête dans une taverne remplie de soûlons qui ne vous écoutent pas et mener son fils à l'autel sous les yeux de deux familles au complet. Et à jeun. «On s'en va à l'église Saint-Pierre-Apôtre. C'est quequ'part dans l'est, sur la rue Dorchester, près de Wolfe ou Montcalm, j'sais pas trop…» «Allez-vous avoir besoin d'un taxi pour aller à la réception, après? Voulez-vous que je vous attende?» «Non, non. La réception se fait chez la mariée pis c'est même pas à cinq minutes de marche… J'pense que toute la noce va y aller à pied.» Pendant que ses deux tantes et elle attendent le taxi, Teena connaît sa pire bouffée de chaleur des derniers jours. Attifées de leurs plus beaux atours – Teena se demande d'ailleurs ce que Tititte aura à dire de sa nouvelle toilette –, elles se tiennent toutes les trois sur le balcon d'en avant. Bebette étire sans cesse le cou pour vérifier si la voiture arrive. Elle a déjà lancé trois SAPERLIPOPETTE sonores et, dans son impatience, tapote du bout des doigts la rambarde du balcon. Régina essaie de la calmer. «On est en avance, Bebette, on manquera rien!» «Ouan, ben, on est en avance tant qu'on est pas en retard! Si les chauffeurs de taxi de Montréal sont aussi lents que ceux de Saint-Boniface…» «Si les chauffeurs de taxi de Montréal sont aussi lents que ceux de Saint-Boniface, chus sûre qu'on va arriver avant tout le monde pareil!» «J'ai hâte de voir qui c'est qui va être là, Régina, j'ai ben le droit!» «C'est pas une raison pour en faire une syncope!» «J'fais pas une syncope, chus juste nerveuse!» «Ben, calme-toi!» Et c'est à ce moment-là que Teena devient toute rouge et qu'elle porte sa main à sa gorge en s'assoyant sur la chaise berçante. Ses deux tantes sont déjà sur elle. «Mon Dieu, Teena, que c'est que t'as?» Bebette a vite compris ce qui se passe et détache le col de la robe de sa nièce. «Pauvre toi, c'est vraiment pas le temps!» Teena tire sur le col de sa robe, détache les boutons de nacre. «J'ai chaud, j'ai chaud, ça a pas de bon sens comme j'ai chaud!» Régina l'évente avec ses gants qu'elle vient d'enlever. «T'es toute trempe! Ton visage est tout reluisant!» Teena détache sa robe jusqu'à la taille. «Y faut que je desserre ma ceinture, sinon j'ai l'impression que la sueur va se ramasser au-dessus de ma taille pis que j'vas me noyer dedans!» Bebette lui tend le bras pour l'aider à se lever. «Tu peux pas aller là de même, ça a pas de bon sens! Va te changer!» «Êtes-vous folle, vous? Ça va passer, ça va passer! J'vas juste aller me rafraîchir... T'nez, le taxi arrive... Prenez-lé, pis j'vas en appeler un autre dans un petit quart d'heure...» «Es-tu sûre?» «Ben oui, ben oui, allez-y...» «T'es sûre que tu veux pas que je reste avec toi?» «Ma tante! Vous venez de dire que vous vous mourez pour voir qui c'est qui va être là, allez-y... J'vous le dis, ça sera pas long...» Le taxi klaxonne. Bebette et Régina-Cœli descendent à regret les quelques marches de l'escalier. Teena entre dans la maison en courant. «Maudite marde! Maudite marde! Y manquait pus rien que ça!» Le parvis de l'église Saint-Pierre-Apôtre n'a pas connu autant d'agitation depuis longtemps. Des parents qui ne se sont pas vus depuis des lustres se jettent dans les bras les uns des autres, les embrassades sont sans fin, on se serre la main, on se tape sur l'épaule, on rit, on se demande quand on s'est vu pour la dernière fois. Surtout du côté des Desrosiers où on est beaucoup plus expressif que dans la famille de Gabriel, plutôt discrète et même timorée. Les deux groupes ne se mêlent pas encore. Ça viendra peut-être plus tard, pendant la réception chez Maria, quand les présentations officielles auront été faites et que la boisson aura commencé à faire tomber les défenses. Ils restent chacun de leur côté de l'église, Victoire et son entourage du côté nord de la porte centrale, Maria et les siens au sud. Ce qui n'empêche toutefois personne de jaser en jetant des coups d'œil impatients à cette même porte qu'un enfant de chœur vient d'ouvrir mais qu'on n'ose pas encore franchir. On entend quelqu'un, un oncle éloigné du côté de Gabriel, un gros homme entouré de sa femme et de leurs sept enfants : «Y faut attendre que le marié pis son témoin arrivent. On n'a pas le droit de rentrer dans l'église avant ça... y faut les suivre...» Sa femme lui donne un coup de coude. «Où c'est que t'as pris ça, innocent! On peut rentrer n'importe quand! Moé, c'est la mariée que je veux voir arriver. La dernière fois qu'on a été à un mariage, la mariée était tellement grosse qu'a'l' avait de la misère à passer dans' porte!» Son mari hausse les épaules. «T'es sûre que c'était pas à notre mariage, ça?» Ses enfants éclatent de rire. Pas sa femme. Lorsqu'elle voit arriver ses tantes Régina et Bebette, Tititte se lance sur elles et leur demande où se trouve Teena, au lieu de leur souhaiter la bienvenue et de leur dire qu'elle est contente de les revoir. Régina replace son chapeau qui s'est accroché dans le haut de la porte du taxi. «Imagine-toi donc qu'a'l' a eu une grosse chaleur juste avant de partir! A'l' a été obligée de rester pour se changer...» Tititte est exaspérée. «Dites-moi pas qu'a' va être obligée de mettre sa maudite robe jaune orange...» Maria, venue souhaiter la bienvenue à ses tantes et qui a tout entendu, fronce les sourcils. «Est pas jaune-orange, c'te robe-là, Tititte, est dorée...» «En tout cas, c'est ça qu'a' dit, c'est ça qu'a' voudrait nous faire accroire, mais moi je vous dis que c'te robe-là est pas dorée, est jaune-orange! Teena a l'air d'un gros poussin là-dedans!» Maria s'éloigne après avoir embrassé ses tantes. «Si a'l' avait l'air d'un gros poussin, dans c'te robe-là, comme tu dis, la robe serait jaune citron, Tititte, pas jaune-orange!» Tititte hausse les épaules et demande enfin à ses tantes comment elles vont, si elles ont fait bon voyage et si elles ont bien dormi chez Teena. Maria la tire par la manche. «Teena a déjà des chaleurs?» Tititte esquisse un geste d'impuissance. «Ça fait un bout de temps.» «Pis vous me l'avez pas dit...» «T'avais assez d'affaires pour t'énerver, t'avais pas besoin de ça...» Régina pose une main sur le bras de Maria. «C'est pas ben ben la place pour parler de ça,

Maria…» Cette dernière lui tourne le dos et s'éloigne. «Si on en parle jamais, on pourra jamais s'aider!» Rose, Simon et le petit Ernest, après avoir salué quelques personnes et s'être rendu compte que leurs vêtements – même la robe neuve de Rose – n'étaient pas dignes d'un mariage, se sont réfugiés près de la statue du Sacré-Cœur qui domine le parterre de l'église. Simon et Ernest se sont appuyés contre la clôture qui ceinture la statue. Rose a étudié la tenue de chacun des invités. «Quand y aura plus de monde d'arrivé, on va se remontrer. Pas avant. Y vont peut-être moins nous remarquer dans la foule…» Simon la prend dans ses bras, l'embrasse. «Ça fait combien de fois que je te dis que c'est pas pour nos habillements qu'y nous ont invités?» «Peut-être, mais c'est pas une raison pour leur faire honte!» Maria est la première à oser traverser la frontière qui sépare les deux familles. Elle se dirige droit sur Victoire, la prend dans ses bras, l'embrasse. «Chus contente de vous voir.» «Moé aussi.» «C'est le grand jour, hein, c'est aujourd'hui que ça se passe… C'est aujourd'hui qu'on perd nos deux grands enfants!» Un regard désolé passe entre elles. Maria se reprend la première et esquisse un sourire triste. «J'voulais vous dire de pas vous inquiéter, Victoire, tout va ben aller, j'me sus débrouillée…» «Tant mieux! J'avais assez peur pour vous!» «J'me sus débrouillée mieux que ce que je pensais à part de ça… Vous allez voir, ça va être toute une noce! Ça sera pas une grand-messe, mais ça je trouve ça moins grave…» «Pis la belle Nana, a' s'en vient?» «Oui, je l'ai laissée à la maison avec monsieur Rambert qui va y servir de père… Faut qu'a'l' arrive la dernière, vous comprenez… Y faut pas que Gabriel la voie avant qu'a' rentre dans l'église… Ça a l'air que ça porterait malheur… Pis a' voulait pas qu'on reste avec elle… On est venus à pied, mes enfants pis moi, c'est juste à côté… Même pas cinq minutes de marche…» Elle donne trop d'explications, s'en rend compte et se tait après avoir lancé: «Eh que c'est énervant, tout ça!» Le même enfant de chœur sort de l'église. «Monsieur le curé fait dire que vous pouvez commencer à rentrer… Y faudrait pas que l'église soye vide quand les mariés vont arriver.» La tante du côté de Gabriel se tourne vers son mari. «Qu'est-ce que je t'avais dit, Oscar?» Il la pousse vers la porte de l'église. «Ben oui, ben oui, on sait que tu sais toujours toute, Berthe. Mais tu verras pas la mariée arriver, par exemple…» «J'veux la voir arriver. J'pense que j'vas rester dewors. Rentrez, vous autres.» «C'est ça, t'essayeras de nous trouver après…» Au même moment un brouhaha de voix monte dans la rue juste devant l'église. Un klaxon se fait entendre, toutes les têtes se tournent. Une magnifique Packard, toute blanche, vient de stationner au bord du trottoir. Croyant que la mariée s'amène – mais où donc est le marié? –, tout le monde se précipite vers la voiture. Télesphore fronce les sourcils. «Si Gabriel arrive après Rhéauna, je le tue de mes propres mains!» Victoire étire le cou, se soulève sur le bout des pieds. «Je le vois pas. T'aurais dû aller le chercher, aussi…» «Y voulait pas! Y devait avoir peur dans quel état je serais, je suppose…» La porte de la Packard blanche s'ouvre et la dame qui en sort est d'une telle beauté et d'une telle élégance qu'on peut entendre un murmure d'admiration passer dans les deux familles. Tout dans sa toilette, sa robe, dentelle et soie, son chapeau extravagant garni de longues plumes de paon, ses bijoux qui brillent au soleil, ses souliers à hauts talons – une nouveauté – et jusqu'à son fard à paupières, absolument tout est lilas. Elle a un port de reine, mais rien dans son visage ne trahit la condescendance. C'est une créature comme personne dans cette foule n'en a jamais vu et le silence qui s'installe sur le parvis de l'église n'est brisé que par le cri de joie de Maria qui se jette dans les bras de la dame. Ceux qui ignorent qui elle est, du côté de Gabriel, se demandent si Nana n'a pas une tante riche, ceux qui l'ont reconnue, du côté des Desrosiers, reculent de quelques pas sans toutefois pouvoir en détacher leur regard. La tante Bebette sort un mouchoir de son sac, s'essuie les yeux. «Est pas belle ordinaire.» Régina-Cœli lance un soupir de mépris. «Ces femmes-là, ça a rien que ça à faire, se pomponner!» Sa sœur la regarde comme si elle venait de prononcer une idiotie. «Tu penses? Tu penses qu'a'l' l'a pas gagnée, c'te robe-là?» Régina détourne la tête. «Si c'est ça qu'y faut faire pour avoir une robe de même, j'aime mieux avoir l'air de ce que j'ai l'air!» Cette fois c'est le curé lui-même qui sort de l'église. «S'il vous plaît! Si on veut que ça commence... Les mariés s'en viennent.» Sur les entrefaites arrive Gabriel, essoufflé et pâle. Il embrasse sa mère, salue Télesphore. «J'en ai fait un bout à pied, j'étais trop énervé...» Sa mère redresse sa cravate. «Si j'avais été là pour t'aider, tu serais mieux arrangé que ça...» «Chus correct, moman, Nana me marie pas pour mes habillements.» «Peut-être pas, mais les invités veulent voir de quoi a l'air celui qu'a' marie, par exemple...» Gabriel se penche vers son frère Édouard. «As-tu toute apporté c'que j't'ai donné?» Édouard bombe le torse. «Oui! Tout est dans ma poche. Regarde...» Pendant qu'il montre à Gabriel le contenu de sa poche, Victoire s'approche d'eux. «C'est quoi ce papier-là, Édouard? T'es pas supposé donner juste les alliances aux mariés?» Gabriel la fait taire d'un geste. «C'est un cadeau. Pour Nana. Qu'a' va avoir juste avant qu'on échange les anneaux...» Victoire fronce les sourcils. Tout le monde veut entrer dans l'église à la suite de la belle femme qui passe la grande porte de Saint-Pierre-Apôtre comme si elle allait officier à une mystérieuse cérémonie. Un embâcle humain se forme dans la porte pourtant large, quelques mots désagréables sont échangés, des poussées sont imprimées dans des dos. Aussitôt le portique passé, tous se jettent sur les meilleures places, la parenté de Gabriel dans la travée de gauche, celle de Rhéauna à droite. Maria guide Ti-Lou vers le deuxième banc, celui juste derrière la famille immédiate de Rhéauna; le clan Desrosiers au complet est insulté. La tante Alice ouvre son sac, son mari l'empêche de fouiller dedans. Dans la cohue qui se forme près de la porte, personne n'aperçoit un homme fragile et mal attifé qui s'est réfugié dans le dernier banc du côté de Gabriel en tenant contre lui un étui à violon. Il regarde tout le monde passer, évite le regard de ceux qui le reconnaissent. En passant près de lui, Victoire porte la main à sa bouche. Elle semble sur le point de dire quelque chose, se ravise. Édouard, lui, ne se retient pas. «Mon oncle Josaphat! V'nez vous assire en avant avec nous autres!» Josaphat fait signe que non et lui dit de suivre sa mère. Teena arrive, à bout de souffle. Dans sa robe dorée. Déjà trempée au col et aux aisselles. Elle cherche sa sœur Tititte des yeux, la trouve installée avec les deux tantes de l'Ouest. En la voyant arriver, Tititte lève les yeux au ciel. Teena aurait envie de la gifler, mais elle se retient. «J'me sus mis des guenilles en dessours des bras, mais ça paraît pareil, c'est pas de ma faute!» Télesphore et Gabriel, qui font les cent pas sur le parvis, attendent en silence le signal pour entrer pendant que Josaphat se morfond dans le dernier banc, son violon posé à côté de lui. Une heure plus tôt, il a été le premier arrivé sur le parvis. Il voulait se faufiler discrètement à l'intérieur de l'édifice et se cacher dans un coin en attendant que les gens arrivent et que la cérémonie commence. Il ne voulait pas rencontrer les invités, se mêler à eux, passer d'un groupe à l'autre en demandant des nouvelles de sa parenté et en donnant des siennes. Il voulait juste assister à la cérémonie, voir son fils épouser la femme qu'il aimait. Ensuite, il irait se cacher quelque part dans la maison de Maria jusqu'au moment où on viendrait lui demander de jouer un morceau de violon pour les mariés. Si on n'oubliait pas sa présence, bien sûr, au milieu des agapes et des réjouissances qui allaient secouer la maison pendant toute la journée. Lorsque le bedeau est venu déverrouiller la grande porte, Josaphat l'a suivi à l'intérieur. Il est resté figé au milieu du portique. La seule église qu'il a fréquentée dans sa vie était la petite chapelle de Duhamel, une bâtisse carrée et laide coiffée d'un ridicule clocheton où s'agitait de temps en temps une minuscule cloche au son grêle. La beauté, la majesté de Saint-Pierre-Apôtre, la lumière qui s'y engouffrait et ses immenses vitraux gothiques l'ont cloué sur place. La nef, tout en longueur et d'une hauteur vertigineuse, était couronnée d'un plafond séparé en caissons immenses en forme de triangles et de losanges peints en vert d'eau et pêche. Le maître-autel était un chef-d'œuvre de bois sculpté décoré de moulures dorées qui brillaient au soleil du matin, et les cinq vitraux qui le ceignaient sur trois côtés jetaient dans l'église des pastilles de couleurs miroitantes où dansaient les particules de poussière. Ça sentait l'encens refroidi et la cire d'abeille. Sa mère, dans sa grande naïveté, aurait dit que ça sentait le bon Dieu. Il en a oublié de se cacher et s'est installé dans le dernier banc, à gauche, du côté du marié. Pas pour prier, non, il ne l'a pas fait depuis son enfance, mais pour admirer tout ça, toute cette richesse colorée, presque joyeuse, et se laisser imprégner par la paix qui s'en dégage. Lorsque le bedeau vient dire aux deux hommes que le moment est venu d'entrer dans l'église, Gabriel s'appuie contre le chambranle de la porte en fermant les yeux. Télesphore le prend par les épaules. « Que c'est que t'as, Gabriel, t'es blanc comme un linge ! » Gabriel se redresse, se passe les mains sur le visage. « C'est rien, c'est rien. J'ai mal dormi pis j'ai pas mangé, à matin, parce que j'vas communier. » « T'avais le droit de boire un peu d'eau. » « J'en ai bu, mais ça nourrit pas... Allons-y, j'vas être correct. » Ils franchissent la porte, Télesphore droit comme un piquet, Gabriel un peu courbé, le pas hésitant. Tous les regards se tournent vers eux. Télesphore s'apprête à donner des coups de tête à droite et à gauche, en grand seigneur, lorsqu'il aperçoit Josaphat qui n'a pas eu le temps de réagir et qui est resté vissé sur son banc. Il s'arrête pile. Gabriel fait un pas ou deux avant de s'en rendre compte. Télesphore se jette sur Josaphat, le prend par le col. «Que c'est que tu fais là, toi? T'as pas d'affaire ici!» Gabriel revient, le tire par le bras. «C'est moi qui y as demandé de venir…» Télesphore se dégage, pointe l'index devant le nez de Josaphat. «Sors d'ici tu-suite, sinon je sais pas ce que je te fais. Devant tout le monde!» Josaphat se lève, prêt à céder. Gabriel, qui semble avoir retrouvé ses forces, saisit le bras de celui qu'il croit être son père et se penche sur son oreille. «Vous allez arrêter ça tu-suite, popa! Tu-suite! Je sais pas ce qu'y a entre vous deux, je sais que ça dure depuis des années, mais c'est pas ici, à matin, pendant mon mariage, que vous allez régler ça.» Télesphore se redresse, se tourne vers Gabriel. «Ce qui y a entre nous deux, mon petit gars…» Puis, derrière l'épaule de Gabriel, il aperçoit les invités qui le regardent. Il voit surtout Victoire, debout dans l'allée, la main levée devant elle comme pour se protéger. Il se rend compte que ce qu'il s'apprêtait à dire et la violence qu'il aurait utilisée pour le dire l'auraient tuée sur le coup. Se retenir. Se retenir encore une fois. Il a chaud, son cœur bat, il sent venir un étourdissement. Ce n'est pas Gabriel qui va s'écrouler, c'est lui. Il est obligé de prendre appui sur l'épaule de Josaphat, son éternel rival, pour ne pas tomber. Quelques secondes passent dans un silence de plomb. Il prend quelques respirations, s'éloigne de Josaphat et dit à voix haute. «Excusez-moi, tout le monde. J'ai eu une faiblesse. C'est l'émotion. C'est pas grave. C'est déjà fini.» Avant de s'éloigner, il se tourne vers Josaphat. «Pis ton maudit violon, là, c'est-tu ce que je pense?» Josaphat soutient son regard. «Oui. Gabriel m'a demandé de jouer à son mariage.» «Pas ici, à l'église, toujours?» «Non. Plus tard. À la réception.» Télesphore regarde Gabriel et soupire avant de revenir vers Josaphat. «Bon. C'est correct. Mais après, j'veux pus te voir. Jamais. Sors de ma vie, de celle de Victoire, de celle de Gabriel. Y a pas de place pour toi.» Il rejoint Gabriel et ils s'éloignent tous les deux dans l'allée centrale. Albertine a fait rasseoir sa mère en la tirant par la manche. Ti-Lou se penche vers Maria, assise juste devant elle. «J'me trompe-tu, ou ben si on vient de passer à côté de quequ'chose de ben laid?» Les deux hommes se dirigent vers le maître-autel où, les sourcils froncés, les attend le curé de la paroisse. Devant l'église, les quelques invités qui sont restés sur le parvis regardent s'approcher la belle voiture qui vient d'emprunter la rue de la Visitation. Excitée comme une puce, la tante du côté de Gabriel descend presque en courant les marches qui mènent au trottoir. «C'est elle! C'est elle, a l' arrive!» La voiture s'arrête en face de la porte principale et Fulgence Rambert en sort, rouge d'émotion. Il ouvre la portière, tend le bras. Un flot de dentelle, de soie, de tulle apparaît, se déplie, une main gantée tenant un bouquet de roses couleur pêche prend appui sur celle de l'élégant monsieur qui l'accompagne. Quelques applaudissements se font entendre. La tante Berthe porte la main à son cœur. «J'ai jamais rien vu de si beau!» Rhéauna et monsieur Rambert montent les marches en se hâtant, de toute évidence pressés d'entrer à l'église. Lorsqu'il aperçoit la mariée se profiler dans la porte baignée de lumière, le curé fait un signe à l'organiste de la paroisse, une dame Gariépy qui, sans aucun talent, officie à l'orgue de l'église Saint-Pierre-Apôtre depuis des lustres. Elle entonne aussitôt la marche nuptiale de Wagner. L'assistance se lève d'un bloc, se tourne vers l'entrée. Ti-Lou ne peut pas s'empêcher de fredonner, en suivant la musique : *Here comes the bride, here comes the bride…* Maria sort un mouchoir de son sac, le porte à ses yeux. Rhéauna et monsieur Rambert montent l'allée, sans se presser cette fois. La mariée, dont on ne peut pas voir le visage caché sous le voile, salue d'un léger signe de tête les gens qu'elle reconnaît, surtout ceux qui sont venus de loin, Rose, Simon, le petit Ernest, puis Bebette et Régina-Cœli et, enfin, Ti-Lou, si somptueuse dans sa toilette lilas. Elle lève son bouquet, comme pour le leur offrir, vers sa mère et, ensuite, vers Victoire qui tient son sac à main serré contre elle, toute tremblante, les joues baignées de larmes. Arrivée à côté de Gabriel, elle pose une main sur son bras. On dirait qu'elle veut le rassurer. Il la porte à ses lèvres. «T'es donc ben belle!» Elle passe un doigt sur son front, replace une mèche rebelle. «T'es donc ben beau!» Télesphore et monsieur Rambert se sont éloignés pour prendre place sur les deux chaises qu'on leur a assignées. Le curé quitte le maître-autel qui croule sous les fleurs de la même couleur que celles du bouquet de Rhéauna, et tousse dans son poing pour attirer l'attention des mariés. «Nous sommes réunis ici, ce matin, pour célébrer le mariage de Rhéauna et de Gabriel...» Il débite le petit boniment de circonstance que personne n'écoute vraiment. Le moment approche, la chose va se passer, les cous se tendent, des mains sont portées à des cœurs qui battent trop fort. Régina, Bebette et Ti-Lou ne peuvent pas imaginer que la femme qu'elles aperçoivent de dos est la petite fille qu'elles ont hébergée neuf ans plus tôt, alors qu'elle traversait le pays d'ouest en est pour venir rejoindre sa mère à Montréal. Elles se sentent vieilles et les larmes qui leur montent aux yeux trahissent autant leur désarroi devant la cruauté du temps qui passe que l'émotion que provoque toujours un mariage. Le curé lève les bras, dessine un signe de croix et s'adresse à Gabriel. «Vous pouvez sortir les alliances...» Édouard, le jeune frère de Gabriel, tout rouge, s'approche en tenant une patène à la main. C'est son grand moment, il s'y prépare depuis que Gabriel lui a confié cette tâche importante. Il a peur de se tromper malgré la simplicité de son rôle, de s'enfarger et de s'étaler de tout son long au pied du maître-autel devant tout le monde. Il se tient trop raide, se trouve ridicule, a envie de se sauver en courant. Il est convaincu qu'il va en faire des cauchemars pendant des mois. Il réussit tout de même à tendre la patène à son frère avant de s'éloigner en tremblant, persuadé de s'être rendu ridicule. À côté des deux alliances se trouve un billet plié en quatre. Gabriel le prend et le tend à Rhéauna. Quelques mots sont tracés en lettres carrées : «J'ai eu la job.» Rhéauna se jette dans les bras de Gabriel, l'embrasse sur les deux joues à travers son voile. Le curé sursaute, rougit. «C'est pas encore le temps, mademoiselle, vous êtes pas encore mariée...» Au lieu de s'adresser à lui, Rhéauna se tourne en direction des invités. «Excusez-moi. Mais je viens de recevoir le plus beau cadeau de mariage possible...» Tout le monde applaudit sans savoir pourquoi et la vraie cérémonie peut commencer. Au fond de l'église, un homme est resté debout. Il regarde avec désespoir celui qui a usurpé sa place auprès de son fils. Plus tard, lorsque le prêtre déclare : «Je vous déclare mari et femme. Vous pouvez vous embrasser, madame et monsieur Tremblay», des applaudissements plus nourris montent dans l'église pendant que Rhéauna soulève son voile et que Josaphat se retire, la hargne au cœur. La messe est courte, sans sermon – c'est Maria qui l'a demandé –, il fait chaud dans l'église, les femmes s'éventent, les enfants sont impatients, bougent, braillent, les hommes essuient la sueur qui leur coule dans le cou. Vite, que ça finisse et que le fun commence ! La cérémonie terminée, les jeunes mariés redescendent l'allée centrale presque en courant, comme des enfants qui veulent aller prendre l'air, et sortent sous une pluie de confettis, de cris de joie et de félicitations. L'organiste s'essaie à un morceau de Bach joyeux beaucoup trop difficile pour elle, dérape dès le début et passe rapidement à quelque chose d'aussi enjoué mais plus facile à exécuter. La séance de photos se déroule dans un désordre comique : les enfants courent partout, les invités sont indisciplinés, les hommes commencent déjà à faire des plaisanteries à double sens et leurs femmes les fustigent du regard pour les faire taire. Le photographe arrive avec difficulté à rassembler tout son monde et, au moment de prendre la première photo – les invités enfin réunis sur les marches du parvis dans un beau bloc rectangulaire –, il se rend compte que les mariés sont en train de s'embrasser à l'ombre de la statue du Sacré-Cœur. Ti-Lou essaie de se faire discrète, mais tous les regards masculins sont sur elle. Ceux qui ne la connaissent pas se demandent qui peut être cette magnifique créature, ceux qui savent qui elle est imaginent ce qu'ils pourraient faire avec elle, où, comment et pendant combien de temps. Les photos terminées et les derniers sacs de confettis vidés, Maria monte en haut des marches pour répéter aux invités que la réception se fait chez elle, que c'est tout près, à peine à cinq minutes de marche. La voiture louée par Fulgence Rambert attend les jeunes mariés. Rhéauna refuse d'y monter, prend Gabriel par la main. «On va marcher, nous autres aussi ! Ça va être plus le fun !» Elle enroule son voile sur son bras et prend la tête du cortège. Un défilé plutôt échevelé composé d'une petite cinquantaine de personnes traverse la rue de la Visitation, tourne vers l'ouest sur Dorchester après l'avoir traversée puis, presque tout de suite, emprunte la rue Montcalm vers le sud. Les enfants courent devant, excités à la perspective de se lancer dans un énorme repas où rien, pour une fois, ne leur sera défendu, quitte à se rendre malades, les femmes rient fort, des hommes chantent. Une grosse femme du côté de Gabriel turlute et Rose pense aux mariages, à Duhamel, où tout se fait toujours à pied parce que personne n'habite loin de l'église et où la turlute est de mise entre l'église et la maison où se tiendra la réception. Elle a serré Rhéauna contre son cœur, sur le parvis de l'église, lui a

261

souhaité un homme comme le sien. La jeune mariée n'a pas semblé comprendre ce qu'elle voulait dire et Rose n'a pas insisté. Après tout, on ne trouve pas des Simon à tous les coins de rue... Madame Desbaillets attend la noce sur le balcon de l'appartement de Maria. Elle lève les bras au ciel devant le nombre d'invités dont elle aura à s'occuper, leur souhaite la bienvenue et rentre dans la maison en criant aux petits garçons du coin réquisitionnés pour faire le service : «Préparez-vous, les v'lon! Y doivent avoir faim, y ont communié!» L'accès à la maison est vite bloqué parce que tout le monde veut passer devant la table des cadeaux de noces qu'on a installée dans le salon, tout de suite à gauche de l'entrée, pour vérifier si la lampe torchère, le set de vaisselle, la coutellerie, la bouilloire ou les plats de fantaisie en verre taillé ou en verre soufflé ont été mis en évidence. Ceux qui sont contents parce qu'on a mis leurs cadeaux bien en vue s'attardent et ralentissent le flot de visiteurs, ceux qui sont insultés parce qu'on voit mal les leurs se dirigent tout de suite vers la cuisine où un premier bar est déjà ouvert. Bebette et Régina-Cœli veulent s'emparer de la mariée pour jaser un peu avec elle, elles viennent de loin et se croient le droit de passer quelques minutes avec elle en tête-à-tête, mais elles sont battues de justesse par Ti-Lou qui, aussitôt la porte passée, prend Rhéauna par la taille et l'attire dans la chambre de Théo qui sert de garde-manger et qui sent le sandwich au jambon et le sandwich aux œufs. Bebette veut protester, Régina-Cœli la retient. «Laisse-les faire. On y parlera plus tard.» Sa sœur lui tourne le dos en lançant un premier saperlipopette. «Y va être trop tard, plus tard! A l' aura pus le temps! On va être venues jusqu'ici pour voir passer la mariée comme une reine d'Angleterre sans avoir pu la voir de proche!» Rhéauna et Ti-Lou ont déplacé des plats de sandwiches et de branches de céleri couvertes de fromage pour se faire une petite place sur le lit.

Ti-Lou prend la main de la jeune mariée. «J'voulais pas te donner ça devant tout le monde, pis je voulais pas non plus te l'envoyer par la poste…» Elle sort une petite enveloppe blanche de son sac, la tend à Rhéauna qui l'ouvre. Deux billets de cent dollars glissent d'une feuille pliée en deux sur laquelle Rhéauna peut lire: «Gaspille ça à ma santé.» Elle laisse tomber la feuille et les billets de banque sur sa robe. «Voyons donc, vous pouvez pas me donner ça, c'est une fortune!» Ti-Lou lui pose un index sur les lèvres. «Dis rien. Écoute-moi. C'est vrai que je veux que tu gaspilles cet argent-là. Au moins une partie. Le reste, sers-toi-s'en pour partir du bon pied.» «Mais c'est ben que trop!» «Pour partir du bon pied?» «Pour toute! J'ai jamais vu autant d'argent en même temps pis chus pas sûre que ça m'arrive encore!» «C'est justement, laisse-toi faire! Je l'emporterai pas dans la tombe, cet argent-là, y faut ben qu'y serve à quequ'chose…» «Pourquoi vous dites ça? Êtes-vous malade?» «Ben non, ben non, chus pas malade… Écoute… Pour le souper, à soir, à Québec, va au Café Buade, c'est pas loin du Château Frontenac. Dis au maître d'hôtel, y s'appelle Henri, que c'est moi qui t'envoie, que t'es une parente à moi, que t'es en voyage de noces, pis casse ton premier billet de cent piasses… Vous allez bien manger pis vous allez être traités comme des rois. Québec est bourré de bons restaurants, profitez-en pendant tout le temps que vous allez être là… L'argent qui va rester, vous vous en servirez pour partir votre vie à deux… Bonne chance!» Rhéauna n'a pas le temps d'embrasser sa cousine que Maria entre dans la pièce presque en courant. «Nana! Tout le monde t'attendent!» Madame Desbaillets et ses petits aides courent partout parce que les invités ont faim et s'impatientent. Pendant que les femmes se jettent sur les plats de sandwiches assortis et les assiettées de *Chicken à la King* (le tout servi en même temps et un peu n'importe comment), les hommes s'agglutinent autour de la table de la cuisine où trônent deux cruches de vin blanc, deux cruches de vin rouge (peu fréquentées), plusieurs quarante onces de gin Bols et d'innombrables caisses de bière (beaucoup plus populaires). Les femmes mangent trop vite et boivent des liqueurs douces pour faire passer tout ça, les hommes boivent trop vite et mangent peu. Quant aux enfants, ils sont aux anges : rien ne leur est défendu, ils peuvent s'empiffrer comme ils le veulent à une table dressée juste pour eux au fond de la cour. Théo attend ce moment depuis des semaines et en profite, barbouillé de sauce blanche et de débris de salade aux œufs au bout de cinq minutes. Édouard, un gourmand qui mange rarement à sa faim, a construit une pyramide de triangles de sandwiches bleus, verts, roses et les gobe sans presque les mâcher. Madeleine, sa petite sœur, joue dans son assiette à cause de la présence des petits pois, qu'elle déteste, dans la sauce du *Chicken à la King*. Elle pige dans le tas de sandwiches de son frère qui la repousse en lui disant, la bouche pleine, d'aller s'en chercher. Le petit Ernest ne sait plus où donner de la tête : s'empiffrer comme les autres enfants, ou faire le tour de la cour à regarder toutes les belles madames rire, s'éventer, en les humant comme son père le fait avec sa mère, mais il a peur de tomber sur la dame qui vient les visiter chaque année et qui s'occupe trop de lui à son goût et reste sagement à sa place. Victoire est assise toute seule dans un coin et essaie de cacher son excitation devant ce qu'elle a empilé dans son assiette. Ne pas manger trop vite… Ne pas se rendre malade… Des toasts sont lancés, des cris et des rires montent bientôt dans la cour au fur et à mesure que les esprits s'échauffent et que les estomacs se remplissent. Le gâteau – blanc, trois étages, miroitant de perlouses argentées – trône au milieu de tout ça. On n'ose pas encore s'en approcher. À sa sortie de la maison, Rhéauna est accueillie par une salve d'applaudissements. Les femmes veulent voir sa robe, les hommes l'embrasser. Elle passe la première heure de la réception à faire le tour des tables pour saluer chacun des invités. Gabriel la suit en la tenant par la taille. Il prend peu part à la conversation parce qu'il n'est pas bavard, mais sourit beaucoup et rougit chaque fois que quelqu'un, toujours un homme, fait une blague à double sens. La mariée s'assoit un bon quart d'heure en compagnie de ses grands-tantes Bebette et Régina-Cœli qu'elle remercie de s'être déplacées de si loin et qui lui rappellent avec force détails, comme si elle ne l'avait pas vécu, son passage à Regina et à Saint-Boniface neuf ans plus tôt. Elle rassure Victoire à qui elle promet qu'elle prendra bien soin de son fils et fait presque pleurer Rose – qui se doute que c'est pour lui faire plaisir qu'elle dit ça – en prétendant que son mariage n'aurait pas été complet si elle et sa famille n'avaient pas été présents. Elle parle anglais avec sa tante Alice, qui l'apprécie, et fait des compliments à son oncle Ernest sur sa prestance, ce qui lui fait bomber le torse et redresser le dos sous son chapeau à large bord qu'il n'enlèvera pas de la journée parce qu'une Police montée reste toujours couverte. Elle promet à Tititte et à Teena de les inviter le plus souvent possible pour jouer aux cartes après les avoir remerciées – sans ironie – de leur aide dans le choix de sa robe de noces. Teena s'évente avec sa serviette de table pendant tout le temps que Rhéauna s'adresse à elle, et sa sœur, pour une fois, ne l'engueule pas. Rhéauna a enlevé son voile, ses gants, elle a laissé son bouquet dans la maison jusqu'au moment, vers la fin de la réception, de le lancer par-dessus sa tête aux filles à marier. Théo la suit comme un petit chien, sans presque jamais perdre le contact avec elle : il la tient par la main, par la manche, par la traîne. Elle mange quelques sandwiches, boit un verre de vin, rit de bon cœur à tout ce qu'on lui dit. Édouard s'est approché de sa mère qui vient de se servir une belle portion de

Chicken à la King. «Quand j'vas me marier, moman, j'voudrais avoir une robe comme celle-là.» Télesphore et Josaphat, qui se retenaient depuis la veille, se sont vite lancés dans le gros gin. Et ils ont tous les deux cessé de trembler. Josaphat a senti sa rancune s'engourdir peu à peu pour ensuite aller se loger, comme un poing fermé, dans la région de son cœur. Moins qu'une douleur et plus qu'un chagrin. Pour sa part, Télesphore s'est détendu, il est passé, ça lui arrive souvent, de l'agressivité à la torpeur gentille, il s'est adouci, son envie d'écraser Josaphat a disparu pour faire place à une espèce de pitié un peu condescendante pour le frère de sa femme, un pauvre violoneux de campagne, en fin de compte, un raté sans éducation dont il a tort d'être jaloux. Et lorsque sa conscience commence à lui faire apparaître ses propres défauts, ce que sa vie est devenue, justement à cause de l'alcool, ce qu'il fait endurer à son entourage, il boit encore plus. Pas pour oublier. Il ne peut pas oublier. Pour s'étourdir. Il sent bientôt un besoin urgent de monter sur le balcon et de se lancer dans *Le lac* de Lamartine ou *Le vaisseau d'or* de Nelligan, mais un regard de sa femme – elle voit toujours tout – l'en empêche. Pour le moment. Dans une de ses nombreuses visites à la cuisine, il croise Josaphat qui se sert une rasade de gin. Ils se regardent. Josaphat lève son verre. Télesphore fait de même. Josaphat parle le premier : «Faudrait-tu qu'on se parle?» Télesphore hausse les épaules. «Peut-être ben.» «On se parle-tu?» «Si tu veux…» Ils se dirigent vers la chambre de Maria, poussent les chapeaux d'hommes qui encombrent le lit, s'assoient côte à côte. Télesphore avale sa rasade de gin. «Vas-y, toi. Moi, j'pense que j'ai rien à dire. Tu sais ce que je pense de tout ça, ça changera pas.» Après avoir sifflé le contenu de son verre, Josaphat ferme les yeux, se racle la gorge. «Ça donne du courage quand on en a pas…» «Ouan, pis ça en enlève quand on en a…» «Tant qu'à ça…» «C'est tout ce que t'as à dire?» «Non, mais ce que j'ai à dire est dur... Écoute... Y faut que tu comprennes une chose. Pis si tu la comprends pas, y faut que tu l'acceptes pareil... Ce qu'y a entre Victoire pis moé, ça changera jamais ça non plus. C'est là pour toujours. On l'a pas voulu, c'est arrivé, pis c'était beau. Pis après tout ce temps-là, c'est toujours beau. Les menaces servent à rien, les punitions non plus. Tu savais dans quoi tu t'embarquais quand t'as marié Victoire, Télesphore, c'est toé qui l'as voulu... On l'a accepté, elle pis moé, pour le bien de nos enfants, pour qu'y soyent pus élevés comme des parias, pour leur fournir une vie normale. J'ai failli mourir de peine, pis chus sûr que Victoire aussi. A' pouvait pas boire, elle, je sais pas comment a'l' a faite pour passer au travers... Moé... moé, chus paqueté depuis douze ans, y a des grands boutes de ces douze ans-là qui sont comme des trous parce que j'ai passé au travers sans les vivre... Le désespoir a le goût du gin, pis l'oubli aussi. Elle, elle a même pas ça, elle a même pas les moyens d'oublier. C'est une grande femme, Télesphore, pis nous autres, à côté d'elle, on est des trous de culs.» Il se passe la main sur le front, regarde le fond de son verre, se lève, fait face à Télesphore. «Tout ça pour te dire que tes deux enfants sont de toé, Télesphore, arrête de te conter des histoires, laisse faire la jalousie, Victoire pis moé, on est trop honnêtes, pis peut-être trop niaiseux, pour se fréquenter en cachette. Quand on se voit, ce qui est plutôt rare, c'est pour pleurer. Même pas en se tenant les mains, on se permet même pas ça. On pleure tous les deux sur le malheur qu'on a vécu ensemble qui était peut-être moins pire, quand on y pense, que celui qu'on vit séparés. On est coupés de tout ce qu'on a aimé, même de la campagne, on est enfermés dans une ville à laquelle on est pas capables de s'habituer ni l'un ni l'autre, pis y me semble qu'on mérite pas d'être punis comme on l'est. En tout cas, pas elle. Aime-la, Télesphore, aime-la à ma place! Respecte-la, a' le mérite! Aime les enfants que t'as faites avec elle, y en ont besoin, pis elle aussi. Le passé peut pas s'effacer, c'est vrai, mais c'est pas une raison pour le perpétuer. J'aime Victoire pis Victoire m'aime, mais on a jamais rien faite pis on fera jamais rien pour trahir les liens qui vous unissent. Tu peux m'haïr, moé, je suppose que c'est normal, mais pas elle! Pas elle!» Télesphore se lève à son tour, approche son visage de celui de Josaphat. «Si j'te croise encore une fois sur mon chemin, j'te tue!» Josaphat lève son verre vide. «Si tu me croises encore une fois sur ton chemin, j'te donne la permission de me tuer.» Ils portent leurs verres vides à leurs lèvres. La porte s'ouvre, madame Desbaillets entre dans la chambre. «C'est qui dans vous deux qui s'appelle Josaphat? Madame Rathier vous cherche, ça a l'air que c'est le temps de faire de la musique…» Les deux hommes la suivent dans le corridor qui débouche dans la cuisine située à l'arrière de la maison. Le petit piano droit que madame Desbaillets avait laissé dans l'appartement, sept ans plus tôt, parce qu'aucun de ses enfants, tous partis faire leur vie et écœurés des leçons de musique que leur mère leur avait imposées depuis leur enfance, ne voulait s'en occuper, a été transporté sur la galerie arrière par quatre hommes éméchés qui ont failli le laisser tomber à plusieurs reprises. On a tassé les chaises qui congestionnaient la véranda et on l'a poussé devant la fenêtre. La pianiste tournera donc le dos à son public. En voyant ces préparatifs, les invités se sont quelque peu calmés. La partie «artistique» d'une noce est souvent d'un ennui mortel, mais, par pure politesse, il faut montrer une certaine patience, endurer les numéros pathétiques ou ridicules, attendre que ça finisse, parce que d'habitude le fun commence tout de suite après les matantes qui chantent des bondieuseries de circonstance et les mononcles chauds qui se prennent pour Caruso. On parle moins fort, des chaises ont été distribuées. Les femmes sont assises, la tête tournée vers la maison. Les hommes sont restés debout. Chacun, sans exception, tient un verre à la main. Maria va rejoindre Régina-Cœli et Josaphat qui attendent sagement qu'on les annonce. Ils ignoraient qu'ils seraient deux à faire de la musique et se jaugent du regard tout en se faisant des saluts de politesse. Maria lève les mains pour faire taire les quelques invités qui parlaient encore. «La tante Régina-Cœli de Nana, qui est venue exiprès de la Saskatchewan, et l'oncle Josaphat de Gabriel, un grand violoniste, ont accepté de nous faire un petit concert avant qu'on sorte le gramophone pour faire danser le monde…» Elle va vers Régina-Cœli déjà assise sur le banc de piano, pose les mains sur ses épaules. «Y faut que je vous prévienne, par exemple, matante Régina, que le piano a pas été accordé depuis des années… Bonne chance quand même…» On rit. Quelques applaudissements polis montent dans la cour. Bebette déclare à la cantonade : «A' joue ben même quand a' joue faux!» Régina, rouge jusqu'aux oreilles, promène ses mains un peu partout sur le clavier. «En effet, y est loin d'être juste… Ça sera pas facile.» Maria lui donne une tape sur l'épaule. «Ça va être beau pareil.» Josaphat se penche sur Régina. «Voulez-vous commencer?» Elle ouvre le cahier de musique qu'elle vient de déposer devant elle, le lisse de la main comme pour le défroisser alors qu'il est flambant neuf. «C'est comme vous voulez.» Il s'assoit à côté d'elle. Elle se tasse pour lui faire de la place. Il parcourt du regard la partition qu'il serait bien incapable de lire. «On pourrait essayer d'improviser un petit quelque chose à deux, si vous voulez, au lieu de faire de la musique trop sérieuse…» «J'ai jamais improvisé, monsieur Josaphat, j'ai tout appris dans des cahiers, je joue juste du classique…» «Vous allez voir, c'est pas difficile… Vous avez rien qu'à me suivre… J'vas commencer, pis vous embarquerez quand vous voudrez… Chus sûr que vous êtes capable…» Ne recevant pas de réponse et ignorant l'évidente panique qui vient de s'emparer de Régina-Cœli, Josaphat se lève, fait face aux invités, esquisse un léger salut, lève son archet. Comme à l'accoutumée, sa première note, longue, étirée, droite comme une flèche, perce le cœur de chacun des invités. Personne ne s'y attendait. Des regards sont échangés, des femmes sensibles portent leur main à leur bouche. «C'est donc ben triste, ça va-tu être de même tout le long?» Régina-Cœli regarde en direction de Josaphat. Elle ne peut pas accompagner ça, c'est juste une note. Elle se croise les bras sur la poitrine, attend que quelque chose d'autre se passe. La note épuisée – on aurait juré qu'elle ne se terminerait jamais –, une autre s'ajoute, plus courte, moins langoureuse, puis une troisième, nettement plus joyeuse. Il les reprend, les mélange, les double, les triple, les joue à l'envers, en multiplie les combinaisons, puis de cet amalgame de trois notes répétées chaque fois de façon différente et en en nuançant l'interprétation, naît ce qu'on pourrait appeler un air, encore confus, un embryon de ligne musicale, une promesse, comme si le musicien disait : écoutez, c'est en train de se construire, ça s'en vient... Des notes nouvelles s'ajoutent, une suggestion de rythme s'infiltre dans tout ça, Régina-Cœli croit reconnaître ce qui pourrait ressembler à une pulsion de valse. Elle pose les mains sur le clavier et ponctue, avec des notes qui sont toutes fausses et qui donnent à son instrument une voix éraillée de piano *honky-tonk*, ce qu'elle croit être l'intention de Josaphat d'improviser une valse. Il la regarde, lui fait un clin d'œil. Elle prend de l'assurance et de cette rencontre entre un air qui n'a pas encore trouvé sa forme finale et l'accompagnement carré qui en souligne les temps forts et les temps faibles naît peu à peu une vraie valse. Des corps se mettent à tanguer, on suit le rythme, enfin quelque chose de reconnaissable! Au plus beau de la valse, Gabriel s'approche de sa femme, lui tend la main. Elle se lève, un grand

270

sourire aux lèvres, le suit au milieu de la cour sous les applaudissements des invités. Il la prend dans ses bras. Ils sont maladroits, ils se marchent sur les pieds, s'excusent en riant, les pas de danse qu'ils esquissent n'ont presque rien à voir avec la valse, mais ils sont de toute évidence ravis, ils rient, ils accompagnent la valse en chantant l'air qui a enfin trouvé sa forme définitive et qu'ils n'oublieront jamais. Monsieur Rambert et Maria viennent les rejoindre. Ils ont plus d'expérience, leur façon de se mouvoir est fluide, on sent qu'ils ont fait ça des centaines de fois, peut-être là-bas, à Providence, dans des cabarets mal famés du port fréquentés par les marins en liesse ou des dancings chics où on pouvait gagner une bouteille de champagne si on se rendait jusqu'en finale du concours de danse organisé tous les samedis soir. Ils ont dû en gagner, des bouteilles de champagne, parce qu'ils parcourent l'aire de danse comme s'ils étaient seuls, presque en professionnels. Ils s'attirent des applaudisse-ments, saluent avec grâce tout en continuant leur valse qui tourne et tourbillonne de plus en plus vite. Télesphore, pour ne pas être en reste, a tiré Victoire au milieu de la cour. Mais ils ne dansent pas. Placés face à face, ils se contentent de faire des petits pas à gauche et à droite, de se balancer sur place. Victoire a fermé les yeux. Elle n'a pas dansé avec son mari depuis leur mariage. Télesphore se penche à son oreille. «J'te promets d'essayer d'être fin même quand j'vas être à jeun...» La valse terminée, on fait un triomphe aux danseurs et aux musiciens. Régina-Cœli se lève pour parler à Josaphat. «C'est vrai que c'était pas si difficile que ça...» Il la regarde avec un air ironique. «T'nez ben votre tuque, parce que là ça va être difficile!» Il se lance alors dans un rigodon endiablé qui la cloue sur place. C'est rapide, c'est presque violent, c'est joyeux au point d'en être énervant, ça met du pep dans le soulier et de l'excitation au creux des reins. Dans la cour, tout le monde s'est levé et quelqu'un a crié : «J'pense qu'on n'aura pas besoin de votre graphophone, Maria!» Régina-Cœli a repris sa place. «J'ai jamais joué ça, je sais pas comment faire…» Josaphat lui crie : «Faites comme tout à l'heure, laissez-vous aller!» «J'me sus jamais laissée aller à ce genre de musique là…» «C'est comme l'autre, y suffit de l'aimer!» Elle pose les mains sur le clavier et va puiser dans ses souvenirs d'enfance, dans les partys de famille où la gigue le disputait au rigodon et au reel, ce *melting pot* de musiques venues des vieux pays, la France, l'Angleterre, l'Irlande, l'Écosse, le choc des cultures que produisait leur rencontre, leurs épousailles pas toujours faciles, leurs mutuelles influences. Ses doigts s'excitent, elle commence mal, elle n'a pas le bon rythme, elle s'en veut, recommence. Josaphat est venu s'installer à côté d'elle et l'encourage de la voix. «Allez-y, vous êtes capable! Si vous êtes capable de jouer du Mozart, vous êtes capable de jouer mon reel. Pensez à d'où vous venez, Régina, pis servez-vous-en!» «J'y pense, j'y pense, c'est ça que je fais!» Et ça débloque tout d'un coup. Elle a compris la complexe simplicité de ce que joue Josaphat et ses doigts se mettent à danser sur les notes, elle pioche plus qu'elle ne joue, elle joue carré, comme si c'était du Bach, se surprend-elle à penser, comme si c'était du Bach! Tout le monde est debout, des couples se sont formés, on danse n'importe comment, on saute sur place, les enfants forment une ronde, tirent trop fort, tombent, se relèvent. On peut voir Tititte taper du pied et Teena s'éventer en riant au lieu de se plaindre. Des invités se sont emparés de toutes les cuillers sur lesquelles ils ont pu mettre la main, et le cliquetis des ustensiles monte dans le ciel de Montréal comme dans celui de Duhamel ou de Sainte-Maria-de-Saskatchewan ou de Saint-Boniface ou de Regina. Quelqu'un, on se rend vite compte que c'est Simon, sort un harmonica et un son acidulé s'ajoute aux notes grêles du piano et aux vrilles vertigineuses du violon. La tante Alice lève sa flasque au nez de son mari et lance, en français, un toast aux jeunes mariés. Ernest regarde ailleurs. Victoire et Télesphore, malgré la musique qui enterre tout, sont en grande discussion. Josaphat les aperçoit, ferme les yeux, se concentre sur la grande finale qui s'en vient et qu'il veut interpréter comme l'apothéose de son amour pour sa sœur. Rhéauna s'est approchée de sa mère et a glissé quelque chose qui ressemble à un billet de banque dans la poche de sa robe. « R'gardez pas ce que c'est tant que je serai pas partie… » Ti-Lou l'a vue faire et lui sourit. Elle aussi s'est emparée de deux cuillers qu'elle fait sonner sur son genou malade. Bebette, qui a plus bu que d'habitude, en est à son centième « saperlipopette », plus sonore que les autres parce qu'il exprime, pour une fois, un bonheur au lieu d'une frustration. Béa et Alice dansent en se tenant par la main, quitte à recommencer à s'engueuler aussitôt le mariage terminé. Rhéauna va rejoindre Gabriel qui lui embrasse les mains. Tout le monde tape du pied, les cuillers font un bruit de grande pluie sur un toit de tôle, Régina-Cœli et Josaphat, en parfaite osmose, se surpassent et ont l'impression de flotter au-dessus de la cour. L'union des deux familles se fait dans la musique. Ce morceau, que Josaphat interprétera jusqu'à la fin de ses jours, seul ou avec d'autres, et qui restera dans les annales comme l'un des plus beaux reels jamais composés, aura pour titre *La grande mêlée*.

Sur la galerie de madame Desbaillets, à l'étage de la maison voisine, Rose, Violette et Mauve tricotent en tapant du pied. Leur mère, Florence, les yeux fermés, écoute la musique monter dans le ciel de Montréal.

Key West – Montréal, 3 janvier – 27 mai 2011

Merci à Louise Jobin et Jean-Claude Pepin
pour leurs inestimables recherches
sur l'année 1922.

UNE TRAVERSÉE DU SIÈCLE

Maintenant que j'ai terminé ce que j'appelle depuis longtemps mon *puzzle*, commencé en 1966 avec *En pièces détachées*, il est possible, si l'on veut, de suivre l'histoire des familles de Rhéauna et de Gabriel de 1910 à 1998, soit de *La maison suspendue* à *Hotel Bristol, New York, N. Y.* Pour ceux que ça intéresserait, voici comment parcourir cette double saga à travers le vingtième siècle d'une façon chronologique. (*La maison suspendue, Albertine, en cinq temps* et *Encore une fois, si vous permettez*, sont difficiles à placer parce qu'elles se passent à plusieurs époques, mais j'indique les scènes à lire en suivant la chronologie des familles.) J'ai aussi gardé les quatre livres de souvenirs d'enfance et d'adolescence où j'ai utilisé les vrais noms des personnages de ma famille.

Bon courage aux aventureux!

M. T.

Montréal, le 9 août 2011

La maison suspendue, pièce, les scènes de 1910 entre Victoire, Josaphat et Gabriel (famille de Gabriel)
La traversée du continent, roman, 1913 (famille de Rhéauna)
La traversée de la ville, roman, 1914 (famille de Rhéauna)
La traversée des sentiments, roman, 1915 (famille de Rhéauna)
Le passage obligé, roman, 1916 (famille de Rhéauna)
La grande mêlée, roman,1922 (les deux familles)
Le passé antérieur, pièce, 1930 (famille de Gabriel)
La grosse femme d'à côté est enceinte, roman, 1942 (famille de Gabriel et de Rhéauna)

Thérèse et Pierrette à l'école des Saints-Anges, roman, 1942 (famille de Gabriel et de Rhéauna)

Albertine, en cinq temps, pièce, 1942, les scènes d'Albertine à 30 ans (famille de Gabriel)

La duchesse et le roturier, roman, 1947 (famille de Gabriel et de Rhéauna)

Des nouvelles d'Édouard, roman, 1947, le voyage d'Édouard à Paris (famille de Gabriel)

La maison suspendue, pièce, 1950, les scènes entre Albertine, la Grosse Femme, Marcel et Édouard (famille de Gabriel et de Rhéauna)

Bonbons assortis, récits et pièce, années cinquante (famille de Gabriel et de Rhéauna)

Les vues animées, récits, années cinquante (famille de Gabriel et de Rhéauna)

Un ange cornu avec des ailes de tôle, récits, années cinquante (famille de Gabriel et de Rhéauna)

Douze coups de théâtre, récits, années cinquante (famille de Gabriel et de Rhéauna)

Albertine, en cinq temps, pièce, 1952, les scènes d'Albertine à 40 ans (famille de Gabriel)

Le premier quartier de la lune, roman, 1952 (famille de Gabriel et de Rhéauna)

Encore une fois, si vous permettez, pièce, 1952, 1956, 1959, les première, deuxième et troisième scènes (famille de Gabriel et de Rhéauna)

La nuit des princes charmants, roman, 1959 (famille de Gabriel et de Rhéauna)

Encore une fois, si vous permettez, pièce, 1961, la quatrième scène (famille de Gabriel et de Rhéauna)

Marcel poursuivi par les chiens, pièce, 1963 (famille de Gabriel)

Un objet de beauté, roman, 1963 (famille de Gabriel et de Rhéauna)

Encore une fois, si vous permettez, pièce, 1963, la dernière scène (famille de Gabriel et de Rhéauna)

Albertine, en cinq temps, pièce, 1964, les scènes d'Albertine à 50 ans (famille de Gabriel)

En pièces détachées, pièce, 1966 (famille de Gabriel)

Le cahier noir, roman, 1966 (famille de Gabriel, à cause de la présence d'Édouard, la duchesse)

Le cahier rouge, roman, 1967 (même raison)

Le cahier bleu, roman, 1968 (même raison)

La duchesse de Langeais, pièce, 1968 (même raison)

Le vrai monde?, pièce, 1968 (famille de Gabriel)

Demain matin, Montréal m'attend, comédie musicale, 1968 (famille de Gabriel, à cause de la présence d'Édouard)

Il était une fois dans l'est, scénario de film, 1973 (famille de Gabriel et de Rhéauna)

Albertine, en cinq temps, pièce, 1975, les scènes d'Albertine à 60 ans (famille de Gabriel)

Damnée Manon, sacrée Sandra, pièce, 1976 (famille de Gabriel et de Rhéauna)

Des nouvelles d'Édouard, roman, 1976, le début, la mort de la duchesse (famille de Gabriel)

Les anciennes odeurs, pièce, 1980 (famille de Gabriel et de Rhéauna)

Le cœur découvert, roman, 1981 (famille de Gabriel et de Rhéauna)

Albertine, en cinq temps, pièce, 1985, les scènes d'Albertine à 70 ans (famille de Gabriel)

La maison suspendue, pièce, 1990, les scènes entre Jean-Marc, Mathieu et Sébastien (famille de Gabriel et de Rhéauna)

Le cœur éclaté, roman, 1991 (famille de Gabriel et de Rhéauna)

Hotel Bristol, New York, N. Y., roman, 1998, (famille de Gabriel et de Rhéauna)

Le paradis à la fin de vos jours, pièce, intemporel, Rhéauna au Ciel.